Uma lágrima para O MENINO EUGÊNIO

Editora Appris Ltda.
1.ª Edição - Copyright© 2024 do autor
Direitos de Edição Reservados à Editora Appris Ltda.

Nenhuma parte desta obra poderá ser utilizada indevidamente, sem estar de acordo com a Lei nº 9.610/98. Se incorreções forem encontradas, serão de exclusiva responsabilidade de seus organizadores. Foi realizado o Depósito Legal na Fundação Biblioteca Nacional, de acordo com as Leis n°s 10.994, de 14/12/2004, e 12.192, de 14/01/2010.

Catalogação na Fonte
Elaborado por: Dayanne Leal Souza
Bibliotecária CRB 9/2162

M386l 2024	Martins, José Carlos 　　Uma lágrima para o menino Eugênio / José Carlos Martins. – 1. ed. – Curitiba: Appris, 2024. 　　201 p. : il. ; 23 cm. 　　ISBN 978-65-250-6327-0 　　1. Infância. 2. Milagres. 3. Vícios. 4. Religiosidade. I. Martins, José Carlos. II. Título. 　　　　　　　　　　　　　　　　　　　　　　　　CDD – B869

Editora e Livraria Appris Ltda.
Av. Manoel Ribas, 2265 – Mercês
Curitiba/PR – CEP: 80810-002
Tel. (41) 3156 - 4731
www.editoraappris.com.br

Printed in Brazil
Impresso no Brasil

José Carlos Martins

Uma lágrima para
O MENINO
EUGÊNIO

Appris *editora*

Curitiba, PR
2024

FICHA TÉCNICA

EDITORIAL
Augusto Coelho
Sara C. de Andrade Coelho

COMITÊ EDITORIAL
Ana El Achkar (UNIVERSO/RJ)
Andréa Barbosa Gouveia (UFPR)
Conrado Moreira Mendes (PUC-MG)
Eliete Correia dos Santos (UEPB)
Fabiano Santos (UERJ/IESP)
Francinete Fernandes de Sousa (UEPB)
Francisco Carlos Duarte (PUCPR)
Francisco de Assis (Fiam-Faam, SP, Brasil)
Jacques de Lima Ferreira (UP)
Juliana Reichert Assunção Tonelli (UEL)
Maria Aparecida Barbosa (USP)
Maria Helena Zamora (PUC-Rio)
Maria Margarida de Andrade (Umack)
Marilda Aparecida Behrens (PUCPR)
Marli Caetano
Roque Ismael da Costa Güllich (UFFS)
Toni Reis (UFPR)
Valdomiro de Oliveira (UFPR)
Valério Brusamolin (IFPR)

SUPERVISOR DA PRODUÇÃO
Renata Cristina Lopes Miccelli

PRODUÇÃO EDITORIAL
Bruna Holmen

REVISÃO
Manuella Marquetti

DIAGRAMAÇÃO
Amélia Lopes

CAPA
Eneo Lage

REVISÃO DE PROVA
Bruna Santos

Para Marciana, minha esposa.

PREFÁCIO

A boa literatura não se acanha diante de sua própria complexidade. Das páginas de *Uma Lágrima para o Menino Eugênio*, ergue-se uma trama nuançada e polifônica, em que cada capítulo é habilmente alinhavado ao tecido da narrativa. Como resultado, passamos a habitar o universo singular de Eugênio sem maiores cerimônias.

Como em uma crônica de época, somos transportados ao cenário nostálgico de folguedos infantis, embates por figurinhas e o anseio por pertencimento. A escrita de José Carlos Martins, marcada por um uso fino da ironia que nada deve aos melhores cronistas brasileiros, imerge-nos na atmosfera de um Brasil interiorano, com seus personagens pitorescos e anedotas com ares de causos de pescador. Tudo, sempre, ancorado na verdade universal da experiência humana.

Como em um romance de formação, a narrativa flui feito as águas do Rio dos Coqueiros, serpenteando entre as margens da infância e da maturidade de Eugênio. Cada experiência molda a sensibilidade do protagonista. Suas escolhas, desafios e a busca por uma terceira margem vão conformando a travessia em direção à compreensão de si mesmo e do mundo.

Como em um livro de detetive, os diferentes relatos formam um quebra-cabeça. Vemos o mesmo fato a partir de ângulos diferentes. A montagem final, entretanto, revela bordas desiguais, sobreposições e lacunas, que se explicam pela subjetividade, muito bem construída, de cada narrador. Certos pormenores, no ponto cego de todos os envolvidos, nunca são narrados. A soma das vozes, então, forma e não forma a totalidade da história. É aí que entra o leitor, convidado a imaginar o não dito e a colocar as peças faltantes no quebra-cabeça, abdicando, cúmplice, da certeza de que suas suposições são corretas.

Como em uma fábula, porém sem o subterfúgio da moral e das conclusões peremptórias, falam o rio e a castanheira. Eloquente e isenta das limitações humanas, a natureza tece sua própria narrativa. As águas do Rio dos Coqueiros carregam uma sabedoria que escapa às existências pragmáticas. Sua eternidade nos acalanta com um contraponto às vicissitudes da vida humana.

Essas vicissitudes podem ser uma morte trágica ou a busca por uma figurinha da seleção da Tchecoslováquia. O que essas experiências têm em comum é a revelação, feita cedo demais ao menino Eugênio, de que o favor divino não é garantido a todos.

O divino, aliás, aqui passeia de mãos dadas com o humano pela praça matriz, unindo-se à dança dos casais de Abadia dos Coqueiros. Invocados em momentos de aflição, os santos intervêm na vida dos personagens, mas não em maior medida do que estes bulhem com a sua, dentro e fora do seminário frequentado anos a fio por Eugênio.

Uma Lágrima para o Menino Eugênio não é uma crônica de época, um romance de formação, um livro de detetive, uma fábula. É um convite à reflexão sobre a intrincada teia da existência. Num universo em que tudo parece ansiar a dualidade do bom *vs.* mau, sagrado *vs.* profano, homem *vs.* mulher, inocência *vs.* astúcia, pecado *vs.* virtude, o protagonista busca a terceira margem como quem resiste à falsa simplificação da experiência humana.

Nesta obra, a literatura não teme a si mesma, abraçando seu claro-escuro. Valendo-se de pontes reais que prometem o progresso e pontes metafóricas entre a infância e a vida adulta, José Carlos Martins constrói um panorama das complexidades de uma vida periférica. Ao leitor, fica o convite para saltar dessas pontes para dentro da história, como quem mergulha no Rio dos Coqueiros, e dela sair com uma história única, um pouco sua.

Lívia Prado

Tradutora e revisora, tem várias resenhas literárias publicadas na Folha de São Paulo.

SUMÁRIO

PRIMEIRA PARTE
UMA TERCEIRA MARGEM 15
uma grande decepção 15
uma vida em folguedos 18
uma ponte improvisada 19
um beijo que desejei 21
um dinheiro para empatar em figurinhas 23
um sorvete de ameixa 23
uma morte matada 24
um casebre fim de rua 26
uma rara gorjeta 28
um destino que se fia ao pé do fogão 28
um menino um pouco vadio 30
um pedido aquiescido 30
um dedo em riste 31
uma terceira margem 32
um sinal de adeus 35

SEGUNDA PARTE
UMA NOITE INTERROMPIDA 38
uma última refeição 38
uma repreensão com o olhar 39
uma virtude mediana 40
um relatório mensal 42
um almoço consideravelmente melhor 43
uma oração interrompida 44
uma pequena adega 45
um resto de vinho 46
um reencontro sobre a ponte 47
uma melhor ocasião 48
um gemido gutural 49
uma providência divina 51
um casamento na igreja verde 55

uma troca de alianças 57

um lençol rescendendo a lavanda 58

uma providência a ser tomada 60

uma flor por desabrochar 60

uma menina que rescendia a pecado 62

uma atitude pouco cristã 63

um corpo pronto para explodir 64

um indiscreto raio de luar 65

um menino faminto 65

uma imagem na sombra da castanheira 66

uma noite interrompida 67

uma visita em noite chuvosa 68

TERCEIRA PARTE
UMA BAGAGEM QUE VIAJA SÓ 71

um mantra sagrado 71

uma bíblia sobre o banco 73

uma libido acumulada 73

uma janela entreaberta 75

uma doce lembrança 76

uma confissão com os olhos 78

um pensamento intruso 79

um agridoce sabor de maçã 81

um grave acontecimento 82

um fardo muito pesado 83

uma parede tomada de picumã 85

um gesto retido no ar 87

um olhar carregado de interrogação 88

uma bagagem que viaja só 90

uma conversa em particular 91

QUARTA PARTE
UM SANTO EM PEDAÇOS 93

um aperitivo para o jantar 93

uma receita de bolo 95

uma enxurrada de lágrimas 96

um ouvinte impertinente 97

uma pequena fogueira 98

uma batina consumida pelo fogo...100

um ato vilipendioso...100

um serviço de leva-e-traz...101

um filho que volta do degredo...102

uma bicicleta achada no lixo...103

um argumento irrefutável...104

um dinheiro para emprestar...105

uma tacada de mestre...106

uma atitude tresloucada...107

um rio ainda criança...108

uma nota promissória a vencer...109

uma estúpida desculpa...110

uma missa de réquiem...112

uma prisão perpétua...113

uma correspondência inviolável...114

um santo menos recomendado...116

uma batina jogada ao chão...117

um grande e afamado confessor...119

uma sombra para se comer em paz...121

uma salinha atrás do balcão...122

um gramado tomado pela tiririca...123

um rapaz muito garboso...125

uma pedra sobre o passado...126

QUINTA PARTE
UMA LÁGRIMA QUE SALVA...127

um bigode aparado e escovado...127

um novo projeto...128

uma mão que se toca...129

um coração capotado...130

uma aliança no dedo anelar...131

um beliscão nas costelas do destino...133

uma blusinha mais justa...133

uma disputa na pedra maior...134

um mousse de maracujá...135

um almoço de domingo...136

um sol senhor de si...137

um banquinho de três pernas...138

um velho fenemê amarelo.. 139

uma moça de família.. 140

uma nuvem de bênçãos.. 141

uma lágrima de viúvo... 142

um pedaço de si para trás.. 143

um costume preservado... 145

uma teoria muito simples... 147

um escapamento furado... 148

um bando de abutres.. 150

uma fila na porta do céu.. 151

uma panela de sopa de caldo verde.. 153

um amante de primeira grandeza.. 155

um andar arqueado.. 156

um sorriso malicioso.. 156

uma lágrima que salva.. 157

uma taça de vinho para descontrair....................................... 159

um olhar zangado... 160

uma menina brejeira.. 161

um dedinho mindinho para se agarrar.................................... 162

uma misteriosa correspondência... 163

um ipê amarelo na praça central... 165

uma carta que se consome pelo fogo....................................... 169

um convite entregue em mãos.. 170

uma anotação aleatória.. 171

um corpo preso às ferragens... 173

SEXTA PARTE
UM RAIO DE LUAR.. 178

uma xicrinha de café.. 178

um fusquinha parado na esquina.. 180

um trono adornado de misericórdia....................................... 180

uma palavra meio mágica, meio surreal................................... 183

uma nuvem de chuva tangida pelo vento.................................. 185

uma lágrima por Eugênio... 186

uma roupa de ir à missa.. 187

SÉTIMA PARTE
UMA VISITA EM HORA IMPRÓPRIA 190

uma visita em hora imprópria. 190

PRIMEIRA PARTE

UMA TERCEIRA MARGEM

**uma grande decepção
(narrador)**

A primeira grande decepção da vida do menino Eugênio ocorreu por volta dos seus sete anos, quando ele ainda morava na rua Dois, no bairro "da outra banda do rio", numa casa que hoje não existe mais. O dinheirinho reservado para que se pudesse comprar mortadela e guaraná fora gasto na aquisição de mais unidades de uma certa marca de esponja de lã de aço. Dona Concepta, mãe de Eugênio, destacara o "recorte aqui" de várias embalagens e os enviara ao canal da TV Tupi para concorrer a um carro Volkswagen zero quilômetro.

No sábado à tarde, roendo um pedaço de pão duro e sem recheio, a família sentou-se diante da tevê preto-e-branco que chuviscava feito fosse uma das dez pragas do velho Egito. Desolados, ouviram que quem levou o prêmio fora um sujeito cuja existência desconheciam e que morava em uma cidade igualmente desconhecida, localizada num estado que só o Ladino sabia que existia, embora o parecer desse menino não pudesse ser levado em conta, porque ele era danado de mentiroso e metido a sabichão.

Naquele dia Eugênio descobriu, não com essas palavras, que Deus tinha os seus escolhidos e que Ele não tem o poder de prover a todos os seus filhos.

Sem nada para fazer, Eugênio foi mais cedo para a cama, mas demorou muito para pregar os olhos porque estava com muita raiva. E quando finalmente dormiu, sonhou que descia a Ladeira da Viúva guiando seu Volkswagem zero quilômetro, novinho em folha, sem pisar no freio uma única vez sequer e, no final da ladeira, dava um lindo cavalinho-de-pau para não cair dentro do rio. E tudo mundo aplaudia de pé a audaciosa manobra, sendo que o menino Waguinho Lambe-Sabão chegou mesmo a babar de inveja.

No outro dia, logo de manhã, Eugênio saiu de casa e foi bater bafo com o Quim do Zote, na esperança de passar o rapa em seu oponente e faturar a figurinha do Ladislav Petrás. Eugênio não só deixou de ganhar a figurinha do camisa oito da seleção da Tchecoslováquia como ainda perdeu o camisa sete da seleção canarinho.

O menino Eugênio contratou o Ladino, que era danado de mentiroso, metido a sabichão e que posava de valente, para recuperar o nosso valoroso ponta direita, e disse que ele, Ladino, poderia usar de todos os meios possíveis, legais ou não, inclusive usar de força física, se necessário. Ladino quis saber se era para fazer o Quim do Zote chorar também. "Surra com choro é mais cara, todo mundo sabe disso, e o preço seria duas figurinhas", advertiu. Eugênio deu ao Ladino as figurinhas do Ado, goleiro reserva, e do Fontana, que ninguém sabia em que time jogava, nem mesmo o Ladino, e assim ele aceitou a incumbência de recuperar o Jairzinho e ainda fazer com que o Quinzinho chorasse até que seus olhos ficassem da cor de um tomate maduro.

Logo na manhã do dia seguinte, o menino Eugênio ficou sabendo, pela boca de Waguinho Lambe-Sabão, que o Quim do Zote, na noite anterior, tinha ido para casa chorando uma cachoeira de lágrimas. Aí ele ficou danado de feliz, porque sabia que Ladino tinha recuperado a figurinha do Jairzinho, mas ficou muito bravo com ele mesmo por não ter pensado em oferecer ao Ladino mais dois cromos repetidos, que seriam de jogadores reservas, um da seleção de El Salvador e o outro de Marrocos, assim ele traria também a figurinha do Ladislav Petrás.

Ladino, porém, recuperou a figurinha do Jairzinho, mas não a entregou para o menino Eugênio, conforme ajustado, pois ficou com ela para si. Daí o seu prejuízo foi enorme. Eugênio perdeu três figurinhas, do Jairzinho, Ado e Fontana, e não conseguiu aquela que lhe faltava para completar o álbum da seleção da Tchecoslováquia.

No finalzinho da tarde, ele foi brincar nas águas do Rio dos Coqueiros, porque nadar ele nunca soube, mas era mês de frio, tinha chovido garoa, e Eugênio gripou, porque a água do rio estava gelada. Ele foi para casa e ainda levou uma bela de uma sova de dona Concepta, sua mãe.

Faltando um dia para o final das férias, Eugênio convidou o Ladino para armarem arapuca e caçarem pomba-do-ar lá embaixo da pocilga do seu Zé da Horta, que é lugar em que elas gostam de ciscar. Eugênio ficou o tempo todo esperando que o Ladino dissesse as explicações necessárias quanto ao destino da figurinha que ele recuperara, mas Ladino-boca-de-siri fez que não era com ele. O menino Ladino fez duas bonitas arapucas, mas não pegaram paloma nenhuma, porque estavam todas de papo cheio, de tanto ciscar minhoca embaixo do chiqueiro.

A farinha, que eles levaram para comer com o ensopado de pomba-do-ar que iriam fazer, comeram com leite mesmo, que é o jeito mais besta que se tem de comer farinha. Se eles tivessem um torrão de açúcar, haveriam de comer farinha com açúcar, que, sim, esse é um jeito bom de se comer farinha.

Daí, foram todos andar de trolinho feito de rolimã, que isso é que é brinquedo de verdade, não aqueles feitos de roda de madeira e o freio era o próprio calcanhar. Mas o dono desse trolinho era muito chato, pior do que carrapato, e os meninos todos o mandavam ir lamber sabão. Wagner José dos Santos era o único menino que tinha carrinho com rodas de rolimã, e só deixava quem quisesse dar uma volta nele mediante pagamento de um valor exorbitante. E, naquele tempo, o que mais estava tendo valor era figurinha do álbum da copa do mundo. Às vezes era bola-de-gude, ou pião, ou pipa, ou espelhinho de bolso com retrato de mulher pelada atrás; mas naqueles dias, sem sombra de dúvida, eram as figurinhas. Então, o menino Eugênio se desfez da figurinha do Rivelino para descer três vezes a Ladeira da Viúva, o que não valeu a pena, porque carrinho de rolimã desce muito rápido, acaba a brincadeira logo e, ainda por cima, ele se desequilibrou na segunda descida, caiu e ralou o joelho todo. Eugênio, depois de dizer ao Waguinho Lambe-Sabão que ainda tinha uma descida em haver, foi mancando até perto de casa, porque chegar assim era motivo para uma boa sova.

A viúva, que morava no pé da ladeira, ainda por cima, saiu com uma vassoura e correu atrás do Waguinho Lambe-Sabão, que levou umas boas bordoadas na cabeça. Mas ele conseguiu se evadir do local, levando, debaixo do braço, o seu trolinho de rolimã. Trolinho de rolimã faz muito barulho quando desce rua de paralelepípedo. Por isso a viúva, que era também conhecida por dona Zezé, corria atrás do Waguinho Lambe-Sabão, porque ela morava na única rua calçada naquele bairro. A rua era muito íngreme e se não fosse lajeada, carro nenhum subiria por ela na época de chuvaradas. Nesse dia, Eugênio não levou vassourada da viúva porque ele já estava em casa, levando uma surra de dona Concepta, pois apareceu com o joelho todo ralado. Ela o tinha visto subir a Ladeira da Viúva mancando e, quando virou a esquina, ele parou de puxar a perna, assim de repente, como se fosse mais um milagre de São Camilo de Lellis.

A segunda grande decepção de Eugênio foi naquele mesmo ano, por ocasião do Natal, quando ele ganhou uma calça cáqui e uma camisa xadrez, tudo novinho, ainda com o cheirinho de loja, mas seu irmão, Eurico, levou uma linda monareta vermelha-e-branca, rescendendo a tinta fresca. Era a coisa mais linda desse mundo, e ele odiou, para sempre, o seu tio Antônio Esteves Ribeiro.

A terceira e última grande decepção da vida de Eugênio só aconteceu muitos anos depois.

uma vida em folguedos
(dona Concepta)

Sim, de fato reconheço que lhe dei duas sovas bem dadas. A primeira porque chegou espirrando em casa, e a segunda porque veio mancando com o joelho todo esfolado. A gente tinha uma regra simples lá em casa: não podia ficar doente nem se machucar pelo simples fato de que não tínhamos dinheiro para comprar remédio. Só quem é pobre sabe a dificuldade que se tem para manobrar um orçamento doméstico quando acontece uma despesa não prevista. Para que se tenha ideia, para comprar lã de aço extra e aumentar nossa chance de ganhar um carro zero quilômetro, tivemos que deixar de comer pão com mortadela, que é o que a gente gostava de fazer no sábado, quando nos era permitido esse pequeno luxo. Depois que o pai dele morreu, não nos deixando sequer uma pequena pensão, as dificuldades só aumentaram, e eu preferia dar nele uma boa sova a gastar dinheiro com coisas desnecessárias. Sim, eu sei que remédio não é supérfluo, mas ficar doente ou se machucar por vadiagem são coisas que poderiam ser evitadas. É certo que, no tempo do pai dele vivo, as dificuldades também eram enormes. Meu outro filho, o Eurico, que é um pouco maior, já trabalhava, mas esse aí vivia levando a vida em folguedos, achando que tudo se resumia em falar de futebol, bater figurinha e descer a ladeira da dona Zezé de trolinho. Nem sei onde ele arrumava figurinha para bater bafo, dinheiro a gente não tinha e ele devia estar de malandragem. E eu avisava sempre que não é para brincar perto da casa da dona Zezé, que era viúva desde sempre, surda feito uma porta, e não tinha ninguém que zelasse por ela.

E, naqueles dias, eu estava bem decepcionada, achando que Deus gostava mais de um sujeito-que-mora-sabe-se-onde do que de mim, eu que sou uma pobre mulher-que-vive-num-casebre, num bairro de periferia, com dois filhos para criar, e viúva, acima de tudo. Se bem que, pensando melhor, o fato de ser viúva não era o pior que havia acontecido na minha vida. Na verdade, era uma boca a menos para minha preocupação.

uma ponte improvisada
(narrador)

Foi nessa mesma época que se deu início à construção de uma ponte sobre o Rio dos Coqueiros, que ligaria o bairro ao centro da cidade. Claro que já havia uma ponte ali, mas era feita de madeira e fazia anos que ela ameaçava ruir e há tempos estava interditado o trânsito de veículos pesados sobre ela. O bairro em que Eugênio, sua mãe e seu irmão moravam, conhecido por "Trabanda do Rio", ficava isolado da cidade, separado pelo Rio dos Coqueiros. O bairro tinha como rua principal aquela que era conhecida como a Ladeira da Viúva. Essa rua ligava a ponte sobre o rio ao alto do morro, onde havia torres para retransmissão de canais de televisão. Havia ainda duas ruas paralelas a essa avenida principal e outras três no sentido vertical, parecendo um tabuleiro de jogo da velha. Com exceção da Ladeira da Viúva, todas as demais eram de terra batida. Eugênio, sua mãe e seu irmão moravam em uma rua perpendicular à Ladeira da Viúva. Eurico, quatro anos mais velho, já auferia seu sustento, fazendo a função de menino de entregas na padaria do seu Petrônio, levando pães, roscas e bolachas às casas dos clientes. Além de um trocado, dado pelo proprietário, às vezes ganhava uma gorjeta, tudo sendo economizado, moeda a moeda; enquanto isso, dona Concepta defendia o sustento dos filhos, lavando e passando roupas para as madamas-de-unhas-compridas-e-esmaltadas.

Quem quisesse ir à casa de dona Concepta e de seus filhos deveria atravessar a ponte, subir a Ladeira da Viúva até chegar na segunda rua transversal e virar à esquerda. Era a última casa do quarteirão, do lado esquerdo, mas hoje só tem o terreno vazio, criando mato à toa, porque teve uma vez que Eurico mandou botar a casa abaixo, que ela já estava prestes a cair, mas, mesmo assim, poderia servir de abrigo a desocupados ou de covil a malfeitores.

O bairro era tão isolado e a ponte de madeira tão vulnerável que eles pensaram em deixar o carro zero quilômetro do outro lado da ponte, para não correr o risco de que ele caísse dentro do rio, com ponte e tudo. Ele, o carro, poderia ficar na casa de Titonho, que morava numa casa grande, na cidade, e tinha até onde guardá-lo. Assim, o veículo não ficaria ao relento, apanhando friagem. Mas como eles não ganharam carro coisa nenhuma, não valia a pena ficar preocupado com isso. A nova ponte seria de concreto armado e grades de ferro, e poderia passar até um caminhão carregado de pedra de um lado para o outro, sem perigo de despejar mercadoria e motorista dentro do rio.

No mês de agosto, deu-se o retorno às aulas e, então, na volta da escola, os meninos todos ficavam aboletados no barranco, vendo os homens e as máquinas pesadas trabalhando na construção da ponte, que hoje se chama Ponte Wagner José dos Santos, mas naquele tempo era apenas "a ponte nova".

Para que os homens e as máquinas pudessem trabalhar, foi preciso, primeiro, remover a velha ponte de madeira e, para que os residentes do bairro "Trabanda do Rio" pudessem continuar atravessando o Rio dos Coqueiros, a prefeitura improvisou uma ponte de pau roliço, afixando ainda uma travessa à meia altura, como se fosse um corrimão, para que todos pudessem se segurar nela e não cair, assim de improviso, de boca no rio.

Logo que chegou a primavera, a ponte improvisada começou a ficar lisa feito bagre ensaboado, porque as primeiras chuvas começaram a cair. Era ainda uma chuvinha-de-molhar-bobo, mas o pau roliço ficou muito escorregadio e ninguém se lembrou de aplainá-lo. Com isso, muita gente começou a patinar e até mesmo a cair da ponte de madeira, porque sempre tinha uma mão ocupada, quando não as duas, segurando compras, ou cadernos, ou cachorro, ou sei lá o quê, porque ninguém ficava atravessando a ponte assim, de graça, de um lado para outro, só por gosto. Era por necessidade mesmo.

Waguinho Lambe-Sabão morava na cidade, mas vinha sempre descer de carrinho de rolimã na Ladeira da Viúva, que era de descida brava. Mas o que ele queria mesmo era exibir seu trolinho e passar inveja em todo mundo. Um dia, vinha ele atravessando a ponte, segurando seu carrinho de rolimã com uma mão e a outra apoiada no varão que fazia as vezes de corrimão. O fato se deu que o Quim do Zote vinha atrás, com as mãos ao vento porque ele não era criança nem mulherzinha para ter que atravessar a ponte segurando no pau. Então ele passou uma rasteira nas pernas do Waguinho Lambe-Sabão, que estatelou dentro do rio, com carrinho de rolimã e tudo. Todo mundo riu, até os operários que estavam à toa, sentados debaixo da castanheira, porque era hora do rango deles.

Aconteceu que também o Quim do Zote caiu no rio, porque se desequilibrou na hora de passar a rasteira no Waguinho Lambe-Sabão. Ele se esqueceu de segurar no corrimão e caíram os dois dentro do rio, um em cima do outro, e o outro debaixo de um.

Muitos caíram no Rio dos Coqueiros naqueles dias de chuva e, até então, não tinha acontecido grandes coisas, porque a água do rio, no início da primavera, ainda era pouca, não dava nem para cobrir o joelho de um homem adulto. Além do susto e da roupa encharcada, apenas um eventual resfriado.

Mas o Waguinho Lambe-Sabão caiu, assim, de braços abertos, como se quisesse voar, batendo a cabeça no fundo do rio, porque, logo em seguida, veio o Quim do Zote, que acabou achatando o menino nas profundezas. Quim levantou-se rapidamente e foi conferir se havia molhado suas figurinhas, que estavam no bolso de trás da calça, e, sim, estavam todas molhadas. Ele correu para colocá-las todas ao sol, antes que se desmanchassem.

Eugênio foi conferir a secagem das figurinhas, e os homens da obra também, porque só o Quim do Zote tinha a figurinha do Pelé. Eugênio estava muito preocupado com a integridade física do cromo do Jairzinho, como se ele ainda fosse de sua propriedade. Felizmente, o retrato do camisa sete estava quase intacto, porque estava no meio de várias outras figurinhas, e o Quim do Zote fora rápido o suficiente para sair da água, só estragando os cromos das beiradas. Bastaria uma passada de ferro quente na figurinha e ela ficaria nova de novo.

Ninguém se lembrou de acudir o Waguinho Lambe-Sabão, que morreu afogado no Rio dos Coqueiros, tendo sido a ponte batizada, anos depois, com o nome dele. E ninguém mais se referia a ele por Waguinho Lambe-Sabão, mas por Wagner José dos Santos. Depois que ele morreu, deixou de ser chato feito carrapato.

A cidade toda se entristeceu quando o sino da matriz badalou seu toque fúnebre, que era um som lento e compassado, muito solene, anunciando um minuto de silêncio. Os meninos todos choraram no enterro do Waguinho, mas mais chorou foi Quim do Zote, que levou bordoada de tudo quanto é jeito lá do pai dele. E, dois dias depois do sepultamento, voltaram a chorar, agora sim com profundo sentimento, porque souberam que a mãe do Wagner José dos Santos deu marteladas e machadadas no carrinho de rolimã, deixando-o destruído e imprestável para novas descidas na Ladeira da Viúva.

um beijo que desejei
(Quim do Zote)

Creio que se tenha incorrido em erro, conforme demonstrarei logo em seguida. Primeiramente, é necessário esclarecer que meu nome é Joaquim Pereira de Oliveira Filho, embora todos me chamassem de Quim do Zote, sendo Zote o meu pai, como parece óbvio. Eu ganhei a figurinha do Jairzinho do menino Eugênio no jogo de bafo, obedecidas todas as formalidades inerentes a esse folguedo, tanto que o perdedor aceitou a derrota, não apresentando, no momento oportuno, qualquer irregularidade. É certo que mais tarde Eugênio apelou para a ignomínia ao contratar o Ladino para recuperar, à força, a figurinha perdida no bafo.

Preciso esclarecer também que, naquela noite que voltei chorando para casa, nada tem a ver com o Ladino e a tentativa de reaver a figurinha do Jairzinho. Fizemos, Ladino e eu, Quim do Zote, um acordo, sendo que dei a ele, Ladino, de livre e espontânea vontade, a figurinha do camisa sete da nossa seleção, aquela mesma figurinha que havia ganho legalmente numa partida de bafo com o menino Eugênio. Melhor esclarecendo, nós fizemos uma troca: eu daria a ele, Ladino, a figurinha do jogador Jairzinho, sendo que dela ele se apossou, ficando, de sua parte, a seguinte contrapartida: ele, Ladino, deveria falar à sua prima Mariana, menina de longos cabelos negros, para que ela me desse um beijo. Eu dei ao Ladino a figurinha combinada, ele falou à prima Mariana, menina de belos olhos amendoados, mas ela não só não me deu o beijo que eu tanto desejei, como ainda me mostrou acintosamente a língua. Só por isso e tão somente por isso é que fui embora chorando para casa naquela noite. Já havia parado de chorar quando me lembrei que deveria ter dado a figurinha ao Ladino apenas após ter ganhado o beijo da menina Mariana. Mas aí já era tarde e só me restou chorar mais um tanto pela burrice que havia cometido.

Esclarecimento maior e urgente se faz necessário quanto ao episódio da ponte que culminou com a morte de menino Wagner José dos Santos, que todos nós o chamávamos de Waguinho Lambe-Sabão, por motivos óbvios. Eu não passei uma rasteira nele como foi dito de maneira vil e infame. O menino ia na minha frente, eu vinha logo depois. Waguinho segurava no corrimão com uma das mãos, pois trazia consigo, na outra, o carrinho de rolimã dele. Eu, que vinha logo atrás, escorreguei-me e tropecei em seus calcanhares, porque estávamos muito próximos. Pego assim de surpresa, Waguinho se desequilibrou e caímos ambos dentro do rio, eu por cima dele, infelizmente. Apavorei-me e corri logo para fora da água. Não atinei na hora em ajudar o menino Waguinho, porque pensei que ele fosse capaz de se safar sozinho, afinal, a água do Rio dos Coqueiros, naquele ponto, dá pouco acima do calcanhar de um homem adulto. Quando pensamos em socorrê-lo, já era tarde, ele estava morto e não foi por afogamento, mas sim por trauma craniano, isso porque não se encontrou água em seus pulmões, donde se concluiu que ele morreu antes do afogamento, e morto não bebe água, todo mundo sabe disso. Todos esses pareceres estão esmiuçados nos autos do processo que foi instaurado para se apurar a causa-mortis do menino Wagner.

É certo que levei uma grande surra de meu pai, não pelo incidente em si, porque aquilo foi uma fatalidade, mas para dar à sociedade e à família do falecido uma satisfação. Meu pai era advogado e temeu por muito tempo a abertura de um processo para cobrança de eventual indenização. A verdade é que isso nunca ocorreu, estando prescrita qualquer ação nesse sentido. A família do falecido se deu por satisfeita com a sova que levei, como muito bem previu meu pai, à custa de vários vergões em meu lombo, cujas marcas carrego até hoje.

um dinheiro para empatar em figurinhas
(Ladino)

Todos me chamam de Ladino, mas meu nome de batismo é Ladislau P. Gonçalves. Tenho um ou dois esclarecimentos a fazer. Primeiro que não sou pau mandado de ninguém e nunca fiz ameaças a quem quer que seja a troco de figurinha de álbum de copa do mundo. Nem de futebol eu gosto e nunca tive dinheiro para ficar empatando em figurinhas. Se eu tivesse algum, iria comprar um suspiro ou uma mariola, que é muito gostosa e eu vivia passando fome. Não fiz negociata com o Dr. Joaquim Pereira de Oliveira Filho, que naquela época a gente chamava de Quim do Zote. E se minha prima mostrou a ele a língua foi porque ela quis e ele mereceu. Aliás, o Quim do Zote é um ingênuo, não sei como vai se virar sendo doutor advogado. Qualquer caipira passa a perna nele, imaginem ele no meio desse bando de macacos velhos. Não vai ganhar uma causa sequer.

Foi o Quinzinho que me deu a figurinha de um jogador chamado Jairzinho e fiquei com ela, na esperança de um dia trocá-la por um pão com mortadela. Ele me deu a figurinha e depois que se arrependeu, ofereceu-me um pão recheado com presunto e muçarela e mais uma garrafa de refrigerante a fim de recuperá-la. Aí tudo terminou bem: eu comi o que queria, sossegando as minhas lombrigas, e o Quinzinho ficou em definitivo com a figurinha. Só o menino Eugênio é que se lascou nessa embrulhada toda.

um sorvete de ameixa
(Mariana)

Eu, na qualidade de prima do menino Ladino, nada tenho a declarar. De fato, mostrei a língua para o Quim do Zote, menino desenxabido e aguado. Onde já se viu usar de um artifício barato para ganhar um beijo meu. Naquela época eu contava com uns dez anos e sabia que era admirada pela molecada, pois tinha longos cabelos negros e belos olhos amendoados. Eu não estava a fim do Quinzinho, porque minha queda era mesmo pelo menino Eurico, que era um pouquinho mais velho que eu, já trabalhava e não vivia em pândegas pela rua, andando de trolinho ou jogando bafo. Eurico já defendia o seu e recebia algum dinheirinho, o suficiente para me oferecer um sorvete de ameixa, mas ele sempre foi mão-de-vaca e nunca me deu um teco sequer. Uma vez precisei dos serviços do Dr. Joaquim Pereira de Oliveira Filho, coisa simples, cuidar de uns assuntos de pensão alimentícia. Matéria ganha, já praticamente resolvida, e ele só não perdeu a causa porque o Dr. Juiz viu minha situação e desconsiderou os argumentos dele. Quanto ao meu primo Ladino, sei que se mudou para a capital e há anos não o vejo. Parece que tomou ares de rico por lá e, a última vez que o vi, e olha que isso faz tempo, ele estava num belo carango novinho em folha.

Hoje sou mãe solteira e vivo às turras com o pai da criança. Não me casei, embora pretendentes não me faltassem. Tive muitos, e eu, ciente dos meus encantos, impus uma série de requisitos, tais como ser bonito, alto, de olhos azuis, ter cabelos morenos e cacheados. Ainda deveria ter um bom emprego, um carro (não necessariamente do ano, mas que fosse seminovo, pelo menos). Enfim, selecionei tanto que os pretendentes foram se afastando, e eu acabei só. Conforme os anos foram passando, fui deixando de lado alguns dos requisitos, mas já era tarde. Apareceram os primeiros fios brancos que muito se destacaram ante o negrume de meus cabelos e, quanto aos olhos amendoados, foram encobertos por grossas lentes de grau. Eu não precisava mais eliminar os candidatos: eles é que me dispensavam. Mesmo deixando de lado todos os requisitos, só consegui poucas aventuras e, uma delas, deu-me esse fruto, que é uma bênção em minha vida e será meu consolo na velhice, mesmo tendo que criá-lo praticamente sozinha.

uma morte matada
(narrador)

Dona Concepta, Eurico e Eugênio viviam em grandes dificuldades, situação essa que demorou para se reverter. Eles moravam numa casinha, que poderia ser facilmente confundida com uma tapera, no final da rua Dois, no bairro Trabanda do Rio.

José Esteves Ribeiro, dos Ribeiros da Serra da Soledade, morreu de morte matada quando o menino Eugênio tinha dois anos, e há para esse fato pelo menos três versões: ele mexeu com a noiva de um soldado raso; ele roubou o cavalo de um fazendeiro; ele se negou a quitar o valor perdido em uma disputa de sinuca, quando estava bêbado feito um gambá. Nesta última há ainda uma variante: poderia ser um jogo de cartas, mas bêbado ele estava, isso é fato. Nunca se soube qual delas foi a verdadeira razão para terem matado o Galo de Briga, sendo que Galo de Briga e José Esteves Ribeiro, dos Ribeiros da Serra da Soledade, são uma única pessoa. Concluiu-se então que, sendo as três versões verossímeis, pode ser que Galo de Briga tenha sido morto três vezes. E foi isso que ficou decidido nos autos do processo que se instaurou após a sua morte, como veremos em seguida.

Quem encontrou o corpo do Galo de Briga boiando nas águas do Rio dos Coqueiros, num finalzinho de tarde, foi um soldado raso, noivo de uma moça de belos cabelos loiro-cacheados e estupendos olhos verdes. Esse serviçal da lei e da ordem afirmou que já encontrou o corpo em óbito e viu, ao longe, um fazendeiro montado num cavalo baio, a galope, como se fugisse do local do crime. O fazendeiro relatou que, de fato, estivera à beira do rio à procura de seu cavalo baio, sendo que este havia fugido de seu cercado quando passou por ali uma égua manhosa. Terminou seu depoimento afirmando que vira um homem passeando pela margem do rio e, embora não o reconhecesse nominalmente, pois não era o depoente um boêmio, soube dizer que aquele sujeito era parceiro de pândega do falecido e um amante da noite. O notívago, por sua vez, disse que, se era fato que Galo de Briga lhe devia uma certa quantia em dinheiro, isso estaria longe de motivar uma desavença maior, já que, cedo ou tarde, ele, o falecido, arrumaria um jeito de satisfazer o saldo devedor. Como argumento definitivo, foi dito que, agora sim é que não receberia nunca seus haveres, estando o devedor sem condições físicas de providenciar a amortização da dívida. Informou ainda que, sim, estivera aquela tarde na beira do rio, onde tencionava fazer um piquenique, mas que "levara um bolo" da parceira. E encerrou sua fala informando ao meritíssimo que Galo de Briga havia deixado de quitar suas obrigações pecuniárias ao argumento de que precisava comprar um mimo a uma certa moça de belos cabelos loiro-cacheados e estupendos olhos verdes. Tendo sido jogado o "pepino" no colo do nosso valoroso soldado raso, este declarou que, de fato, fora ao rio com o intuito de se espairecer porque andava com os nervos à flor da pele e ele ouvira dizer que pescaria é bom para relaxar e que, se seus nervos andavam desequilibrados, era porque sua promoção a cabo estava emperrada nos trâmites legais e ainda era obrigado a sujeitar-se aos desmandos do terceiro sargento, seu superior imediato naquela corporação. E novamente lembrou do fazendeiro que cavalgava à beira do rio, naquele fim de tarde...

Entre tantas idas e vindas, o meritíssimo julgou todos culpados e, assim, ficou reconhecido legal e judicialmente que Galo de Briga, o senhor José Esteves Ribeiro, dos Ribeiros da Serra da Soledade, morreu matado três vezes.

Muitos aplaudiram de pé a sentença expedida pelo mui ilustre meritíssimo juiz da comarca de Abadia dos Coqueiros, mas nunca se soube, de fato, quem matou o Galo de Briga. O delegado, recebendo a sentença para imediato cumprimento, não soube a quem recolher ao xilindró, uma vez que ele mesmo havia apurado tão somente um único crime, e a lei lhe apresentava três culpados. Pelo pouco que entendia dos trâmites legais, compreendeu o doutor delegado que não fora reconhecida a coautoria daquele crime, assim sendo, diante da irrefutável lógica aristotélica, havendo uma única morte, e não sendo reconhecida a coautoria, haveria de haver apenas um culpado. Se ele prendesse os três acusados, fatalmente estaria privando da liberdade outros dois inocentes. E, desse modo, ficou o dito pelo não dito e, ao que parece, ninguém se lembrou de contestar a lógica aristotélica do eminente delegado, que pôs ponto final no imbróglio, decretando: "antes um assassino solto que dois inocentes presos."

Galo de Briga, assim conhecido pelo hábito de andar com a cabeça coberta por uma boina vermelha e viver se metendo em confusão, deixou dois filhos e uma viúva ao desamparo, e não fosse o irmão, Antônio Esteves Ribeiro, conhecido de todos por Titonho, embora apenas Eurico e Eugênio fossem de fato seus sobrinhos, a socorrê-los, suas dificuldades seriam infinitas, mesmo tendo a viúva granjeado alguns bicos, lavando roupas e limpando casas de madamas.

um casebre fim de rua
(dona Concepta)

Meu marido morreu quando meu filho mais velho tinha seis anos e o caçula, apenas dois. Não sabendo quem de fato o matou, o doutor juiz condenou os três suspeitos, e foi o mesmo que inocentá-los. Assim nasceu um provérbio bem conhecido e muito repetido pelos abadienses: "quem tem três, não tem nenhum." E essa máxima se fixou definitivamente quando se descobriu que o prefeito tinha três mulheres: a esposa, a secretaria e a amante, mas não brincava com nenhuma delas. Então, quando ele passava, um eleitor, fosse oposição ou não, dizia: "quem tem três, não tem nenhuma." E ele, inocente, concordava, achando que se fazia referência às três condenações.

Depois da morte de meu marido, apareceram alguns sujeitos mal-encarados dizendo que tinham algum para receber de sua pessoa. Não tinham documentos, nem ao menos uma promissória, e eu paguei assim mesmo. Fiquei com muito medo de que poderiam acontecer coisas ruins em desfavor de meus filhos, e o pouco dinheiro que eu tinha guardado, furtado à carteira do meu marido, antes que o consumisse em bebidas e com mulheres vadias, evaporou-se com grande facilidade. Quanto ao pagamento de um par de brincos que eu nunca vi, pedi parcelamento e foi necessário aumentar minhas horas junto ao tanque de lavar roupas para quitá-lo. O que nos restou foi aquele casebre fim de rua, num bairro fim de cidade, que eu tentava a todo custo transformar num lar. Passava o dia ou no tanque ou junto ao ferro de passar roupa e o que ganhei com aquilo foram calos nas mãos e o aumento nas contas de água e de luz. Meu cunhado, irmão do falecido, compadre Antônio, foi quem nos valeu em alguma situação mais urgente.

Quando meus sogros morreram, meu compadre Antônio e meu marido receberam um pequeno sítio de herança, mas o José, meu parceiro, conhecido por toda cidade pela alcunha de Galo de Briga, arrendou sua parte ao irmão, que lhe pagava uma certa quantia ao mês que, não fosse minha agilidade em lhe surrupiar algum, seria consumida nas mesas de bares e nas camas de mulheres vadias. Mas tantas fez meu marido e tantos adiantamentos foram solicitados que um dia a parte que lhe coubera passou às mãos de seu irmão, compadre Antônio.

Eu conheci meu finado marido quando fui trabalhar como doméstica na casa de seus pais. José, o mais velho, ajudava os pais no sítio, mas ele fugia no meio do dia e vinha para a cidade consumir o pouco dinheiro que recebia pelo pouco que trabalhava.

Antônio trabalhava no comércio, na cidade, na loja de armarinhos "O Barateiro". Quando o conheci, Antônio namorava a filha de seu patrão, de nome Amália, que não era feia nem bonita, mas tinha a seu favor o frescor da idade e a leveza da vida. Quando se casaram, ele se tornou sócio do sogro e, por fim, acabou por herdar aquele comércio, que explora até os dias de hoje. José, dado à vida boêmia, pouco aparecia em casa e, quando o fazia, era para dormir e assim recuperar as forças deixadas na farra.

José andava sempre em completo desalinho, barba por fazer e cheirando à cachaça barata; já Antônio, elegante, perfumado e com o rosto lisinho e macio como a bunda de um bebê. E um bigode negro, enorme, sempre bem aparado, o que lhe dava um aspecto de autoridade, daquelas que entram no recinto e impõem silêncio, como se todas as atenções lhe fossem devidas.

Havia ainda uma filha mulher, irmã deles, que, ainda moça, foi estudar em colégio de freiras. Terminados seus estudos, virou noviça e depois fez os votos perpétuos, virando freira da irmandade das Carmelitas Descalças, morando reclusa numa cela, sem contato com o mundo exterior, em vida contemplativa. Maria Lúcia Esteves Ribeiro, ao proferir seu voto de pobreza, abriu mão do dote hereditário a que tinha direito. Essa moça, depois que fez os votos perpétuos, nunca mais apareceu na cidade, e, para ser bem sincera, ninguém sabe se ainda é viva ou se já morreu.

Mas, por obra e arte do Destino (não sei se quem guia a mão do Destino é Deus ou se é o Diabo, ou, ainda, se há um revezamento entre Eles), naquela casa me engravidei do meu primeiro filho, Eurico.

Meu casamento foi simples, mas bonito. José Esteves Ribeiro e eu nos casamos uma semana antes do enlace de Antônio e Amália.

uma rara gorjeta
(Eurico)

Eu sou quatro anos mais velho que Eugênio e desde sempre trabalhei para ter algum de meu e não aborrecer minha mãe, sempre em grandes dificuldades. Mas meu irmão Eugênio vivia vagabundeando pelas ruas, jogando bafo ou descendo a Ladeira da Viúva de trolinho. Aliás, ele é a imagem cuspida e escarrada de nosso pai, é o que dizem. Eu, ao contrário, tenho a índole de meu tio e padrinho, Antônio, mais conhecido por Titonho.

Dizem que esse meu jeito de ser trabalhador e meio reservado quanto ao uso do dinheiro eu peguei na pia de batismo, e deve ser isso mesmo, porque sempre trabalhei duro e, por saber o quanto custa, não dou de mão beijada, não. Comecei como moleque de entrega na então única padaria da cidade, a "Divino Pão", do senhor Petrônio. Minha tarefa era levar pão quente e bolo fresco aos clientes, guardando toda moeda que eu recebia pelo trabalho e outras, advindas de eventuais e raras gorjetas.

Nas minhas poucas horas de folga eu ficava perto do mestre confeiteiro, ajudando-o a sovar a massa e a ornamentar os bolos. Minha boa vontade não passou despercebida e logo fui promovido a ajudante de padeiro. Com pouco tempo na função de ajudante, tomei conhecimento de toda a técnica e me fiz hábil em trabalhar a massa e promover novos confeitos, o que, na primeira oportunidade, levou-me à posição de padeiro-chefe.

um destino que se fia ao pé do fogão
(narrador)

Quando Eugênio fez doze anos e conseguiu finalmente tirar o certificado de grupo, seu tio Antônio atravessou a Ponte Nova e foi ter dois dedos de prosa com sua mãe, a comadre dona Concepta. E o assunto era urgente: o destino de Eugênio. Eurico já estava arranjado. Estudava à noite e depois da escola ia para o comércio do senhor Petrônio, onde trabalhava metendo a mão na massa, alimentava os fornos e varria o estabelecimento, antes do início do expediente. Ainda levava pão quentinho para casa e, vez ou outra, uma rosca que ficara encalhada na vitrine.

Mas era preciso preocupar-se com o futuro do menino caçula, dissera Titonho à sua comadre, sabendo que ela não só acataria como estava à esperava de uma posição firme dele, ante a ausência do pai. Ele, como cunhado e compadre, tinha o dever moral de ajudar sua cunhada, uma pobre viúva desamparada, no direcionamento daquele moleque, que se tornava cada dia mais vadio, enquanto o afilhado galgava célere para o sucesso. Titonho talvez se sentisse culpado pelo descaminho de Eugênio, pois nunca tivera tempo para passar uma reprimenda ao sobrinho, ou mesmo para lhe dar um conselho ou para festejar uma conquista, coisas que nunca faltaram quando o assunto era o menino mais velho, o Eurico. Afinal, os deveres advindos do compadrio exigiam dele essa postura, responsabilidade que assumira com a ausência do pai.

Titonho não economizava palavras e argumentos, já que esses são de graça. "Se quisermos que esse menino não se torne um boa-vida feito o pai, é preciso emendá-lo logo, e para tanto talvez só a rigidez da caserna onde imperam a obediência e a disciplina", dissera o tio. Dona Concepta, sempre dócil às palavras do compadre, ousou contestá-lo, alegando a frieza dos alojamentos: "Menino tão frágil, resfria-se com facilidade", e com a estupidez dos comandantes: "São uns bárbaros."

Titonho replicava, com ares de decisão já tomada: "É de pequenino que se torce o pepino." Mas dona Concepta fez valer sua condição de mãe e procuraram juntos outra alternativa, enquanto o menino Eugênio olhava para eles um tanto embasbacado, sem saber que ali na cozinha, ao pé do fogão, fiavam seu destino.

"Pois se a vida militar lhe parece muito penosa, como de fato deve ser, só nos resta outra alternativa: a vida eclesiástica, que é menos física e mais espírita e é tão glamourosa quanto ou até mais, sem contar os paramentos e os incensos que nos alçam ao infinito. E se alcançar o bispado, então..." Dona Concepta, com as mãos postas debaixo do queixo, deu um suspiro de resignação.

"Está decidido, serás padre!", disse Titonho, olhando para o sobrinho.

um menino um pouco vadio
(dona Concepta)

Depois da morte de meu marido, meu compadre Antônio Esteves Ribeiro era quem tomava as decisões mais importantes da família. Ele, como irmão do falecido e padrinho do meu filho mais velho, o Eurico, assumiu nossas dores e estava sempre por perto, ofertando palavras de consolo e de incentivo, e, às vezes, até mesmo um dinheirinho, em necessidades urgentes e imprevistas.

Quando ele veio falar comigo da necessidade de encaminhar o meu filho caçula, o Eugênio, eu não ousei discordar, embora meu coração tenha sangrado na hora, como se uma espada de dor o houvesse dilacerado.

Ele não era mau menino, apenas um pouco vadio, criado sem a orientação de um pai que lhe puxasse as orelhas. Eu mesma só consegui lhe passar umas poucas reprimendas, isso até seus oito ou nove anos, depois disso ele fugia em desabalada carreira em direção ao rio, e eu não conseguia mais apanhá-lo de jeito. Foi um aluno do sofrível ao regular, chegou a repetir de ano, só fazia contas utilizando-se dos dedos das mãos e desconfio que lhe deram o diploma para se verem livres dele.

Meu compadre Antônio veio com uma conversa de exército e regime militar, que eu ousei refutar. Mas quando saiu a ideia de enviá-lo ao seminário, não tive argumentos contrários. E, de fato, pareceu-me adequada a solução: saberia onde ele se encontraria e lá ele teria que estudar, senão os padres o fariam rezar um terço ajoelhado em grãos de milho.

Sempre soube que Eugênio não portava vocação alguma, mas com o tempo apanharia gosto pelas roupas bonitas, pelas cerimônias grandiosas, pelo perfume do incenso e, queira Deus, tomaria tento e até aptidão pela carreira.

um pedido aquiescido
(Titonho)

Saindo da casa da comadre dona Concepta fui direto ao vigário. Padre Telles me recebeu com elegância, como sempre. Sou um comerciante de bom porte e não nego ajuda às causas da igreja.

Falei ao vigário sobre as prendas do menino Eugênio e sua queda pelo sacerdócio. O bom padre ouviu-me em silêncio, esforçou-se para lembrar da cara do postulante, por não o ver frequentemente na igreja. Sei que ele não conheceu o meu irmão, o Galo de Briga, mais deveria saber de sua história e de sua fama, afinal, o que não faltavam na cidade eram pessoas dispostas a revirar o passado, mesmo que *isso não fosse de nenhuma utilidade, apenas o gosto de fazer mexericos. Padre Telles concordou em falar ao senhor bispo, pois sabiam eles da dificuldade em se angariar operários para a messe. "A colheita é grande, mas são poucos os que nela querem trabalhar", dissera o padre Telles, dando por aquiescido o meu pedido.*

Ante a palavra dada pelo nosso mui reverendíssimo vigário, tive a decência de alertá-lo quanto a displicência do futuro noviço, que vivia na pândega, sem preocupação alguma com seus deveres de aula e de catecismo, e havia nessa atitude um pouco de responsabilidade da minha pessoa, vez que negligenciei a sua educação, ocupado que estava em obter sucesso na vida e assim acudir as dignas obras de caridade levadas a efeito pela nossa estimada paróquia. Não obstante, confiava na disciplina que lhe seria imposta no seminário e sabia que os padres têm meios próprios e eficientes para botar na linha um estudante renitente.

Ao fim, depois de uma xícara de café que, além de frio, estava adoçado em excesso, disse ao padre Telles: "Em suas mãos entrego o futuro do meu sobrinho Eugênio."

um dedo em riste
(padre Telles)

Lembro-me muito bem do dia em que o sr. Antônio Esteves Ribeiro, dos Ribeiros da Serra da Soledade e próspero comerciante, veio conversar comigo a respeito de um sobrinho lá dele, de nome Eugênio, que morava da outra banda do rio. Pelo tempo que cá estou, não fui eu quem o batizou, mas lhe ministrei a primeira comunhão, disso tenho vaga lembrança. Mesmo assim, não consigo recordar dele com clareza e isso é um mau sinal para quem quer seguir a carreira sacerdotal. Senhor Antônio queria encaminhá-lo ao seminário, mesmo tendo ele reconhecido não ser o garoto muito religioso, parece que sequer cumpria a doutrina da Igreja de comparecer às missas aos domingos, o que dizer então quanto aos mandamentos da Lei de Deus? Mas Cristo não rejeitou nenhum pecador, e não seria eu a fazê-lo. Além do mais, fazia anos que não surgia vocação alguma em nossa paróquia, e o senhor bispo (Deus guarde Vossa Excelência) se queixara duas ou três vezes sobre isso: "A messe é grande e precisamos de ceifadores", dizia com o dedo em riste, apontando para o meu nariz. Por isso recebi de bom grado a indicação desse menino, que pouco ou nunca participava da Santa Missa, mas, estando no seminário, ele haveria de apanhar gosto pelas coisas de Deus. De repente ele daria um bom pároco de uma pequena cidade do interior, povoada por gente matuta, sem muitas exigências eclesiásticas. Deus é formidável, faz nascer um bom servo onde menos se espera. E nesse particular a igreja tem bons exemplos, como São Benedito e Santo Cura D'Ars. Por isso encaminhei-o ao seminário com boas referências ao senhor bispo

(Deus guarde Vossa Excelência). Referências até um pouco exageradas, confesso, mas seria ele o representante da paróquia Nossa Senhora da Abadia de Rio dos Coqueiros, e eu não queria deixar por menos.

uma terceira margem
(narrador)

Antes que se efetivasse o ingresso de Eugênio no seminário, algumas pendências haveriam de ser resolvidas. A primeira, o senhor bispo em pessoa a solucionou. O menino Eugênio não era crismado. Em uma cerimônia cativa realizada com muitos louvores, incensos e óleo santo, o futuro seminarista foi confirmado na fé cristã. Havia ainda pequenas e desagradáveis questões financeiras pendentes, o que não passava de um simples óbolo, uma módica contribuição pecuniária para fazer frente diante das necessidades miúdas do menino no seminário, esclareceu o prelado. Titonho tomou a dianteira e assumiu essa responsabilidade, prometendo uma generosa contribuição anual, o que, excetuando as duas autoridades eclesiásticas presentes, todos duvidaram. A fala de Titonho causou satisfação ao senhor bispo, mas preocupação ao vigário, que pensou lá com os botões de sua batina, que são muitos e por isso pôde dialogar com eles por um longo tempo: "Não me venha agora o senhor Antônio reduzir sua oferta do dízimo alegando a responsabilidade ora assumida, ele que se vire com essa contribuição anual, ninguém mete a mão na minha espórtula."

Dona Concepta ofereceu uma pequena festa em despedida, e os poucos amigos de Eugênio vieram comer roscas recheadas, adquiridas a preço de custo por Eurico, e pão com mortadela. Havia refrigerantes e refrescos, o que muito agradou os convidados. Titonho atravessou a ponte e veio ofertar seu abraço e os votos de felicidade, colocando-se à disposição para eventuais e incertas necessidades. Deu-lhe até algum para que Eugênio tomasse um lanchinho no percurso, uma vez que a sede do bispado, em Alecrim Dourado, é um pouco longe.

Euvirinha, filha de Titonho e dona Amália, no resplandecer de seus quinze anos, usando uma quase invisível minissaia jeans, levou uma vitrola e discos de iê-iê-iê.

Dona Concepta se entreteve com os convidados, com os abraços e com as felicitações, mas não tirava os olhos de Euvirinha e Eurico, que dançavam muito agarradinhos para o seu gosto. Tendo, em certo momento, encontrado com os olhos de seu compadre Antônio, viu que esses estavam grudados no casal. Percebendo que o pai vigiava a filha, pôde finalmente se despreocupar e dar a devida atenção às visitas. Mas, mesmo assim, não deixou de acompanhar os olhares fixos, quase febris, que o menino Eugênio dirigia às pernas de sua prima, que ela tentava, sem sucesso, encobrir um pouco, puxando para baixo sua minissaia. Felizmente, uma visita, com o copo vazio, requeria seus préstimos, e dona Concepta voltava às suas obrigações de anfitriã.

Assim que saiu o último convidado, dona Concepta desabou na primeira cadeira que encontrou e caiu no choro. Chamou seu filho caçula ao colo e desfilou muitas recomendações que Eugênio assentia com um gesto de cabeça. Deu-lhe um abraço tão forte que estalaram suas costelas.

A partida se daria logo de manhã, às sete horas, e às cinco Eugênio foi acordado por sua mãe. Ela estava preparando um pequeno farnel para que, desse modo, ele pudesse economizar o dinheirinho recebido do compadre Antônio. "Guarde isso para uma necessidade futura, poderá ser-lhe útil no seminário", dissera-lhe ela, apertando a mão do menino que segurava as notas tão fortemente como se elas estivessem trancafiadas num cofre.

A mãe se virou para secar uma ou duas lágrimas e não viu quando Eugênio saiu pela porta da sala, ganhou a rua, desceu a Ladeira da Viúva, atravessou a Ponte Nova e sentou-se numa raiz da castanheira. Ele queria se despedir da castanheira e do rio.

Essa castanheira era dona, senhora e proprietária de uma fronde formidável. Do amanhecer do dia ao pôr do sol, elogios lhe eram dirigidos incessantemente. Passando por "maravilha da natureza" e chegando a "presente de Deus", todos os adjetivos benfazejos lhe eram dirigidos. Ali, à sua sombra, poderíamos encontrar casais de namorados a desenhar corações apaixonados em seu tronco; trabalhadores fatigados a recuperar o seu fôlego; desocupados a matar o tempo; pescadores a lançar anzóis ao rio.

Até há pouco tempo, poderiam ser encontradas ali, na sombra da castanheira, as lavadeiras que, entoando suas lamuriosas cantigas, com as saias levantadas, presas ao cós, ensaboavam, esfregavam e batiam numa pedra as grosseiras roupas de seus homens, colocando-as depois para quarar ao sol.

Nos intervalos de suas cantorias, todo tipo de informação era válido. Desde o "eu ouvi dizer", passando pelo "a fulana, prima da vizinha da sicrana, foi que me contou", tudo se sabia, tudo se falava. Era junto à pedra de alvar e próximo ao quaradouro que as notícias eram trocadas e as suspeitas, confirmadas.

Foi exatamente ali que nasceu, cresceu, enraizou-se e solidificou-se a notícia do que o mui ilustre prefeito da cidade, ao entardecer do dia, passeava de mãos dadas com a venerável esposa pelo centro da cidade; ao encerrar o expediente, fazia horas de plantão, em seu gabinete pessoal, com a gentil secretaria, e, nos escombros da noite, encontrava-se com a fogosa amante, mas sem chegar às vias de fato com nenhuma delas, tomando ares de édito presidencial ou de bula papal, o famoso provérbio abadiense: "Quem tem três, não tem nenhum ou nenhuma."

A bica d'água era o ponto social das mulheres. Com o abandono dessa prática, ao receberem em suas casas a água encanada e adquirindo seus tanques e até mesmo suas máquinas de lavar, instaurou-se o caos social. A boa e velha fofoca caiu em vias de extinção (ou talvez encontre alguma sobrevida nos salões de beleza).

As notícias agora são propaladas por meios eletrônicos e nelas ninguém pode confiar. Que reine o caos!

Deixando de lado os devaneios, voltemos à nossa história.

Eugênio deu um abraço na castanheira, isto é, tentou abraçá-la, porque seriam necessários muitos outros meninos Eugênios para fazê-lo. Desceu o barranco e pisou na água, deixando os chinelinhos de lado. Como era de manhãzinha, a água estava gelada, mesmo sendo final do mês de janeiro.

Havia por ali uma pedra que tinha um pouco de si na água e o outro tanto fora, na terra. Eugênio sentou-se naquela anfíbia pedra e entreteve-se catando pequenas pedras que rolavam mansamente no leito do rio, atirando-as de volta no centro das águas corredeiras. Aí ele pensou: "Não sou mais que um pedregulho que vive à margem do rio e um alguém qualquer me atira na correnteza, como se eu não tivesse vida própria, como se eu não tivesse vontade que fosse minha."

Naquele mesmo momento que isso ele pensou, sentiu um calafrio seguido de um leve tremor. E, após um pequeno engasgo que lhe tirou o fôlego por um momento, como se algo lhe escapasse pela boca, igual quando lançamos fora uma comida mal digerida, ele se sentiu outra pessoa: apesar de sua tenra idade, ele não era mais um menino, mas quase um homem feito, e com isso daria adeus às descidas da Ladeira da Viúva montado num ingovernável trolinho; adeus às batidas de bafo, disputadas como se valessem uma fazenda; adeus às quedas de braços; adeus às guerras de mamonas; adeus às vadiações ao escurecer do dia; adeus às conversas impróprias à noite, no escuro da rua, num terreno baldio qualquer.

Pensou em subir na castanheira, escalando o seu tronco, o que fazia razoavelmente bem. O que nunca conseguiu fazer era engatinhar-se para aquele enorme galho que se estendia até o meio do rio e dali mergulhar em suas águas. Esse era o brinquedo de poucos meninos audaciosos, mas não de Eugênio, que, quando chegava no fim do galho, em vez de se lançar abaixo, andava para trás, agarrado à ramagem, com medo de cair no rio. E esse retorno era vexatório, porque acontecia debaixo de uma saraivada de apupos e gritos de "Eugênio é um frangote, é menininha de saiote, Eugênia, Eugênia".

Sabendo-se incapaz de realizar tal proeza, Eugênio apenas beijou o caule da árvore e voltou para casa, subindo a Ladeira da Viúva, com o corpo pesando toneladas, como se carregasse o peso da maturidade a que ele não postulara.

Na esquina da rua Dois com a Ladeira da Viúva, onde Eugênio deveria convergir à esquerda para retornar à sua casa, ele parou e olhou para a cidade. Daquele ponto ele viu a igreja, e depois viu a torre da igreja, e depois viu o relógio da torre da igreja. Eram seis horas, urgia voltar para casa. Com os olhos, desceu a rua da matriz até o pé da ponte que, naquela época, ainda era conhecida como a Ponte Nova. Parou seu olhar sobre a margem da direita, onde se encontrava estabelecida a urbe de Abadia dos Coqueiros. Daquele lado está também a castanheira, imponente como sempre. Com os olhos bem abertos, atravessou a ponte e parou na margem esquerda. Viu a casa da viúva e, logo em seguida, o início da íngreme ladeira, tantas vezes subida, outras tantas, descida.

Ali, parado na congruência das ruas Dois e da Ladeira da Viúva, ele parecia ainda procurar pela terceira via, pela outra margem onde se aportar, mesmo não estando mais dentro do rio. Mas, o que ele viu foi um leve tremular de galhos e de folhas da castanheira, como se lhe dissessem adeus.

Naquele dia, Eugênio não pôde lograr com a terceira margem porque ele desconhecia a eternidade do rio. Alguns anos depois desses fatos ora narrados foi que ele descobriu que somente os que são eternos têm o poder de nos levar à eternidade.

um sinal de adeus
(o rio)

Segundo a contagem de tempo que é feita pelos humanos, eu tenho pelo menos dez milhões de anos e, nesse período, presenciei muitos acontecimentos, alguns extraordinários, outros vulgares. Eu tenho tempo para contar em detalhes todos esses episódios, mas os homens não, nem tempo e nem paciência, então serei breve.

Eu estarei por aqui outros tantos milhões de anos, umedecendo as raízes da castanheira que mora ao meu lado direito. Uma pena que os muitos coqueiros que outrora habitavam as minhas margens tenham ido parar nos pratos domingueiros das famílias famintas. Ainda me chamam de Rio dos Coqueiros, mas o correto seria Rio Sem Coqueiros, e isso tudo graças à insaciabilidade dos humanos que sequer têm a paciência de esperar que os coqueiros produzam seus frutos e possam se multiplicar. Os coqueiros também seriam eternos, não fosse a devastadora presença dos humanos.

Enfim, essa é a raça humana e isso, nem de longe, é o seu pior pecado.

Meus primeiros pingos de água nascem no topo da Serra da Soledade, distante muitas braças de onde nos encontramos neste momento. Existiu há tempos, naquela serra, uma pedrinha amarela, bonita e reluzente, mas que, pela sua escassez, provocou intrigas e mortes entre os humanos, às pencas, como dizem os matutos. Mas, pela verdadeira e única riqueza ninguém nunca brigou: a minha nascente. De valor incalculável, a minha fonte é inextinguível e, mesmo que me levem daqui, aqui eu retorno, ao contrário da disputada pedrinha amarela, que não conseguiu colocar outra no seu lugar. Felizmente, o bicho homem não consegue me conduzir até uma agência bancária e me prender num cofre de aço e, mesmo que o fizesse, eu fugiria.

Os humanos brigam pelas pedrinhas amarelas, o ouro de tolo, e dormem sonhando em adquirir posses sem medir as consequências de seus atos. Mesmo sendo mortais, labutam como se fossem viver para sempre. Eu estou na minha nascente e na minha foz, como estou nesse ponto, ao lado da castanheira. Nós somos eternos não só porque estamos em todos os lugares, mas porque não controlamos o tempo, deixamos que ele viva solto, não o prendemos no calendário ou no relógio, como fizeram os humanos. Esses, estúpidos, passam o tempo contando os dias vividos, somando-os à sua idade, quando o certo seria subtraí-los de sua estada aqui na Terra.

Toda vida e a vida toda dependem de mim, por isso sou eterno.

Era uma manhãzinha de fim de janeiro, segundo a marcação dos humanos, quando eu vi o menino tentando dar um abraço na castanheira, e aquilo me chamou a atenção, porque era um gesto patético, seriam necessários muitos outros braços para aquele abraço.

Depois disso, o menino desceu o pequeno barranco que demarca o meu território, separando-o da propriedade da castanheira. Mas essa fronteira não é fixa nem permanente, porque algumas vezes gosto de invadir a área da minha amiga e molhar os seus pés, e de outras amigas da castanheira que moram um pouco mais distantes. Além disso, levo comigo frutos e sementes espalhados pelos campos que, de outro modo, seria impossível replantá-los em outras bandas. Se uma vez ou outra levo um móvel de um ser humano, a culpa não é minha, eu cheguei primeiro, estou aqui há muitos anos. Nem faço isso por vingança, o que seria bem feito, afinal, os humanos vivem jogando trastes nas minhas águas, mas nós somos eternos, e na eternidade não há lugar para sentimentos, nem ressentimentos.

O menino, tendo descido o barranco, pisou em minhas águas, maculando-as por um curto espaço de tempo, porque seus pés revolveram a terra assentada no meu leito. Sentou-se em uma pedra que está ali há anos, sem saber se mora em minhas águas ou nas terras da castanheira, e parece não se preocupar com essa incerteza. O menino retirava pedras do meu leito e as atirava de volta nas minhas águas, fazendo pequenas ondas em formato decrescente. Entrou em minhas águas e veio caminhando até o centro, onde antes mirava as pedrinhas. Com água à altura de sua cintura, ali ficou, parecendo indeciso, sem saber se continuava a caminhada e saía pela margem esquerda ou se retrocedia, voltando à margem direita. Demorei a perceber que ele procurava uma outra margem, a terceira, mas essa só é apresentada aos que estão prontos para a travessia.

Ele se chamava Eugênio e era uma boa criatura, eu sei separar um bom de um mau menino. Eugênio nunca jogou lixo nas minhas águas e a única coisa que me surrupiou foram alguns lambaris e bagres, coisa que não dou nenhuma importância porque eu tenho muitos. Isso faz parte da minha sabedoria. O peixe que trago em meu ventre não é meu alimento, como a castanha não o é para a minha amiga castanheira. Nós não nos fartamos daquilo que produzimos.

Aos que não estão aptos a concluir sua travessia, ofereço apenas duas margens: menos opções, menos desafios; menos desafios, menos sofrimentos. A terceira margem é a que os leva à eternidade, mas poucos a merecem. A eternidade passa pela purificação de minhas águas. Sim, é certo que há outros meios de purificação, como aquela que se faz pelo fogo, mas esse método é demorado e mais doloroso. Eu sei, a eternidade me ensinou muito.

Enfim, o menino Eugênio saiu de minhas águas, deu um beijo de despedida na árvore e, atravessando a ponte, subiu a íngreme ladeira até o cruzamento com a rua em que vivia, ali parou por alguns minutos, olhando em volta, parecia pensativo.

Eu vi a castanheira balançar seus galhos e suas folhas, como se lhe fizesse um sinal de adeus.

SEGUNDA PARTE

UMA NOITE INTERROMPIDA

uma última refeição
(dona Concepta)

Eugênio simplesmente desapareceu enquanto eu preparava o farnel para que ele tivesse o que comer na viagem, assim faria economia do dinheiro oferecido pelo compadre Antônio. Esse desaparecimento me preocupou muito, eu não saberia o que dizer ao padre Telles e ele certamente me repreenderia, chamando-me de relapsa. Minha cabeça ardia em febre. Passei a noite rolando na cama, sem conseguir pregar os olhos. O dia anterior tinha sido de muita correria e preocupação. Tive que dar uma bela faxina na casa, preparar refrescos e alguma coisa para servir aos convidados. E essa preocupação foi a que menos me cansou. À noite, tive que ficar de olho no meu menino Eurico e na menina Euvira, que portava uma minissaia simplesmente indecente. Não sei como os compadres deixaram a menina sair de casa usando aquela roupa. Só deixei de vigiá-los quando percebi que o compadre Antônio não tirava os olhos do casal. Que eles dançassem estava tudo bem, são jovens e têm o direito de se divertirem. Mas que tudo não passasse de uma inocente valsa, afinal, são primos em primeiro grau.

Eu já estava com os preparativos todos prontos, faltando apenas vestir Eugênio com sua roupa de viagem, quando dei falta dele. Lembrei de acender uma vela para Santo Antônio e pedi a ele que intercedesse por mim, mandando de volta o meu caçula. Mal havia acendido a vela e me colocado de joelhos diante da gravura do santo pregada na parede da sala, ele apareceu, todo encharcado e espirrando. Fiz um pequeno gesto de agradecimento, uma leve inclinação de cabeça, diante da moldura e murmurei: "Santo Antônio é mesmo positivo, não falha nunca." Pensei em dar ao menino uma boa sova, como ele bem merecia, mas não tinha tempo nem ânimo para essa reprimenda. Apressei em lhe trocar a roupa e aquecê-lo o mais rápido possível junto ao fogão a lenha, aliviada por não ter que prestar contas ao padre Telles. Ele certamente me passaria um longo sermão, sabendo que levaria uma descompostura do senhor bispo se perdessem aquela vocação.

Logo chegou seu irmão Eurico trazendo pão fresquinho. Eugênio, já de roupa de viagem, comeu com satisfação, como se devorasse sua última refeição. Lá no seminário passaria fome, pensei, com os padres dizendo que seriam dias de jejum ou alguma penitência para a salvação das almas do purgatório. Eu estava meio arrependida de ter concordado com o compadre Antônio, mas a situação já era sem volta, a não ser, claro, que o menino desaparecesse. Ele voltou para casa e com a ajuda de Santo Antônio. "Bom, se o santo interveio, é porque a causa era boa e justa", pensei.

Não quis levá-lo à estação. Implorei a Eurico que o fizesse, embora esse só pensasse em dormir. Mas o levou, mesmo que contrariado, talvez pensando que esse seria o seu último contratempo. Eu os vi descendo a Ladeira da Viúva, depois atravessaram a ponte e se perderem na primeira curva da rua que os levaria à estação. Voltei à sala e me prostrei diante da figura de Santo Antônio, e ali, entre lágrimas e rezas, rezas e lágrimas, fiquei por um longo tempo, pedindo por meu filho que pela primeira vez saía de casa, numa viagem longa, até Alecrim Dourado, sem ninguém a lhe fazer companhia.

Quando ouvi o apito do trem, corri à janela e fiquei esperando pelo regresso de Eurico. Este, logo que chegou, olhou para mim com seus olhos cansados de uma noite sem dormir e disse "está feito" e foi para o seu quarto.

uma repreensão com o olhar
(Eurico)

Eu o levei à estação, minha mãe me obrigou a isso, mesmo sabendo que eu estava muito cansado. Os braços estavam doloridos de tanto sovar massa de pão, havia trabalhado a noite toda. Eu só pensava em deitar, dormir e sonhar com a prima Euvirinha a deleitar-se nos meus braços que já não haveriam de doer mais, mas não quis contrariar minha mãe. Ela não se dispôs a despedir-se dele na estação e talvez imaginasse que ele pudesse tomar outro rumo se ninguém o vigiasse até o momento do embarque.

Eu achava tudo aquilo um excesso de preocupação. Se Eugênio nunca tinha viajado só, bastava recomendar-lhe que não descesse em estação alguma, a não ser na última, em Alecrim Dourado, sede do bispado. Ali o padre reitor estaria esperando por ele, conforme combinado com o nosso vigário. Não havia motivo algum para aquela choradeira toda.

Minha mãe chorou por uns bons dias, mas como eu não lhe dei muita atenção, afinal, não sou afeito a esses melodramas e não sei onde enfiar as mãos e nem o que dizer nessas situações, ela não teve outra alternativa a não ser secar as lágrimas e voltar para os nossos afazeres diários.

Sempre que se falava em Eugênio naquela casa, minha mãe ameaçava chorar e, quando o assunto era a menina Euvira, ela me repreendia com o olhar e me dizia, severa: "Tome tento, rapazinho, ela é sua prima."

uma virtude mediana
(narrador)

Naquela casa de formação de futuros padres, Eugênio permaneceu por dez anos. Poderíamos gastar longas dez horas do nosso tempo para narrar em minúcias esse período em que Eugênio passou no seminário ou poderíamos fazê-lo de modo sumário, em dez minutos.

Padre Gerardo Magella, reitor e professor de latim nos intervalos de reitoria, ensinou a seus pupilos que *"virtus in medio"*, ou seja, a virtude está no meio, por isso, obedecendo a esse sábio preceito, faremos uma análise mais ou menos virtuosa: não muito ao mar, não muito à terra. Creio que cinco horas e cinco minutos calham bem.

O prédio do seminário era uma construção antiga, que parecia reclamar há anos por uma urgente restauração. Um prédio de dois andares, em formato de U, mas com os ângulos retos. Na perna do meio, que correspondia à parte frontal do prédio, havia, além da entrada principal, algumas salas, entre elas a de estar, a de atendimento do padre reitor e o escritório do padre confessor. À esquerda da entrada, encontrávamos a capela e um conjunto de salas de estudos. Tal formato se repetia do lado direito, sendo alterado apenas quanto à capela, porque, desse lado, tínhamos uma enorme sala, onde funcionava o refeitório e mais um conjunto de salas. Na parte superior, seu lado frontal, os dormitórios dos padres residentes; naquela época, eram os padres Gerardo Magella, reitor; padre Carlos Borromeu, confessor; e padre Abigail, José de Abigail, uma espécie de faz-tudo. Havia, ainda, outros quartos para eventuais visitas, normalmente padres que vinham beijar as mãos do senhor bispo e ali pernoitavam, antes de regressarem às suas paróquias. As duas alas superiores, que formavam as duas pernas da letra U, eram idênticas. Em uma delas residiam os seminaristas menores, e na outra, de igual forma, os maiores. No centro daquela velha construção, a meio caminho das duas alas, havia um pátio e, no centro dele, um cruzeiro que ostentava, em um de seus braços, um sino rachado. Dispostos juntos às entradas das salas de aula, havia bancos de cimento, onde os meninos se encontravam nos seus raros momentos de lazer ou de folga.

O menino Eugênio foi alojado na ala dos seminaristas menores, claro. Ele precisava terminar seus estudos regulares. Somente após concluir o que naquela época se chamava de primeiro e segundo graus é que se poderia transferir para a outra ala, onde residiam os seminaristas maiores, ou seja, os estudantes de Filosofia e de Teologia.

E, nesses estudos regulares, Eugênio consumiu sete anos de sua vida, tendo sido posteriormente transferido para a outra ala, onde cursou três de anos de Filosofia, e antes de iniciar os quatros anos faltantes para concluir sua etapa de preparação, ele, sem apresentar qualquer explicação, abandonou o seminário.

Além de morarem em alas diferentes, havia outra distinção entre os seminaristas menores e os maiores: os primeiros usavam uma bata bege, e os segundos, uma batina preta. Esses dois grupos raramente se encontravam ao longo do dia e, nessas raras ocasiões, pouco se misturavam. A mesa do refeitório tinha o mesmo formato do prédio do seminário: um U, com ângulos retos, cuja perna do meio era ocupada pelos padres e eventuais visitas; e, nas laterais, os seminaristas, separados, é claro, pelo grau de estudo. Tomada a frugal refeição, dirigiam-se ao pátio e era nesse momento que poderiam interagir, até que o sino os convocasse a novas tarefas.

A rotina no seminário era rigorosa e cansativa. De segunda a segunda, os meninos eram acordados todas as manhãs, às seis horas em ponto, pelo ensurdecedor som fanhoso do sino trincado. Independentemente da temperatura, o banho era gelado, e isso não era um exercício de disciplina ou de mortificação, era displicência das autoridades eclesiásticas: falta de manutenção dos chuveiros elétricos ou escassez de recursos para fazer frente às contas de energia elétrica. Não sabemos se o mesmo ocorria na ala dos padres residentes, mas somos capazes de apostar que não. Às sete horas, todos se dirigiam ao refeitório, onde se tomava o desjejum, tão simples quanto silencioso: pão-com-manteiga e leite-com-café.

Meia hora depois, estavam todos sentados em suas carteiras, em suas respectivas salas. Estudos regulares da vida secular, com professores padres e leigos, porque não havia docentes entre o clero para satisfazer a grade curricular.

O almoço era servido ao meio-dia e, depois disso, tinham eles suas obrigações, cada um fazendo uma tarefa, segundo sua especialidade ou sua origem. Uns cuidavam da horta, no fundo do pátio; outros lavavam pratos na cozinha; outros cuidavam da limpeza dos dormitórios.

Eugênio ficou encarregado da limpeza e ornamentação da capela. Ele e mais um seminarista, da mesma idade e do mesmo ano escolar, um menino que, no intuito de conservar o costume adotado pelo próprio, chamaremos de JBJ. Às quinze horas, encerrados os trabalhos manuais, separados em duas grandes salas, os seminaristas menores e os maiores se reuniam para seus compromissos estudantis. Na primeira dessas salas, onde estavam os iniciantes, ficava o padre Abigail, José de Abigail, com a cara cerrada, braços cruzados e, pendente numa das mãos, a palmatória, instrumento já carcomido pelo tempo e que, se fosse de ferro, estaria enferrujado pela falta de uso. Esse bom padre os colocava em silêncio para estudarem as matérias ministradas naquele dia ou para fazerem suas tarefas estudantis. Duas ou três vezes por semana, em horários incertos, aparecia o padre reitor para lhes ministrar lições preliminares de latim. Às dezessete horas, retornavam todos aos seus dormitórios, tomavam o seu segundo banho frio, devendo se apresentar na capela às dezoito horas.

Nesse momento, rezava-se o "ângelus" e o terço e, na sequência, celebrava-se a Santa Missa, presidida por um ou outro padre residente, mas sempre tendo como acólitos os meninos Eugênio e JBJ.

Terminada a missa, todos se dirigiam ao refeitório, quando era servida uma sopa leve e rala, quase transparente, engrossada com o pão sobrevivente do café da manhã, e era preciso consumi-lo todo, sob pena de vê-lo retornar no desjejum da manhã seguinte. A sopa, geralmente de cebola, nunca os deixara com saudades, como aconteceu aos israelitas abandonados no deserto.

Feita a frugal refeição, todos se dirigiam aos dormitórios, onde eram expressamente proibidos quaisquer tipos de sons, fossem falas humanas, audição de rádio ou um batuque numa caixa de fósforos.

um relatório mensal
(padre José de Abigail)

Exerci por muitos anos a missão de disciplinar os pequenos seminaristas. Não sendo dono de grande eloquência nem de saber excepcional (era o que eu ouvia dos colegas de batina: "Padre Abigail, José de Abigail, pode não ser culto, mas é um santo homem de Deus"), coube a mim a tarefa mais ínfima: manter dezenas de meninos em relativa harmonia, tanto quanto possível.

Às seis horas da manhã, pontualmente, de segunda a segunda, eu deveria estar ao pé do cruzeiro para badalar o sino, que tinha um som estridente e rouco. O padre reitor já me dissera várias vezes que haveria de trocar aquele por um novo, promessa nunca cumprida, até os últimos dias que lá permaneci.

Por não ter grandes preocupações filosóficas nem mesmo teológicas, mantive a cabeça fresca durante todo esse período e, por isso, lembro-me muito bem do seminarista Eugênio. Recordo, inclusive, de que o padre reitor havia me delegado a tarefa de ir à estação esperar por ele, embora isso contrariasse ordem expressa do senhor bispo (Deus guarde Vossa Excelência). Mas não pude ir porque a ciática me atacara severamente e, não tendo a quem transferir a ordem, foi o padre confessor, em pessoa, recepcioná-lo.

Eugênio chegou muito assustado e com os olhos fundos, o que não é nenhuma novidade para nós. Claro que há aqueles que chegam com ares de quem têm o controle da situação, mas a maioria chega de olhos baixos, meio avermelhados.

O senhor bispo (Deus guarde Vossa Excelência) deu recomendações ao padre reitor, Gerardo Magella (Deus guarde Vossa Reverendíssima), que as repassou a mim, que zelasse pelo garoto Eugênio, porque ele vinha muito bem recomendado de sua paróquia de origem, à qual, inclusive, um abastado tio dele havia prometido uma satisfatória contribuição anual, que deveria chegar tão logo o menino se sentisse confortável em nosso meio.

Meus afazeres me obrigavam a andar com caneta e papel sempre à mão para anotar qualquer desvio de conduta daqueles meninos. Ao final do mês, fazia um relatório e o entregava ao padre reitor, que o guardava em pasta própria numa sala do segundo andar.

O relatório do seminarista Eugênio era basicamente sempre o mesmo, bastando mudar a data: um tanto quanto desatento, mas sempre obediente. Suas notas escolares não estavam entre as melhores, mas não eram sofríveis: "Davam para o gasto", por assim dizer.

um almoço consideravelmente melhor
(narrador)

Levantar todos os dias às seis da manhã sempre foi um suplício para Eugênio. E mesmo que fosse dia de sábado ou de domingo, deveriam todos eles saírem das camas às seis horas da madrugada. Nesse primeiro dia de relativa folga era o momento ideal para fazerem com mais apuro as tarefas manuais que lhes eram atribuídas. Os móveis eram espanados; o piso da cozinha, lavado; o pátio, varrido; as hortaliças, replantadas.

Eugênio e JBJ tiravam o pó das imagens, enceravam o piso da capela, lustravam os castiçais, caçavam uma flor na horta para enfeitar os altares.

Na parte da tarde de sábado, aqueles que já haviam liquidado suas tarefas ficavam de papo para o ar no pátio ou se recolhiam ao dormitório para tirar uma soneca (fazer uma oração para São Pedro era a desculpa) ou mesmo rever suas lições de latim.

Aos domingos, logo após o café matinal, dirigiam-se todos à capela, onde o padre confessor, Carlos Borromeu, aguardava-os para uma boa, santa e sólida confissão. Formavam uma longa fila, primeiro os da Teologia, depois os da Filosofia e, em seguida, sem ordem alguma, os seminaristas menores.

Às onze horas, eles se dirigiam à catedral Nossa Senhora das Lágrimas, de Alecrim Dourado, para a celebração da Santa Missa, quase sempre presidida pelo senhor bispo, quando não estava em visita pastoral em alguma das paróquias da diocese. Nessa celebração, todos deveriam participar com piedade e entrar na fila para receber o Santo Corpo de Cristo, sob pena de terem seus nomes inscritos no relatório daquele que não era culto, mas sim um atento homem de Deus, padre Abigail, José de Abigail.

Esse era o único momento da semana em que um seminarista podia sair da casa de formação e inalar um pouco do ar sem o cheiro putrefato tão característico dessas casas que cheiram a passado: um olor de antiguidade brotando das paredes emboloradas e das naftalinas; dos móveis velhos e das traças. Deveria, entretanto, retornar à casa de formação tão logo encerrada a celebração. Eventualmente, dois ou três felizardos recebiam uma licença especial para almoçarem fora, quando havia parentes a visitá-los, desde que regressassem à casa às dezessete horas, irremediavelmente.

O almoço de domingo era consideravelmente melhor: saíam a carne moída e o ovo frito para darem lugar à coxa ou sobrecoxa de frango.

uma oração interrompida
(padre Carlos Borromeu)

Fui padre confessor no seminário por muitos anos e uma norma draconiana a que todos estavam sujeitos era a da confissão semanal. A missa de domingo era realizada na catedral Nossa Senhora das Lágrimas, de Alecrim Dourado, e dela deveriam participar todos os seminaristas, sendo imprescindível que entrassem na fila para receberem o Corpo e Sangue de Cristo, afinal, seria um contratestemunho um futuro padre se ausentar da Sagrada Comunhão.

Muitos anos de confessionário me fizeram expert no assunto. Chegavam sempre com a mesma ladainha: tive maus pensamentos; não fiz a lição com afinco; não estudei direito para a prova bimestral. Os penitentes pensavam que dávamos importância a isso, mas, na verdade, sequer ouvíamos com atenção, eram os mesmos pecadilhos de sempre. Agora, aqueles de levantar o queixo, despertar as orelhas e arquear as sobrancelhas eram cada vez mais raros de serem relatados, embora soubéssemos que eram praticados ordinariamente. Aborrecimento maior era quando o pecado contado não era dele, do penitente, mas de outro menino, colega de quarto ou de estudo. Pecados chulos, tipo: "O menino Reivalino, no café da manhã, amoitou meio pão no bojo da camisa para roer à noite, escondido, na cama." Mas a vida sacerdotal não é feita somente de grandiosas celebrações e incensos, é preciso passar por esses pequenos percalços.

O menino Eugênio era um bom garoto, um tanto quanto distraído, mas obediente às normas. Se às vezes as deixava de cumprir, não era por rebeldia, mas por desleixo, ou melhor, por desatenção. Quando estávamos rezando o terço, por exemplo, e era chegada a sua vez, ele quase sempre estava brincando com suas contas-de-lágrimas e a oração era interrompida. Ele não sabia que era a sua vez e, então, vendo que todos lhe dirigiam os olhares, ele rezava: "Ave Maria... Santa Maria...", e todos tínhamos que conter nossas risadas.

Creio que ele daria um bom padre, embora sua vocação não fosse assim tão manifesta, era preciso procurar com olhos de curador, mas, em se procurando, se achava. Com pouco tempo de seminário, descobrimos que o colega que o encaminhou exagerou um pouquinho em suas qualidades, mas isso faz parte do jogo, já o sabemos. Ele nunca chegou ao confessionário queixando-se d'alguma dor de amor ou de algum procedimento inadequado, tão comum aos meninos de sua idade. Tinha lá seus pequenos defeitos, naturais daquela faixa etária. Fiquei sabendo que certa ocasião apelidou o nosso menino Joaquim, menino simples, vindo da zona rural, de Quim-Lambe-Sabão. Esse matuto era um bom menino, sempre concorde, os pais eram roceiros, donos de um pequeno engenho de rapadura. Mas instruí o menino Eugênio quanto à caridade e ao respeito ao próximo, afinal, somos todos filhos de Deus.

uma pequena adega
(narrador)

Todos os dias, faltando um quarto de hora para as dezoito, isso de segunda a sábado, porque aos domingos não havia missa na capela, os seminaristas Eugênio e JBJ deveriam apresentar-se à sacristia para os preparativos da reza do terço e da celebração da Santa Missa. Essa sacristia se localizava atrás do altar-mor, tendo por isso um formato ovalado. A entrada era do lado direito do altar, e aquele corredor oblongo, isto é, mais comprido do que largo, formava um semicírculo, terminando na outra ponta do lado esquerdo, onde também havia uma porta, que estava sempre fechada, porque ali, a seus pés, havia uma pequena adega, onde repousavam algumas garrafas de vinho de missa. A parede externa da sacristia tinha pequenas janelas coloridas, com as quais brincava o sol no seu fim-de-turno, desenhando estampas disformes na parede interna. Essa parede era guarnecida de grandes armários e longas gavetas, onde se guardavam todos os objetos utilizados nas celebrações eucarísticas.

O vinho de missa, ou, para utilizar um termo técnico, o vinho canônico, tem alto teor alcoólico, podendo chegar a 18%, sendo que os vinhos comerciais não passam de 14%. Na sua produção, devem ser observadas algumas recomendações ditadas pelo Vaticano, sendo expressamente proibida a inclusão de misturas de quaisquer outras substâncias que não sejam a uva. Enquanto o seminarista JBJ estendia a toalha sobre o altar, colocando no centro da mesa o missal e, nas pontas, dois castiçais guarnecidos de uma vela, cada, Eugênio, na sacristia, providenciava a âmbula com hóstias a serem consagradas durante a cerimônia religiosa e, nas galhetas, a água e o vinho canônico.

um resto de vinho
(seminarista JBJ)

Tenho o hábito de anotar em caderno próprio os principais acontecimentos do dia vividos por mim e por meus colegas seminaristas. Não chega a ser um diário, porque deixo de fazê-lo algumas vezes, afinal, o nosso tempo é bastante escasso e os momentos de folga são raros. Aproveito o período da noite, entre o recolhimento aos nossos catres e o apagar das luzes, para fazer anotações dos acontecimentos mais relevantes.

Eu, a quem todos chamam de JBJ, sou colega de turma e de beliche do seminarista Eugênio. Fizemos amizade logo nos primeiros dias, um procurando apoio no outro, já que chegamos muito assustados ao seminário, oriundos que somos de pequenas cidades do interior, sem o hábito de longas viagens e sem nunca estar longe de nossas famílias.

Tivemos a felicidade de formarmos parceria no cuidado da capela e no preparo dos itens necessários às celebrações eucarísticas. Esse serviço era pouco exigente e por isso nunca propusemos a troca por outras atividades. Trabalhar como ajudantes de refeitório ou revolver a terra de canteiros na horta seria muito pior, por isso ficamos quietos todo esse tempo nessa função, e o padre reitor meio que nos esqueceu.

Como assistentes litúrgicos, tínhamos em mente, bem estudadas e melhor decoradas, nossas principais obrigações, por isso, talvez, o padre reitor não quisesse novos acólitos, pois teria o inconveniente de adestrá-los em seus novos afazeres.

Nossas responsabilidades poderiam ser resumidas em cinco pontos: 1) Ajudar na preparação do altar e arrumação dos objetos litúrgicos antes do início da cerimônia; 2) Carregar a cruz, a bíblia, as velas ou outros objetos, quando havia procissão de entrada; 3) Preparar o incenso e o turíbulo quando de celebrações festivas; 4) Auxiliar o padre na hora do ofertório, levando ao altar os utensílios próprios da celebração, lavando as mãos do celebrante e apresentando os livros litúrgicos; e 5) Recolher os utensílios utilizados na celebração e guardar nos armários e nas gavetas as vestimentas do celebrante.

Todo esse serviço era feito com respeito e devoção, o que causava nos demais companheiros um certo grau de inveja, sempre contido e reprimido, afinal, sabíamos muito bem que não há virtude onde reina a inveja.

Ao final da Santa Missa, corriam todos ao refeitório, enquanto eu e o menino Eugênio ficávamos na capela para recolher os utensílios utilizados na celebração, guardar o missal, engavetar as vestimentas do celebrante e apagar as velas.

Mas, o que de fato quero deixar registrado (e isso eu nunca contei a quem quer que seja, nem mesmo ao padre confessor, afinal, o pecado não era meu), é que o seminarista Eugênio sempre e sempre sorvia o vinho que restava no fundo da galheta, nunca devolvendo o restante à garrafa. E ele nunca soube que eu sabia desse seu mau costume.

Que fique registrado e que ninguém disso tenha conhecimento!

um reencontro sobre a ponte (narrador)

Todos os anos, alguns dias antes do Natal, os estudantes tinham licença para voltarem às suas casas e lá permanecerem até o final do mês de janeiro, devendo todos regressarem ao seminário no início do mês de fevereiro.

Eugênio recebia, logo no início de dezembro, uma cartinha de sua mãe e, dentro dela, a passagem do trem e algum dinheirinho para eventuais despesas no percurso.

De regresso à cidade, deveria cada seminarista apresentar-se ao padre vigário de sua paróquia de origem e colocar-se à disposição dele, para eventuais necessidades. O noviço apresentava ao cura sua carteirinha, espécie de passaporte, onde era assinalada a sua chegada, devendo o mesmo ocorrer na sua partida. Naquele período, o seminarista era de responsabilidade do pároco, que deveria informar ao padre reitor qualquer tipo de comportamento não condizente com sua caminhada rumo aos altares do Senhor.

Eugênio, assim que descia do trem, dirigia-se à casa do padre Telles para obter seu alvará de liberação, que era concedido após uma longa conversa. O pároco lhe recomendava um bom proceder "nos conformes de um rapaz que almeja ser um representante de Nosso Senhor Jesus Cristo aqui na Terra" e lhe atribuía a função de servir de acólito nas celebrações festivas de Natal e Ano Novo. Assim, depois de um café frio e adoçado em excesso, ele poderia efetivamente regressar à sua casa.

Durante os cinco primeiros anos em que Eugênio esteve no seminário, essa cena se repetiu, e sua mãe, sabendo que seu filho deveria antes passar na casa do padre, o aguardava na esquina da rua Dois com a Ladeira de Viúva. Com as mãos torcendo o avental, ela ouvia o trem chegar na estação e sabia que deveria aguardar ainda por mais uma hora para que ele, finalmente, descesse a rua que ligava o centro à ponte sobre o rio. Quando Eugênio se aproximava da ponte que cortava o Rio dos Coqueiros, ela descia a ladeira, indo ao seu encontro, com os braços abertos para o receber.

O reencontro se dava sobre a ponte a ali permaneciam longo tempo, num demorado abraço. Depois Eugênio gastava mais alguns minutos olhando as folhas da castanheira, sempre verdes pela proximidade do rio, e, em seguida, observava as águas do Rio dos Coqueiros, sempre volumosas naquela época do ano.

Subiam em silêncio a Ladeira da Viúva, dona Concepta levando a bagagem do filho.

No entanto, houve um ano em que tal fato não se repetiu.

uma melhor ocasião
(padre Telles)

Esperei ansiosamente pelo retorno do seminarista Eugênio. Sabia que ele havia tomado o trem em Alecrim Dourado naquele dia e que, no meio da tarde, ele estaria chegando em Abadia dos Coqueiros. Pedi ao colega reitor do seminário, Gerardo Magella, que me avisasse do horário de sua partida. Esperei pelo apito do trem e, assim que ele se fez ouvir, esfreguei nervosamente as mãos e pensei: "É hoje que boto abaixo aquela casa de pecados." Mas, quão grande decepção ao ver chegar o seminarista Eugênio acompanhado de sua mãe. "Macacos me mordam", exclamei!

E a senhora dona Concepta não me saiu do alpendre um minuto sequer. Não tive como falar tudo o que queria, ou melhor, tudo que necessitava falar ao seminarista Eugênio. Recomendar-lhe-ia sair imediatamente daquele antro de perdição e vir morar na casa paroquial. A situação agora vivida por sua mãe não era mais compatível com o "status quo" de um postulante aos altares do Senhor. O ambiente onde vivia sua mãe, dona Concepta, era impróprio para um jovem ainda em formação e, ainda mais, para um seminarista que almejava a gloria dos altares do Senhor.

Mas julguei que o momento não era oportuno, com sua mãe rondando meu alpendre. Dir-lhe-ia tudo o que precisava ser dito, mas aguardaria melhor ocasião. Ocasião que não haveria de faltar, afinal, teríamos muitas celebrações, e ele estaria sempre presente, prestativo como sempre. Reflitam comigo: se eu lhe dissesse tudo o que tencionava dizer, poderia ele ter uma reação inapropriada. Imaginem que escândalo seria o seminarista Eugênio passando uma descompostura em sua mãe ali, no alpendre da casa paroquial. A sós, poderia acalmá-lo, deixar que extravasasse sua raiva através do choro e, depois, acalmado, iria para casa e diria à sua mãe, em palavras contidas, mas claras, de modo compassado, mas enérgico, tudo o que seria necessário dizer.

Mas, contrariando minhas expectativas, o seminarista Eugênio não apareceu para fazer seu papel de acólito na festiva de Natal e, no início do ano seguinte, o senhor bispo (Deus guarde Vossa Excelência) houve por bem me transferir de paróquia.

Dei de ombros e pensei: o meu substituto, padre Soares, que o condene ou o absolva, isso não é mais problema meu. O senhor bispo (Deus guarde Vossa Excelência) que me perdoe, mas me mandar para aquele fim de mundo foi o mesmo que me condenar ao degredo. Nós, padres diocesanos, fazemos dois votos no momento de nossa ordenação: o de castidade e o de obediência. Mesmo que o povo pense diferente, o voto de obediência é deveras muito mais complicado de se cumprir que o da castidade, podem apostar.

um gemido gutural
(narrador)

Naquele ano em que dona Concepta foi aguardar o retorno de seu filho na estação ferroviária, Eugênio contava dezessete anos. Foram ambos à casa paroquial, ela sabia que Eugênio não deixaria de proceder ao protocolo de apresentar-se ao padre vigário.

Dona Concepta, mesmo convidada pelo padre, não entrou. Sabia que o convite era apenas uma formalidade, pois a conversa entre seu filho e o vigário só dizia respeito aos dois, mas seu intento fora alcançado: mostrar ao padre que ela estava ali, no alpendre, à espera do filho, e ele, o padre, não se atreveria a dizer tudo que tencionava fazê-lo, sabendo que sua mãe o aguardava a poucos metros de distância.

O padre, muito contrariado, disse o mesmo de sempre: falou sobre o exemplar comportamento que deve ter um seminarista em sua terra natal: manter-se distante de bares e afins; andar somente em boas companhias; evitar conversas alheias à sua vocação; e principalmente ficar longe de exemplares femininos, que a carne é fraca e a tentação, enorme. Depois falou-lhe sobre as missas e sua participação nas celebrações, sempre bem-vinda. Mais não disse, embora parecesse que algo ficou pendente no ar. Ele ameaçou dizer, era urgente que dissesse, mas a presença incômoda de dona Concepta no alpendre de sua casa o fez recuar de sua obrigação, aliás, obrigação de todo cristão: alertar um filho de Deus quando este está prestes a entrar num covil de perdição.

Pela vidraça da janela, via-se a imagem de dona Concepta. Ela estava lá, ansiosa, aguardando a liberação de seu filho Eugênio e dali não arredaria o pé sem sua cria. Nada mais restou ao padre Telles senão despedir-se do seminarista, levando-o até o alpendre. Ali fez novo aceno de adeus a Eugênio, mas não se despediu de dona Concepta.

Saíram mãe e filho pela praça, mas não desceram a rua em direção ao Rio dos Coqueiros. Tomaram rumo contrário e caminharam em direção à casa de Titonho.

Lá chegando, para grande espanto de Eugênio, sua mãe não tocou a campainha, nem fez gesto algum para anunciar a sua chegada, simplesmente tirou da bolsa uma chave, destrancou a porta e, sem cerimônia, entrou, convidando o filho para que fizesse o mesmo.

Tudo aquilo soava muito estranho a Eugênio: sua mãe o aguardando na estação e o acompanhando até a casa paroquial; a indisfarçável inquietação do padre; e agora mais essa, não desceram em direção ao rio e tampouco cruzaram a ponte para depois subirem a Ladeira da Viúva, mas simplesmente caminharam em direção à casa de seu tio.

A casa de Titonho ficava do lado oposto da estação ferroviária, duas ruas abaixo da praça central. Uma construção antiga de paredes grossas e amplas janelas, requerendo ambas uma boa demão de tinta. No fundo, um enorme quintal onde habitavam uma antiga e ainda frondosa mangueira e árvores frutíferas, cítricas, na maioria: laranjas, mexericas e limões.

Aos poucos, Eugênio foi entendendo: sua mãe estava morando na casa do senhor Antônio Esteves Ribeiro. Esse senhor, apelidado de Titonho, não agradava nem um pouco a Eugênio, mesmo sendo ele cunhado de sua mãe e padrinho de batismo de seu irmão Eurico. Ao nome de Titonho não acorria à memória de Eugênio a esmola que ele lhe dava quando voltava para o seminário, no final das férias, tampouco a contribuição para ajuda de custo enviada à diocese, se é que mandava mesmo alguma coisa. O que vinha à mente de Eugênio era a figura de uma monareta vermelha-e-branca, a coisa mais linda desse mundo, que o tonto do irmão usava para trabalhar, e não para se divertir.

Já dentro de casa, ela o levou para um quarto, que Eugênio sabia ser o antigo aposento de Euvira, sua prima, filha única de Titonho. Essa menina era pouco mais nova que seu irmão Eurico e morava na cidade grande há algum tempo.

Colocando a mala de Eugênio sobre uma escrivaninha no canto do quarto, dona Concepta informou-lhe: "Este será o seu quarto a partir de agora."

Essas palavras soaram como um soco na boca do estômago de Eugênio, e sua boca sentiu o gosto amargo da bile que lhe subiu até o gorgomilo. Claro que esse quarto era muito melhor que aquele que ele ocupava na casinha da rua Dois, do bairro Trabanda do Rio. A janela desse dava de cara para a rua, deixando que o sol e o movimento dos arredores entrassem quarto adentro, dando-lhe claridade e vida. Mas, assim, de repente? O que estava acontecendo?

Um gemido gutural muito estranho fez o menino Eugênio se despertar daquele estupor, forçando-o a olhar em direção ao quartinho do outro lado da sala, o antigo ateliê de costura da tia Amália. Sua mãe, acompanhando aquele olhar, informou: "É a comadre, está entrevada, coitada, não sai mais da cama."

uma providência divina
(padre Telles)

Fazia meses que eu esperava ansiosamente o retorno do seminarista Eugênio à cidade. Precisávamos ter uma conversa séria, providências precisavam ser tomadas, com urgência. Pensei em lhe comunicar os acontecimentos por carta, mas não o fiz, primeiro por falta de tempo e, depois, há certas coisas que precisam ser ditas com o olhar em riste e com aspereza na voz. Talvez um bom escritor saiba colocar tudo isso no papel, mas eu não. Não passava de um padre do interior, sem traquejos para trabalhar com a palavra escrita, mas na oratória não deixava por menos. Sei que eram afamados meus sermões, que, diziam à boca miúda, eram tal e qual a uma minissaia: curto e provocante. O sermão das Sete Palavras, então, na Sexta-feira Santa, vinha gente de longe para ouvi-lo.

Dona Amália, esposa legítima do sr. Antônio Esteves Ribeiro, caiu de cama, assim sem mais nem menos. Doença tão inesperada quanto inexplicável. Doutores especialistas vieram e medicamentos caros foram comprados, mas sem valia para tirá-la da cama. Dona Amália estava entrevada até o pescoço. De resto, só os olhos se mexiam e a boca soltava, de quando em quando, uma espécie de grunhido involuntário.

Assim, alegando a caridade cristã, dona Concepta mudou-se para a casa do sr. Antônio com a reta intenção de cuidar de sua comadre, dona Amália. Chegou dizendo que era provisório (mas levou consigo tudo o que podia), corroborando o seu cunhado e compadre, senhor Antônio. Ele disse que haveria de contratar uma pessoa para essa finalidade. Mas, por fim, alegando que havia "gasto os tubos" com aquela fatalidade, uma vez que teve que fazer frente às despesas inesperadas com especialistas e medicamentos, dona Concepta acabou ficando, afinal, eram praticamente da mesma família, que mal há?

E era isso mesmo que deveria ser feito, conforme o proceder de um bom cristão. Devemos levar em conta ainda que dona Concepta morava sozinha naquele bairro longínquo e abandonado. Seu filho Eurico se dedicava integralmente ao serviço na padaria e ali dormia, junto aos sacos de farinha de trigo.

Essas justificativas todas corriam de boca em boca e com elas todos concordavam, anuindo com a cabeça. Mas eu suspeitei de algo mais e pus-me em campo para desvendar se, de fato, haveria um outro motivo.

Quando vim para cuidar do rebanho dessa pequena cidade, o senhor José Esteves Ribeiro já era falecido. Sei que o chamavam Galo de Briga porque ele vivia nos bares e nas biroscas da cidade, sempre às turras com os cidadãos de bem. Embora seu pai possuísse alguma coisa de próprio, Galo de Briga vivia esmolando pelas ruas da cidade, e quando o óbolo lhe era negado, partia para briga, o que justificava seu apelido. Sempre secundado por seu inseparável companheiro, Tira-Prosa, viviam ambos importunando os homens de bem e proferindo gracejos às mulheres honestas.

Com a mudança da dona Concepta para a casa de seu compadre, senhor Antônio Esteves Ribeiro (a quem damos graças pela sua generosidade em nos favorecer com espórtulas para os santos e brindes para as festas da padroeira), muitas conversas até então submersas vieram à tona.

Tomei conhecimento de que a dona Concepta, quando mocinha, trabalhou de empregada doméstica na casa dos pais do senhor Antônio e do Galo de Briga. Fiquei sabendo também da existência de uma terceira filha, agora freira, Maria Lúcia, que vivia reclusa num convento da Irmandade das Carmelitas Descalças.

Um senhor, a quem, por zelo apostólico, negarei o nome, mesmo estando na minha presença, insinuou que dona Concepta era um pedaço de mau caminho quando mocinha e que, ainda hoje, não era de se jogar fora. Tirando esses desaforos que somos obrigados a ouvir, fiquei sabendo que dona Concepta se engravidou do menino Eurico nesse período e que o irmão mais velho, José Esteves Ribeiro, assumiu o mal feito, embora vivesse mais na rua que em casa, quase sempre bêbado. Segundo teoria vigente à época, por estar quase sempre alcoolizado justificava-se o fato do senhor José Esteves Ribeiro não se lembrar de ter feito mal à moça. O irmão mais novo, Antônio, tão logo soube da gravidez da empregada, apressou-se em se casar com sua prometida, dona Amália, fato esse que ocorreu uma semana após o enlace de José Esteves e dona Concepta.

Mas, tudo isso são coisas passadas, muitas delas emergiram sem que eu as inquirisse. Houve alguém que quis insinuar alguma maldade, eu o dispensei logo. Não cabe ao padre ficar ouvindo suposições na rua e, se o assunto é facto, o lugar adequado é o confessionário.

O que me dizia respeito como pastor desse rebanho que, eu sei bem, gosta de chafurdar em chiqueiro alheio, era que, tão logo dona Concepta mudou-se para a casa do senhor Antônio com o único intuito de cuidar da entrevada, ambos desapareceram das celebrações dominicais. Isso, sim, era de minha alçada e era, naquele momento, o motivo de minhas dores de cabeça.

Abadia dos Coqueiros é cidade pequena e eu conheço todos os seus habitantes, natos ou estrangeiros, católicos ou ateus (nessa categoria de ateus englobo, além daqueles que não acreditam em Deus, os protestantes, os evangélicos e os espíritas), sejam eles praticantes ou relapsos. E o pior de tudo, conheço o lado podre da minha gente, o seu lado frágil, o seu lado pecador, por assim dizer. Isso, claro, de grande parte dos abadienses, porque ouvi-los em confissão tem esse lado privilegiado, embora não possamos usar esse facto numa mesa de negociação. "Quod in confessionali, in confessinali permanet"[1], essa é a primeira lição do sacramento da confissão. Infelizmente, hoje em dia sei que até os católicos estão fugindo do confessionário, o que muito lamentamos.

---

[1] "O que se diz no confessionário, no confessionário deve permanecer."

Cumprindo com os meus deveres de pastor, assim que os vi no comércio do senhor José Laranjeiras a fazerem suas compras, indaguei-lhes sobre a ausência das missas dominicais, sem lhes afrontar, claro. Apenas fiz ver-lhes que as suas ausências eram sentidas. Enquanto aguardava a resposta, notei que se utilizavam de apenas uma sacola para acondicionar os produtos adquiridos. "Isso é mau sinal", pensei comigo. Com as faces avermelhadas, a cor do pecado, embromaram-me como puderam. Sou pároco nessa cidade há muitos anos, conheço meu rebanho. Colocando a culpa nos cuidados despendidos com a esposa inválida, deduzi a verdade enquanto mentiam para mim: com dona Amália entrevada, imóvel na cama, sem poder satisfazer as safadezas do marido, o senhor Antônio, sentindo-se viúvo de mulher viva e sem poder aplacar sua libido, jogou-se em cima de sua comadre, dona Concepta, que, desamparada há longos anos, corpo ainda sedento e faminto como uma loba solitária, não se fez de rogada. E, de fato, só agora botando reparo, a dona Concepta ainda era mesmo um pedaço de mau caminho (Jesus manso e humilde de coração, fazei o meu coração semelhante ao vosso). A verdade é que foi um bom negócio para ambas as partes, deduzi, sem grande esforço. Satisfaziam-se mutuamente, e, com isso, Dona Concepta tinha uma casa melhor arranjada para viver e, de igual modo, o sr. Antônio tinha uma cuidadora de idosos a seu dispor, sem ter que despender de algum numerário para tanto. Um excelente negócio para ambas as partes, mas desprezível aos olhos de Deus.

Fui embora com aquilo atravessado na garganta. E agora, como é que ficamos? Era isso que eu queria indagar ao seminarista Eugênio, afinal de contas ele seria um futuro padre e era inadmissível manter aquela situação contrária aos preceitos divinos e aos bons costumes. Ou o casal aguardava o passamento de dona Amália e depois disso regularizaria a situação perante a Santa Igreja Católica Apostólica ou dona Concepta retornava para seu casebre, no bairro Trabanda do Rio, e lá aquietava sua luxúria.

Enquanto persistisse aquela incômoda situação, seria necessário tirar o menino do ambiente totalmente hostil à sua vocação. Como poderia um futuro padre viver naquele ambiente marcado pela ignomínia e desrespeito? O casal não mais frequentava a missa e sequer recebia a sagrada comunhão, pois claramente vivia em absoluto estado de pecado. Esse fato era irrefutável e queimava a minha cara como o sol do meio-dia.

E dona Amália, a esposa inválida? Fui visitá-la duas ou três vezes logo que se deu aquele nefasto acontecimento. Mas minha presença ali era inútil. Dona Amália trazia os olhos arregalados no oco da cara, querendo dizer alguma coisa, mas para se confessar é preciso expressar em palavras o malfeito. Sem dizê-lo com todas as letras, não me é permitido dar a absolvição e oferecer a sagrada eucaristia. São regras da Santa Madre Igreja, e não serei eu a violá-las. Assim, vendo que ela não melhorava e continuava sem se expressar em palavras, apenas mantinha os olhos tão estalados que pareciam querer orbitar fora do rosto, deixei de lá comparecer, por serem inúteis os meus préstimos.

As verdades todas nos são jogadas na cara sem que precisemos campear por elas. Fiquei sabendo que tiraram a dona Amália de sua alcova e alojaram-na no antigo quarto de costura, que ficava ao pé da escada da cozinha, com vistas para o quintal.

Tudo isso eu diria ao seminarista Eugênio assim que a oportunidade aparecesse, mas o Natal chegou e passaram-se as festas de fim de ano e o rapaz não apareceu para nossa tão esperada conversa, nem mesmo para me ajudar nas celebrações festivas próprias daquela época do ano, quando um auxiliar é sempre bem-vindo.

E no início do ano seguinte, o senhor bispo (Deus guarde Vossa Excelência) me transferiu de paróquia, mandando-me para a cidade de São Francisco do Ipê Amarelo. Cidade é um modo de dizer. Um lugarzinho perdido no meio do nada e, em volta do nada, um mato abarrotado de bichos e um riozinho de água gelada.

Diante de tudo o que aconteceu, eu disse aos botões da minha batina: "É a providência divina agindo" e deixei o pepino para o meu sucessor.

um casamento na igreja verde
(dona Concepta)

Nem tudo o que diziam pela cidade era verdade. Se querem saber de um povo fofoqueiro, é aqui mesmo em Abadia dos Coqueiros que se pode encontrá-lo. Cuidam da vida dos outros com uma presteza impressionante. De fato, mudei-me para a casa do compadre Antônio porque ele precisava de minha ajuda. A comadre Amália caiu de cama, de modo irreversível e inexplicável, e o compadre veio até mim e pediu ajuda. Ele, que tantas vezes nos socorreu, agora vinha com a mão estendida, como quem pede uma-esmolinha-pelo-amor-de-Deus. Eu morava sozinha na minha casinha lá no bairro Trabanda do Rio. O meu filho mais velho morava numa casinha no fundo da padaria onde ele trabalhava, junto com sacos de farinha de trigo. O caçula morava no seminário e só vinha em casa uma vez por ano. Que razão tinha eu para morar naquele lugar, triste e solitário, sem companhia alguma?

Fui morar na casa do senhor Antônio com o único objetivo de auxiliá-lo nos cuidados da comadre. O senhor Antônio é irmão do meu marido, o falecido José Esteves Ribeiro, que era conhecido por Galo de Briga. Meu gesto foi motivado *por uma única intenção: a caridade cristã (e retribuir um pouco do muito que lhe devia). O que aconteceu depois escapou ao nosso controle, foi mais forte do que a cautela e o bom-senso juntos.*

Ajeitamos um quartinho dos fundos, antigo quarto de costura, para melhor acomodar a comadre. Esse quartinho ficava ao lado da cozinha, com um pé no quintal, portanto, distante da rua. Além de estar longe do movimento externo, era agraciado, ao longo do dia, com a sombra da grande mangueira existente ali no quintal. Um quarto fresco e silencioso era tudo o que a comadre Amália precisava. Jogamos retalhos e moldes fora, encostamos a máquina de costura a um canto e demos até uma demão de tinta branca, para aumentar-lhe o frescor. A casa do compadre é uma casa grande, sala, copa, cozinha, banheiro e três quartos, além desse quartinho de despejo. A filha única do casal, a Euvira, morava na capital, aparecendo somente de quando em quando. Essa minha sobrinha regulava um ano mais nova que o meu menino Eurico.

Com a comadre devidamente alojada no antigo quarto de costura, o compadre Antônio ficou com o quarto do casal; o meu filho Eugênio, quando aparecesse de férias do seminário, ficaria com o quarto que era da menina Euvira. Eu fiquei com o quarto de visitas, localizado próximo à cozinha, bem perto do quartinho de costura, agora habitado pela comadre Amália. Era preciso que eu estivesse o mais próximo possível, sempre alerta às necessidades dela.

Sabendo que o menino Eugênio chegaria no horário da tarde, corri até a estação para esperá-lo: era de costume a sua apresentação junto ao padre, quando receberia as instruções e conselhos, além da assinatura na sua carteirinha de seminarista. O padre andava com a cara virada para mim e para o compadre Antônio e, certamente, teria uma conversa bastante desagradável com o meu menino, enchendo sua inocente cabecinha com histórias atravessadas. Depois daquele dia que o pároco nos viu no mercadinho do senhor José Laranjeiras fazendo compras, notamos que ele passou a circular pela vizinhança fazendo muitas perguntas, como se ainda estivéssemos no tempo da inquisição.

Fui até a casa paroquial, mas não entrei porque sabia que a conversa entre eles era particular. Não arredei o pé dali. Fiquei por perto, mostrando-me ao padre Telles através da vidraça da janela, para que ele soubesse que eu permaneceria até o fim da conversa, durasse o tempo que fosse. Quem deveria manter o meu filho informado acerca dos novos acontecimentos era eu, e não um fofoqueiro qualquer, mesmo que esse língua-de-trapo fosse o nosso vigário, a quem devotávamos muito respeito.

Assim que entramos no antigo quarto da menina Euvira, expliquei ao meu filho, sem entrar em detalhes, que agora o compadre Antônio Esteves Ribeiro era também seu padrasto e que a menina Euvirinha, além de sua prima, era também meia-irmã, e que, sim, fizemos os votos na igrejinha do sítio, tendo como testemunha a família do caseiro que lá morava. E concluí, antes que ele recuperasse a fala, colocando ponto final naquela conversa desagradável: "Juntado com fé, casado é."

Essa conversa me fez lembrar de minha pobre mãezinha, que Deus a tenha, que diria, se pudesse nos ouvir: "Casaram na igreja verde." Não me perguntem o que significa isso, eu nunca soube.

uma troca de alianças
(Titonho)

Mesmo no tempo que meu irmão era vivo, era eu quem acudia a sua família. Ele era um imprestável, vivia na farra e queimou na cachaça e na vadiagem os poucos bens que nosso pai nos deixou de herança. Eu não, fiz como o servo bom e fiel, multipliquei aquilo que me foi deixado por nosso pai. Foi preciso derramar muito suor e passar longas horas debaixo do sol quente, não só para conservar o patrimônio recebido em herança como para dar-lhe um lastro. Já meu irmão vivia de folguedos, achando que viemos ao mundo para passear e fazer algazarras. Sempre na companhia de Tira-Prosa, outro vagabundo, consumiu tudo o que tinha, e eu fui obrigado a velar pela comadre e seus filhos. Esse tal de Tira-Prosa ao menos era solteiro e não tinha (como ainda não tem, pois ainda vive) nem um passarinho sequer para dar de comer.

Meu sobrinho mais velho, o Eurico, sempre foi um bom menino, estudioso e trabalhador. Já o menino Eugênio, só o seminário poderia botar ele na linha, folgado igual ao pai. Não fosse eu para socorrer a comadre Concepta e seus rebentos, só Deus para tirá-los daquela miséria terrível, estariam todos a lamber embira. Alguns credores de meu irmão foram à sua casa para receberem dívidas de jogo e de cachaça. Disse à comadre que não pagasse, mas ela fez questão de honrar as dívidas, mesmo sem documento algum. Acho que agiu em erro, mas as crianças eram pequeninas e ela temeu por elas. Aqui em Abadia dos Coqueiros tem gente que ainda resolve suas altercações longe dos olhos da lei, usando seus próprios argumentos.

Dona Amália, minha esposa, caiu inválida na cama, sem qualquer motivo aparente. Gozava de boa saúde, ia esporadicamente ao médico, procedia a exames regulares, mas, um dia, sem mais nem menos, desabou no piso da cozinha e foi parar na cama e ali ficou, imprestável, coitada.

Sempre tive olhos para a comadre Concepta, não vou negar, mas o respeito por meu irmão e pelos votos do casamento me mantiveram longe de sua anágua.

Mas depois que meu irmão morreu matado e que minha esposa ficou inválida, não deu mais para segurar e só quem é homem sabe do que estou falando. O mandamento de Deus de crescer e multiplicar é mais forte que o respeito à memória do falecido e à promessa de fidelidade eterna.

Mas fizemos tudo dentro dos conformes, juramos as promessas de praxe e até trocamos aliança, então somos um casal dentro da legalidade, se não aos olhos da Santa Madre Igreja Católica, ao menos quanto à nossa consciência, que é o que realmente importa. Mesmo que o padre Telles ficasse aspergindo maldições sobre nossas cabeças, estávamos em paz e isso nos bastava.

um lençol rescendendo a lavanda
(narrador)

Depois de ouvir a história de sua mãe, o menino Eugênio ficou meio abobalhado e, sem saber o que dizer, deitou-se na cama, tão logo se viu sozinho. O quarto estava pintado de novo e via-se que mãos inábeis haviam feito o serviço. A cama era macia e os lençóis exalavam um perfume até então desconhecido por ele. Olhando para o forro de madeira, Eugênio viu que não havia teias de aranha enegrecidas pela fumaça do fogão a lenha.

Mas as palavras de sua mãe povoavam sua mente e ele achou que deveria repreendê-la por aquela atitude, que era, para dizer o mínimo, equivocada. Era isso o certo a se fazer. Afinal, ele estava no caminho do sacerdócio e não poderia admitir tão grande afronta às mais sadias doutrinas católicas sob suas barbas, mesmo que ele não fosse padre para fazer sermão e tivesse o rosto sempre escanhoado. Não poderíamos esquecer também, ele pensou, no grande desrespeito com sua tia Amália, ainda viva, prostrada numa cama, é certo, mas vivinha da silva. Iria ter-se com o vigário, padre Telles, e acataria todas instruções e orientações que ele haveria de lhe passar. Cabisbaixo, concordaria com todas elas e prestaria atenção a todos os seus dizeres para depois repeti-los à sua mãe. Afinal, o padre Telles era o responsável por aquele rebanho, e sua mãe e Titonho faziam parte de seu aprisco. Inclusive, as almas deles estavam sob sua responsabilidade enquanto ele permanecesse vigário na paróquia Nossa Senhora da Abadia. A grande preocupação de todo vigário (aquela que lhe causa insônia e enxaqueca) é que, um dia, ele terá que prestar contas, ao Criador, das almas que estavam sob a sua guarda e se perderam.

Era esse o caminho a seguir, dirigir-se-ia até a casa paroquial e se colocaria a ouvir as recomendações do padre para repeti-las à mãe, e a repreenderia, como deve fazer todo cristão quando vê um irmão incorrer em erro. Deixaria de lado o zelo filial, e ela haveria de ouvi-lo e acataria suas orientações. Diria ao vigário que ele estava corretíssimo em se preocupar com aquela situação vivida por sua mãe e por Titonho. A única alternativa para eles seria acabar com aquela safadeza ou aguardar a vinda do fogo do inferno. Conhecendo bem o vigário, sabia que ele diria ser "inadmissível aquela situação", e Eugênio concordaria com um gesto afirmativo de cabeça.

Diria ao padre ainda mais: se tal situação não se revertesse, ele se desalojaria daquela residência e se transferiria para a casa paroquial, ambiente saudável à sua alma e condizente com a sua formação.

Mas Eugênio estava deitado pensando nessas coisas e a cama nunca foi boa conselheira. Ainda mais quando se está numa cama macia e cheirosa. Se você quiser mudar o mundo, não faça seus planos entre lençóis rescendendo a lavanda. Eugênio deixou a entrevista para mais tarde e, de mais tarde, para amanhã e, de amanhã para depois do Natal. Tal fato não se deu nem mesmo depois das festas de fim de ano. E no início do ano novo, padre Telles foi transferido para outra cidade, e Eugênio se limitou a fazer o em-nome-do-pai e desejar-lhe sucesso em sua nova paróquia.

Era véspera de Natal, Eugênio ainda estava pensando em se dirigir à casa paroquial e fazer a tão esperada visita ao padre, quando apareceu a Euvira Maria Pereira Esteves Ribeiro, a Euvirinha, aquela que até pouco era sua prima, agora elevada ao posto de meia-irmã.

Assim que Eugênio a viu, ele disse que desocuparia imediatamente o seu quarto, mas ela colocou a mão no seu peito e sussurrou: "Deixe estar, meu primo, eu fico no sofá, na sala, vou ficar poucos dias mesmo." "Ela é pouca coisa mais nova que meu irmão, então deve estar com vinte anos", calculou Eugênio.

Eugênio pouco sabia da vida de Euvira. Sabia que ela morava na capital. Sabia que ela estudava para ser enfermeira. Sabia que ela odiava o seu nome, ainda mais com o erro crasso cometido pelo notário. Eugênio não sabia, mas pôde contemplar naquele instante: Euvira era uma bela de uma *ragazza*.

E Eugênio estava por volta de seus dezessete anos.

uma providência a ser tomada
(Euvira)

Não deixei meu primo sair do meu antigo quarto, afinal partiria dois ou três dias após o Natal, eu ficaria muito bem no sofá da sala. Tinha outros planos para a passagem de Ano-Novo, e estes não incluíam a família.

Mas quando coloquei a mão no peito do primo Eugênio para impedir que ele se retirasse do quarto que era meu, por direito e tradição, senti que seu coração disparou, a ponto de queimar suas faces. Meu braço foi um bom condutor sonoro e ouvi perfeitamente o tum-tum-tum de seu coração. Imediatamente pensei: "Esse meu primo é virgem, coitado." Esse pensamento, acrescido do fato que ele usava uma batina de seminarista, fez-me ver que ele morreria sem conhecer as benesses do amor se ninguém tomasse uma providência. Uma ideia tentadora invadiu meu coração, que o fez também palpitar. E quem melhor para se incumbir dessa tarefa do que eu, sua prima?

uma flor por desabrochar
(narrador)

Euvira havia dito que partiria dois ou três dias depois do Natal, mas acabou ficando por mais tempo. A sua presença na ceia de Natal deixou Eugênio um pouco inquieto, porque ele não estava habituado a partilhar a companhia de uma mulher, ainda mais assim tão próxima que, às vezes, até seus pés se tocavam. E Euvira estava especialmente atraente naquela noite. Ela tinha três anos a mais do que Eugênio, mas se pudéssemos acrescentar à idade a experiência adquirida na cidade grande, a diferença seria muito maior. A sua prima Euvira morava na capital, estudava enfermagem e por lá conhecera, com certeza, muitos homens, e Eugênio era uma flor ainda por desabrochar.

Titonho e dona Concepta se mantinham quietos, cabisbaixos, embora seus olhos não tivessem sossego. Eurico não apareceu para cear com a família, como nunca mais apareceu depois que começou a exercer a função de padeiro. As noites de Natal e de Ano-Novo eram especiais para conseguir um bom dinheiro extra, assando, sob encomenda, leitoa e peru no forno quente da padaria.

Euvira falava e gesticulava pelos três, e os olhos de Eugênio não saíam de seus seios, porque ela usava um decote generoso. Titonho e dona Concepta acompanhavam a direção do olhar de Eugênio, e ele sempre o desviava para o alto ou para a árvore de natal enfeitada num canto da sala. Mas a tentação era maior, e quando Eugênio dava por si, estava de novo com os olhos postos naqueles belos seios, que, certamente, seriam mais apetitosos que aquele temperado e tenro peito de peru.

E ela, a Euvira, comia pouco e bebia vinho razoavelmente bem, e sua taça estava sempre precisando ser reabastecida, o que Eugênio fazia, prontamente.

Terminada a refeição, feitos os brindes, anunciada à menina Euvira a formalização da união de Titonho e de dona Concepta, foram todos ao quarto de dona Amália desejar-lhe um feliz Natal. Seu corpo se estremeceu quando seus olhos viram seu esposo ao lado de dona Concepta. Pareceu a Eugênio que ela tentou soerguer a cabeça e se levantar, o que não conseguiu, evidentemente. Apenas soltou um grunhido um pouco mais forte, como se amaldiçoasse todos os presentes. Dona Concepta sorriu meio sem jeito e puxou-lhe o cobertor até a altura do queixo e disse: "Coitada, deve estar com frio." Certamente, pensou Eugênio, esses tremores não eram de frio, pois era uma quente e abafada noite de verão.

Dona Amália, depois que caiu de cama, emagrecia a olhos vistos. Ela se alimentava de sopas ou de comidas pastosas que dona Concepta lhes dava na sua boca, em mínimas porções. Ali ela permanecia horas e horas sem que sua existência fosse notada. Dona Concepta era praticamente a única a adentrar aquele quarto, pois além da comida, era preciso trocar-lhe a frauda e dar-lhe um banho de gato, com toalhas umedecidas. Eugênio aparecia poucas vezes no quartinho para visitar a tia, os olhos dela pareciam assombrados, e isso o assustava. Dona Amália parecia querer dizer-lhe algo com eles, Eugênio tinha certeza disso. Soltava alguns sons guturais, incompreensíveis e medonhos, enquanto seus olhos, suplicantes, giravam em sua órbita cadavérica.

Titonho, naquela noite de Natal, não adentrou o quarto e permaneceu estacado no umbral, enquanto dona Concepta, com um sorriso lambido na cara, alisava o cabelo de sua cunhada e lhe dizia palavras amistosas. A filha Euvira, enquanto esteve naquela casa, vez ou outra botava os olhos para dentro do quarto, com o corpo meio dentro, meio fora e, vendo a mãe imóvel, retirava-se sem olhar para trás, sabendo que ela não iria a seu encalço.

Naquela noite natalina, foram todos dormir, sendo a dona Concepta a última a sair do antigo quartinho de costura, pois ali permaneceu um pouco mais para apagar as luzes. Euvira não quis se alojar no quarto que era ocupado por sua tia, dona Concepta, preferindo dormir na sua cama improvisada, no sofá da sala. Eugênio entrou no seu aposento e trancou a porta com certa rapidez e muito nervosismo.

Tão logo passado o Natal, Euvira não se foi, conforme havia prometido. Ela foi ficando e sua presença já não assustava o rapaz. Chegaram até mesmo a trocar algumas palavras, coisas triviais, como: "Está quente, não é?", "Deve chover mais tarde". Eugênio ficou um pouco mais audacioso e um dia lhe perguntou se desistira de curtir a passagem de ano junto aos amigos em uma praia longínqua, como havia informado logo que chegou. E Euvirinha apenas sorriu, sem dizer palavra alguma. Naquela noite, abandonou o sofá da sala e se instalou no antigo quarto de visitas, ao lado do quartinho de despejo, onde jazia sua mãe.

Naquela mesma noite em que Euvira saiu da sala e instalou-se no quartinho de visitas, Eugênio não pôde trancar a porta de seu quarto porque a chave havia desaparecido. Ele a procurou pelo chão, debaixo da cama e até dentro dos bolsos de sua calça. Não a tendo encontrado, colocou um "Aurélio" e, sobre ele, um copo de vidro a escorar a porta e foi se deitar.

Demorou a conciliar o sono, mas nada do que temia aconteceu. Na manhã seguinte, passaram horas sob a mangueira jogando conversa fora, falaram do tempo, de seus estudos e das expectativas para o ano vindouro. Eugênio quis perguntar à prima se ela sabia do paradeiro da chave da porta de seu quarto, mas as palavras ficaram presas na garganta e ele repetiu a observação que já havia feito há pouco, que talvez chovesse à noite.

Daquele ponto onde se encontravam, poderiam ser vistas duas janelas, a primeira estava aberta, a do quarto de Euvira; a outra, onde jazia dona Amália, cerrada.

uma menina que rescendia a pecado
(dona Concepta)

Fiquei muito preocupada com o andamento das coisas naqueles dias. Já passados dois dias do Natal e nada da Euvirinha ir embora, como havia prometido. Percebi que meu menino andava um pouco nervoso, um tanto mais desconcentrado do que era normalmente.

Após a ceia de Natal, fui para a cama muito preocupada. Euvirinha tomou uma dose exagerada de vinho, estava muito falante e olhando disfarçadamente, com o rabo do olho, para o meu menino. Meu peito ficou apertado e eu só pensando que aquela moça poderia desviar o rumo da vocação do garoto. Eugênio tinha apenas dezessete anos, nunca tinha estado com uma mulher e agora estava ali diante dele a Euvirinha, vinte anos bem vividos, ou pelo menos vividos em cidade grande, longe da vigilância do pai. Com certeza devia ter aprontado poucas e boas. Aquela menina rescendia a pecado, e somente o pai, um tonto, não tinha faro para sentir isso. Só consegui dormir depois que, pé-ante-pé, dirigi-me ao quarto de Eugênio e, forçando levemente a porta, notei que ela estava trancada.

Na noite de Natal, durante a ceia, falamos à Euvirinha, que já desconfiava de tudo, evidentemente. Dissemos que já havia alguns meses que estávamos coabitando feito fôssemos marido e mulher e que cuidávamos bem da dona Amália, que o estado dela era irreversível e que não havia nada mais que pudéssemos fazer. A menina anuiu com um gesto leve de cabeça, porque seu pensamento estava muito longe daquela mesa repleta de quitutes e acepipes natalinos. Ela disse que o importante era que a mãe estava sendo bem cuidada e que não lhe faltasse nada, mesmo que de quase nada precisasse. E, no mais, que fôssemos felizes, todos têm o direito e o dever de ser felizes.

Depois dos brindes e dos votos de um feliz Natal, informei ao filho e à sobrinha, agora enteada, que estaria me mudando para o quarto principal, a suíte do casal, que seria muita desfaçatez de nossa parte continuar com aquele disfarce desnecessário, já que a cidade toda sabia e que os filhos, de tão grande coração, aprovavam.

Além disso, o quarto que até então eu ocupava estava agora à disposição de Euvira, e não seria necessário que ela dormisse no sofá da sala.

uma atitude pouco cristã
(Titonho)

Dona Concepta me alertou sobre a possibilidade de Euvira desviar a vocação do menino Eugênio. Eu a fiz ver que isso era pouco provável, já que eram primos e agora, meios-irmãos. E já estávamos todos acreditando na vocação de Eugênio, afinal, ele havia se transformado num bom rapaz, tirava notas satisfatórias no seminário e ajudava o padre Telles nas celebrações quando estava de férias na cidade, mesmo que naquele ano tenha faltado a esses compromissos, mas tinha um bom motivo: o vigário queria puxar-lhe as orelhas e nós sabíamos muito bem o porquê disso. Eugênio trazia consigo seus livros de rezas e até onde eu entendo, fazia suas orações nos horários previstos. Muitas vezes o vi meditando na sombra da mangueira do quintal, sentadinho no banco de madeira.

Além disso, Euvira não iria se sujeitar a essa atitude pouco cristã, quase incestuosa. Quando tirou o curso do secundário, fez vestibular e foi para a capital fazer o curso de enfermagem, era decidida e seguia suas próprias escolhas. Eu ainda lhe disse: "Já que vai mexer com gente doente, então por que não faz logo medicina?

Se tem dom para bulir com sangue, então faça alguma coisa que preste", mas ela não me deu ouvidos, queria ser enfermeira e ninguém tirava isso da cabeça dela.

Ainda mais, Euvira nunca teve namorado, pelo menos até onde a gente sabia, nunca nos apresentou nenhum rapaz e ela era pura, com certeza. Para sanar qualquer dúvida, indaguei ao Dr. Joaquim se era crime a união de meios-irmãos, e ele me informou, depois de consultar seus livros, que não era, não, nem mesmo a relação incestuosa entre parentes consanguíneos, a não ser, claro, que fossem menores de quatorze anos. Dr. Joaquim é um bom advogado, basta dar-lhe um tempo para consultar seus alfarrábios.

Dona Concepta ainda teimava no assunto, tentando argumentar outros pontos, mas eu insisti na candura de Euvira e que, além disso, eles estavam na minha casa, debaixo do meu teto, comendo da minha comida e eles não se atreveriam a esse tipo de comportamento.

Não sei se a convenci ou não, sei que virei para o canto e fingi que adormeci. É isso que nós, homens, fazemos quando queremos encerrar uma conversa que não nos agrada.

um corpo pronto para explodir
(dona Concepta)

Eu temi muito pela integridade moral de meu filho. Sabia que ele não tinha experiência alguma no trato com as mulheres. Afinal, foi para o seminário ainda criança e de lá só saía em suas férias anuais. E, quando estava aqui, era de casa para a igreja e da igreja para casa. Mas a presença da menina Euvira, que de menina nada mais tinha, inquietava-me muito. Falei com o compadre Antônio, mas ele se fingiu de morto. Lacônico, insistiu na pureza de sua filha e no comprometimento de Eugênio com sua vocação sacerdotal. Ele deu a conversa por encerrada e, depois de um escandaloso bocejo, virou para o canto e começou a exalar pequenos e compassados ruídos, como se tivesse pegado no sono. Decerto pensou que sou uma trouxa e que não perceberia o embuste. Fiquei matutando nas palavras do compadre Antônio sem dar a elas crédito algum, afinal, não há vocação sacerdotal que resista a belos e vultosos seios, ainda mais quando essa vocação habita um corpo pronto para explodir.

Há mulheres que rescendem a lavanda, outras a jasmim. Euvira rescendia a concupiscência.

um indiscreto raio de luar
(narrador)

Eugênio estava deitado na sua cama. Sem conseguir pegar no sono, ouvia um sussurro no quarto ao lado. Vozes veladas, indistintas, parecia uma discussão. O resto da casa respirava silêncio.

Depois que as falas no quarto do casal se encerraram, Eugênio fechou os olhos e se preparou para dormir. Não eram passados nem dez minutos, ele já estava a meio caminho dos braços de Morfeu quando ouviu um leve barulho. Era uma porta que se abria, sem dúvida. Com os olhos arregalados, Eugênio lembrou-se da chave sumida. Recordou-se ainda do dicionário e do copo esquecidos sobre a escrivaninha. A porta de seu quarto foi aberta vagarosamente e Euvira entrou. Apenas encostou a porta, deixando-a entreaberta. Caminhou com passos de bailarina, quase sem tocar o assoalho, como se tivesse pés de pano. Sentou-se na beira da cama e colocou o dedo indicador da mão direita sobre os lábios de Eugênio, impondo-lhe silêncio.

Deu-lhe a mão esquerda, ajudando-o a levantar-se da cama, e o levou para o quarto outrora ocupado por sua mãe, dona Concepta. Esse quarto, como já foi dito, ficava do outro lado da sala de jantar, vizinho ao quartinho de despejo, onde habitava dona Amália, ambos com vistas para o quintal.

Atravessaram a sala, de mãos dadas, Euvira à frente, guiando o menino Eugênio. A luz do quarto estava apagada. A janela, entreaberta, deixava entrar um indiscreto raio de luar. Euvira fez o menino Eugênio deitar-se na sua cama e ela permaneceu de pé, deixando cair a camisola e retirando o sutiã.

um menino faminto
(Euvira)

Aqueles dias natalinos que passei com meu pai, minha tia e meu primo foram mais longos e conturbados do que imaginei no início. Primeiro porque minha tia e meu primo assumirem novas posições na família, passando a madrasta e a meio-irmão, e, ademais, eu tinha outros planos que precisaram ser refeitos tão logo coloquei a mão no peito de Eugênio e senti seu coração em disparada.

Deixei de lado o compromisso de passar o Réveillon na praia com amigos onde tencionava despachar uma oferenda a Iemanjá. Iemanjá há de me compreender e esperar por uma nova oportunidade.

Logo após a ceia de Natal, quando nos retiramos para dormir, percebi que o meu primo trancou a porta do quarto que fora meu e agora era ocupado por ele.

Preferi continuar dormindo no sofá da sala até que tivesse tempo de preparar o cômodo que era utilizado por eventuais visitas e de retirar as coisas de minha tia que ainda estavam por lá, visto que ela acabara de se mudar para a cama de meu pai. No escuro da sala, iluminada de quando em vez pelo pisca-pisca da árvore de Natal, sorri ao relembrar as batidas fortes do coração do primo e pensei: "Deixa estar, jacaré, tua lagoa há de secar." Não fiz qualquer movimento nos dois dias seguintes, sendo que no terceiro, sem que ele percebesse, escondi a chave da porta do quarto. Aliás, fazer coisas sem que o primo se apercebesse era de uma facilidade quase irritante.

O primo Eugênio (nunca me acostumei com a ideia de meio-irmão), sem qualquer malícia e livre de qualquer inquietação, uma vez que apenas mantínhamos uma conversa inocente sentados no banquinho de madeira debaixo da mangueira durante o dia, não se preocupou com o desaparecimento da chave.

Naquela tarde, num momento em que não havia ninguém em casa, exceto minha mãe entrevada no seu quartinho, troquei lençóis e fronhas da cama, dei uma espanada nos móveis e uma vassourada pelo assoalho. Em um jarro com água, coloquei uns ramos de flores, arrancados do nosso próprio quintal.

Levar Eugênio para minha cama, à noite, foi muito fácil. Homem é dócil como um cordeirinho, deixa-se conduzir facilmente, basta dar-lhe a expectativa de uns bons momentos na companhia de uma mulher.

Na cama, não disse palavra alguma, apenas o beijei com sofreguidão e dei-lhe os seios para que deles se deliciasse, com volúpia.

Eu sabia: era virgem de tudo, de beijos, de gestos, de carícias.

Deixei que sugasse meus seios como um menino faminto, que acariciasse minhas costas e minhas coxas com desejo incontido, mas quando quis enfiar a mão por entre as minhas pernas, interrompi aquele gesto com firmeza, levantei-me e puxando-o pelo braço, coloquei-o para fora, trancando a porta do quarto.

uma imagem na sombra da castanheira
(dona Concepta)

Todas as noites eu ficava de olhos e ouvidos arregalados, mas nada aconteceu. Na terceira ou quarta noite após o Natal, pareceu-me ouvir um leve abrir de portas, mas deve ter sido só impressão minha, porque o silêncio reinou por muito tempo, apenas os grunhidos de comadre Amália aumentaram consideravelmente. Mas não me levantei para ver se ela precisava de alguma coisa, estava indisposta e o compadre Antônio roncava feito um porco gordo.

Uma coisa que ainda não ficou esclarecida, mas é preciso que se faça o mais rápido possível, antes que seja tarde: mudei-me para a casa do compadre Antônio para ajudá-lo nos cuidados com a esposa que misteriosamente caiu de cama, inválida para sempre. Mas acabei por enfiar-me debaixo de suas cobertas, e isso se deu por um motivo inusitado. Não foi porque não queria retornar à minha velha casa, do outro lado do rio. É certo que ela estava em péssimo estado, como é certo que eu morava sozinha. Não me incomodava o fato de ter que ir numa mata próxima para catar lenha e poder cozinhar o feijão porque o fogãozinho a gás quase não se usava, por economia. Tudo isso era um aborrecimento, mas tudo se arranjava, eu estava acostumada, afinal de contas. Isso não era motivo suficiente para me fazer deitar na cama do compadre Antônio.

O fator determinante que me fez tomar essa atitude foi que eu era obrigada a atravessar a ponte sobre o Rio dos Coqueiros quase que diariamente, por necessidade de vir à cidade para compras, banco, igreja, saúde e outras coisas do dia a dia, uma vez que, do nosso lado do rio, não havia nenhum tipo de comércio. E todas as vezes que eu voltava da cidade, depois de atravessar a ponte, eu tinha que subir a Ladeira da Viúva num fôlego só, sem sequer olhar para trás, se não quisesse ver a imagem de um menino, na sombra da castanheira, ora pescando na beira do rio, ora quebrando nozes na sombra da árvore. Mesmo encoberto em névoas, eu poderia distinguir naquela figura as feições de meu filho Eugênio.

No tempo em que ele corria leve e solto pelo bairro, isto é, antes de ir para o seminário, Eugênio vivia à beira do rio ou aos pés daquela árvore, ora pescando, ora comendo castanhas. Mas não entrava na água, como a maioria dos moleques, sendo que alguns, poucos, atiravam-se de um galho que se estendia sobre o leito do rio. Essa façanha só podia ser feita na época da cheia, rio com águas volumosas, que desciam da Serra da Soledade. Eugênio não sabia nadar, e eu o advertia rigorosamente para que não entrasse na água. Pobreza e desgraça parece que andam de mãos dadas. Basta um minuto de cochilo e a casa podia cair. E essa imagem de Eugênio pescando ou comendo castanhas foi a que efetivamente ficou em mim marcada, porque meu coração solitário de mãe desamparada fixou em minha memória aquela imagem como se fosse um quadro pendurado na parede.

uma noite interrompida
(narrador)

Levado pelas mãos de Euvira, Eugênio foi conduzido docilmente para o quarto dos fundos, vizinho ao cômodo onde dona Amália jazia, inválida.

Ela o fez deitar-se naquela cama com lençóis cheirosos e, despida de sua camisola e sem sutiã, colocou seus seios em sua boca.

Eugênio não era tão principiante como se imaginava. No seminário circulavam, às ocultas, revistas de moças em trajes mínimos ou nenhum. Essas revistas eram contrabandeadas para dentro do seminário por um rapaz de nome Heleno, que as escondia debaixo do colchão e as emprestava a quem jurasse segredo e lhe pagasse um níquel. Eugênio já havia deslizado os dedos sobre o corpo daquelas beldades e, uma vez, até tentou beijar aqueles belos seios, gesto esse interrompido pelo menino Heleno, que exigiu o pagamento adicional de um níquel.

"Ter em suas mãos uma revista com um nu frontal em um papel lisinho e poder deslizar os dedos sobre aquele corpo é gostoso", pensou Eugênio, "mas ter um corpo quente e vibrante à sua frente e poder passear suas mãos e sua boca por dois seios lindos e fartos, é divino".

Eugênio estava extasiado a ponto de morrer sufocado, quando Euvira segurou fortemente sua mão que, ansiosa, procurava por outras partes de seu corpo. Ela se levantou, tirou Eugênio de cima de si e de sua cama, empurrou-o para fora de seu quarto e trancou a porta às suas costas.

Eugênio não conseguiu chegar até o seu quarto, estatelou-se no sofá onde Euvira dormira até a noite anterior e ali ficou prostrado, procurando seu cheiro, seu corpo.

Naquela noite, Eugênio teve desejos, delírios e devaneios.

uma visita em noite chuvosa
(a mangueira)

Lembro-me de meu tempo de pequenina e de quando não tinha essa vista que hoje tenho. Cheguei mirradinha e muitas disseram que eu não vingaria. Mas fui colocada nesse solo com carinho e recebi, nos meus primeiros meses de vida, a atenção que me era necessária. Depois, a mãe terra fez o seu trabalho e eu me desenvolvi, meu caule se fortaleceu, meus galhos se espicharam e minha folhagem se renovou, e os cuidados humanos não foram mais necessários. Sou eternamente grata ao senhor Pedro Esteves Ribeiro, o primeiro morador dessa casa e avô do atual proprietário, senhor Titonho, e sei que devo a ele a minha existência. Embora o senhor Pedro tenha falecido há muitos anos, ele ainda vive, não só no retrato pendurado na parede da sala, mas na gratidão que a ele devoto, renovada a cada outono, e no apreço que tenho por este quintal e por esta casa que ele construiu com muito amor e tanto sacrifício.

Da minha posição privilegiada, poderia até dizer posição superior, mas disso não faço questão, vejo outras parentas minhas, que produzem seus frutos saborosos, mas não têm a visão que eu tenho. Seus frutos são doces, mas suas vidas, amargas, porque presas a esse quintal sem poder enxergar além do muro que delimita esse terreno. Eu, ao contrário, posso ver acima dos telhados e apreciar o movimento das ruas da cidade e a quietude da praça da igreja matriz ao amanhecer.

Vejo adultos transitando de um lado para outro, sempre afoitos, sem tempo para um dedo de prosa; vejo meninos e meninas correndo na praça, uns chutando bola, umas embalando bonecas, sem se preocuparem com o que haverão de comer no almoço; vejo cães acompanhando seus donos ou simplesmente dormindo sob o banco da praça; vejo o padre que corre para badalar o sino, chamando os fiéis para orarem; vejo o dono do comércio abrindo as portas de seu estabelecimento e, parado ali na entrada, olha à direita e à esquerda, procurando por seus clientes; vejo a dona de casa carregando uma sacola recheada de compras adquiridas no mercadinho; vejo a menina que se delicia com um sorvete e o menino birrento que chora atrás da mãe querendo brinquedo novo.

Conto às minhas companheiras de quintal tudo que vejo e observo, e elas se alegram sobremaneira, tornando suas vidas um pouco menos aborrecidas. Nossa comunicação é feita no silêncio da noite para que ninguém nos ouça, através dos túneis e rachaduras do subsolo, com leves toques de nossas raízes, como um código secreto. Durante o dia também conversamos, mas apenas superficialidades, com leves oscilações de folhas e galhos.

Mas muitas vezes sou obrigada a manter sigilo de alguns acontecimentos, principalmente aqueles ocorridos dentro da casa. Através das janelas e portas, escancaradas ou semicerradas, vejo e ouço, algumas vezes, aquilo que gostaria de não ter visto ou ouvido.

Eu vi, numa noite muito chuvosa, um carro escuro parar na porta da casa e dele descer, do banco traseiro, um vulto usando uma longa veste acinzentada. Como chovia muito naquele momento, aquela pessoa adentrou rapidamente na casa, mas pude notar que trazia sobre a cabeça um tecido, que poderia ser muito bem uma toalha ou um manto, que eu julguei fosse para se proteger da chuva.

Aquele carro permaneceu ali parado sem que o motorista dele descesse. O que se passou dentro da casa não tomei conhecimento, porque era noite e chovia muito, estando portas e janelas fechadas, e nada pude ouvir, porque havia relâmpagos e trovões no céu.

Já era de madrugada quando aquele vulto deixou a casa e ainda cobria sua cabeça com o tecido, embora já não chovesse mais. Entrou e o motorista deu a partida, arrancando com o carro, como quem tem muita presa. Eu nunca mais vi aquele veículo circulando pela cidade.

Naquela noite, o senhor Antônio não dormiu em casa, o que não era comum, embora não fosse raro. À tarde recebera um bilhete reclamando sua presença no seu sítio, ao pé da Serra da Soledade, requerendo urgência. Nada mais sei desse bilhete, nem qual era a urgência (e se de fato existiu mesmo uma urgência). O que sei é que ele não retornou para dormir em casa, provavelmente em face do adiantado da hora, então deve ter dormido no sítio mesmo.

De manhã, as portas e janelas demoraram a ser abertas. O sol já estava alto e o orvalho já havia se dissipado, quando a janela da cozinha foi aberta e quem o fez foi a dona da casa, dona Amália. Mas o fez lentamente, abrindo uma folha e demorando para abrir a outra, como se meditasse se realmente valia a pena escancarar a janela e deixar o sol entrar em sua casa. Pude ver o seu rosto e notei que seus olhos estavam fundos e avermelhados como alguém que estivera chorando. Ela colocou as mãos sobre a pia, como quem procura um apoio, e estava em total desalinho, o corpo meio que cambaleava, ora para frente, ora para os lados. Com a mão esquerda, tentou abrir a torneira, talvez para apanhar água e fazer um bom e forte café, mas seu gesto foi interrompido e ela caiu no piso frio e indiferente da cozinha.

Depois desse incidente, a casa passou a ter um movimento estranho. Pessoas desconhecidas, algumas de roupas brancas, tornaram-se frequentes, num entra-e-sai incomum. Um dia apareceu uma senhora trazendo consigo mais coisas que seriam necessárias para uma visita.

Eu vi um jovem e uma mocinha sentados num banquinho de madeira ao lado do meu tronco, tendo uma conversa insossa, sendo que o rapaz estava visivelmente nervoso, pois segurava com força a tábua onde estava assentado, fazendo com que os dedos das mãos se embranquecessem.

Numa noite, entre o Natal e o Ano-Novo, eu vi aquele jovem, quase ainda um menino, saltar pela janela entreaberta do quarto de visitas.

TERCEIRA PARTE

UMA BAGAGEM QUE VIAJA SÓ

um mantra sagrado
(narrador)

Depois de uma noite insone, em que Eugênio teve desejos, delírios e devaneios, ele se viu diante de um vulto que olhava fixamente para ele. Eugênio tentara todas as situações e posições na busca de conciliar o sono, mas o que conseguiu foi apenas girar no sofá, feito fosse um frango no espeto sendo consumido pelo calor do fogo em brasa. As almofadas estavam todas caídas no chão, e aquele vulto o encarava, como esperando por uma explicação. A casa estava em absoluto silêncio, e as luzes da árvore de Natal piscavam incessantemente, no seu eterno acende-e-apaga. Eugênio quis se levantar e soltar um grito que o libertasse daquele silêncio sufocante. Mas, sem forças nem ânimo, ali ficou, afundando a cabeça no peito e recolhendo as pernas, numa posição fetal.

Eugênio sabia que o vulto ainda estava ali, de pé, estátua humana, e dali não se moveria enquanto não ouvisse uma explicação qualquer, uma palavra ao menos. Seria a menina Euvira que viera ter com ele para terminarem o que haviam começado? Não, não poderia ser, não aqui na sala e já com o dia amanhecendo. Só se fosse para tirar sarro da sua cara, pensou. Abriu um olho vagarosamente e, de fato, não era a menina Euvira e, sim, dona Concepta, que o encarava com um misto de espanto e preocupação. Vendo que o filho finalmente abrira o olho, ela perguntou se estava tudo bem. Eugênio disse que sim, mas dona Concepta não acreditou, tanto que colocou sua mão fria sobre sua testa, que estava quente: "Você está ardendo em febre!", ela disse e foi em direção à cozinha providenciar um antitérmico para o filho.

Tinha sido uma noite infinita, daquelas que se rola de um lado para outro sem conciliar o sono, e só quem sofreu por amor sabe como é. As mãos e a boca de Eugênio procuraram pelos seios de Euvira naquele resto de noite e, sem encontrá-los, restou-lhe o padecimento que lhe parecia eterno, como o castigo de Prometeu.

Eugênio sentou-se no sofá para tomar o comprimido que a mãe lhe entregara e, levantando-se de repente, como se tivesse levado um coice do tinhoso, foi para o quintal, dizendo à sua mãe que precisava fazer as suas orações matinais. Pegou seu livro de orações e a bíblia e, debaixo da mangueira, sentou-se no banquinho de madeira. De onde estava, podia ver a janela, ainda entreaberta, do quarto em que dormia a moça Euvira.

Eugênio tentou fazer a sua prece matinal, a Oração das Horas, como se diz no jargão eclesiástico, mas foi impossível: o sabor dos seios de sua prima estava dentro de suas narinas, e o seu feitio, entre suas mãos. Pensou em começar rezando o Pai-Nosso, oração fácil de ser dita, aprendida ainda em criança, mas ele perdia o enredo no meio do caminho e quando dava por si, não sabia onde estava e era preciso recomeçar. Em algum momento, estava pedindo que fosse feita a vontade de Deus e, em outro, queria não cair em tentação. E essa tentação tinha nome, forma e sabor.

Lembrou-se de algumas das muitas histórias edificantes contadas pelos padres. Em uma delas, um homem fiel e temente a Deus (que, no final, seria reconhecido como santo pelas autoridades da Igreja), em seus piores dias (porque até mesmo os santos têm seus dias ruins), pegava a Bíblia Sagrada e, abrindo-a aleatoriamente, encontrava ali conforto e sustento para aquele momento de sofrimento e angústia.

Pois Eugênio faria o mesmo. Pegou seu livro sagrado, dividiu-o em duas partes mais ou menos iguais e, de olhos fechados, correu o dedo indicador por suas páginas, parando no meio de uma página qualquer. Abriu os olhos e leu: "O teu umbigo é como uma taça redonda, a que nunca falta bebida; o teu ventre como um monte de trigo cercado de lírios. Os teus dois seios como dois filhos gêmeos da gazela."[2]

Lívido e com as pernas não muito firmes, Eugênio deixou o livro sagrado e o de rezas sobre o banco de madeira e se foi para o quarto e ali ficou o dia todo repetindo aqueles versículos bíblicos, como se fossem um mantra sagrado. Seu corpo ardia em febre. Seu pensamento corria pelos filhos gêmeos da gazela e, sobre o umbigo de Euvira repousava uma taça de vinho em que Eugênio molhava seus dedos e aspergia sobre aqueles belos seios e os sugava, seios e vinho, vinho e seios, num arrebatamento próximo ao delírio. Aquelas palavras sagradas fizeram-no perder o equilíbrio físico e mental, deixando-o jogado por horas sobre o catre sem conseguir pensar em outra coisa.

---

[2] Livro Cântico dos Cânticos: 7, 2/3.

uma bíblia sobre o banco
(dona Concepta)

Ao me levantar, vi que meu filho estava deitado no sofá da sala. Fiquei por entender o motivo e não pude pensar muito no assunto porque ele estava inquieto, remexendo-se muito. Do meu quarto escutara alguns ruídos, como alguém que resmunga em silêncio, ou muito baixinho, para que ninguém o ouvisse. Mas pensei que vinha do quarto da comadre Amália.

Depois que Eugênio, finalmente, abriu os olhos, perguntei-lhe se estava tudo bem, e ele disse que sim, embora nem eu nem ele tivéssemos acreditado nessa resposta. Apalpei sua testa e estava quente, ele estava com febre, certamente.

Fui à cozinha buscar um comprimido, antes passei pelo quarto habitado por Euvira e levei, de leve, a mão à maçaneta da porta. Estava trancada. Respirei aliviada.

Dei ao meu menino um comprimido para baixar a febre e ele se levantou, foi para debaixo da mangueira com seus livros de oração, mas percebi, mesmo de longe, que ele não se concentrava na leitura, e em poucos minutos deixou seu livro de orações para folhear a bíblia.

Logo depois abandonou livro e bíblia sobre o banco de madeira, recolheu-se a seu quarto e ali ficou praticamente o dia todo.

uma libido acumulada
(narrador)

Eugênio ficou o dia todo no seu quarto, não saindo sequer para almoçar e, à noite, sua mãe lhe serviu uma sopa leve, que ele tomou, sem muito apetite, no seu quarto, sentado na cama.

Aquele dia fora um dia de absoluto silêncio. Euvira não estava em casa, deduziu Eugênio. A menina passara o dia longe, chegando ao entardecer, mais falante que o habitual.

À noite, ainda em seu quarto, Eugênio esperou, com grande ansiedade e certa inquietação, que todos silenciassem suas bocas e se recolhessem a seus aposentos.

Quando finalmente se calaram e as luzes foram apagadas, Eugênio ainda aguardou por um bom tempo em seu quarto, que ele não saberia precisar, se dez minutos ou duas horas.

Alguns anos depois, Eugênio se lembraria dessa noite (ele sempre se lembrava dessa noite), e se perguntaria: "Por que fez o que fez?" E ele nunca atinou com a resposta, mas sorriu ao lembrar que poderia estar fazendo outra pergunta: "Por que não fez o que tinha que ser feito?" E a resposta a essa outra pergunta, a do caminho não trilhado, trar-lhe-ia amargura no olhar e desalento ao coração. "Não sei porque fiz", dissera a si mesmo, "mas fiz e o fiz bem". Mas o que ele fez — e o fez bem — ainda não o sabemos, mas saberemos em breve.

Com os pés apenas roçando as tábuas do assoalho, dirigiu-se ao quarto de Euvira, assim que o silêncio habitou definitivamente aquela casa.

Girou o mais silenciosamente que pode a maçaneta da porta do quarto. Estava trancada. Ele já havia imaginado essa possibilidade, sabia que isso poderia ocorrer. Mas não é uma porta passada a ferrolho que o impediria de alcançar os objetivos traçados durante aquele longo dia.

Eugênio saiu pela porta da cozinha e, no quintal, fechou os olhos por um momento para se adaptar à escuridão da noite, abrindo-os vagarosamente. Viu a mangueira na penumbra. Pareceu que a árvore também olhou para ele. Eugênio sentiu um calafrio percorrer sua espinha dorsal, porque lhe pareceu que o olhar da mangueira era de reprovação. Meio que envergonhado, Eugênio abaixou os olhos e viu, sobre o banco de madeira, seu livro de rezas e sua bíblia. Imediatamente lembrou-se dos versículos que lera de manhã e, com eles em sua memória, dirigiu-se à janela do quarto de Euvira.

A janela estava entreaberta, como ele previra.

Euvira se assustou, ou fez que se assustou (Eugênio não pôde compreender corretamente aquele gesto, afinal, o facho de luz que adentrava a janela não iluminava o bastante para decifrar as feições de uma mulher, pega assim, de surpresa — ou não — na calada da noite), quando seu primo abriu um pouco mais a janela e saltou por ela, numa agilidade e rapidez impressionantes.

Eugênio colocou o dedo indicador em seus lábios, como ela mesma fizera com ele na noite anterior. E mui devagarinho, foi retirando o dedo e colocando seus lábios no lugar. Ela aceitou o seu beijo e retribuiu, beijando-o com alguma intensidade.

Sua mão esquerda procurou o seio direito de Euvira e o encontrou duro, teso e, pelo toque, ouvia as batidas de seu coração, um tanto quanto acelerado.

Eugênio beijou com lascívia seus seios, sugando o néctar do amor. Ainda com a mão direita, procurou suas coxas e as acariciou com vigor, sentido que todo o seu corpo se estremecia ao mesmo tempo que ficava teso.

O rapaz levou sua mão esquerda ao umbigo de Euvira, acariciou-o com benevolência, fazendo carinho de leve com as pontas do dedo e, num movimento súbito, enfiou a mão sob sua calcinha.

Quisera eu ter o domínio da métrica e da rima para transcrever em palavras aquele sublime instante. O instante do toque, da carícia, do arrepio, do tremor, da falta de ar, da ansiedade, da avidez, do brilho dos olhos. O instante mágico do gozo e do prazer, maravilhosa e inexplicavelmente humano e, ao mesmo tempo, divino. Aquele momento em que um homem e uma mulher se encontram, se doam, se unem e se diluem, numa só carne, numa só alma. É nesse breve instante que nasce a eternidade.

Esses momentos, por serem eternos, não cabem no espaço de um calendário, tão pouco dentro de um relógio. Esses instantes transcendem uma cama, uma cela, uma casa, uma cidade para explodirem nos céus como se fossem uma girândola multicolorida, coroando um espetáculo pirotécnico.

Esses momentos, que são verdadeiros deleites para as nossas almas, estão a exigir melhores palavras, que este mortal escriba não consegue deitá-las no papel.

uma janela entreaberta
(Euvira)

Passei a tarde toda na casa de uma antiga colega de escola, falando de nossas reinações durante os anos todos de estudos e vadiagens próprias da vida estudantil. Fizemos fofoca, falamos de namoros e namoricos, mas não toquei no assunto da noite anterior. Aquilo ainda era muito recente para mim, e, até então, apenas uma brincadeira com o meu primo seminarista.

Ao entardecer, voltei para casa e fiquei sabendo que o primo havia passado o dia todo preso em seu quarto. Tia Concepta insinuou que seu filho estivera recolhido em seus aposentos para colocar suas orações em dia. Claro que não acreditei nisso, mesmo porque seus livros de reza ainda estavam no banco de madeira, no quintal, sob a mangueira. Ademais, seria muito difícil rezar com o gosto de meus seios em sua boca. Ele estava era meditando num jeito de me ver à noite, claro. Moleque mal saído das fraldas, tinha acabado de experimentar do veneno delicioso de meus seios, iria querer mais, com certeza. Era só sentar e esperar, tão certo como dois e dois são quatro, ou vinte e dois, isso não vem ao caso.

Fui deitar-me mais cedo e passei a chave na porta do quarto, primeiro para sossego de meu pai e de minha tia Concepta, mas eu queria mesmo era ver até onde chegaria a ousadia do rapaz, queria ver se ele seria capaz de procurar outros caminhos para ter um novo encontro comigo.

Não me surpreendi nem um pouquinho ao vê-lo abrir as duas folhas da janela que estavam apenas entreabertas. Mesmo que tenha feito um mínimo de barulho, percebi que ele tentara abrir a porta do quarto, e não eram passados nem dois minutos e ei-lo, nosso príncipe encantado, pulando a janela da alcova, feito um malfeitor, atacando uma donzela indefesa no meio da escuridão da noite.

Ele entrou no quarto pela janela e fez tudo exatamente como eu previra: exigiu silêncio, tapando-me a boca com o dedo indicador, como eu fizera com ele na noite anterior. Beijou-me a boca e procurou por meus seios.

O que se passou depois, não digo, mesmo porque não existe o "depois". Nossas vidas se encerram naquele momento de puro prazer e, a partir dali, é outra vida que se inicia e que é preciso recomeçar de novo, e de novo, e de novo. O momento máximo na relação de um homem e de uma mulher, aquele instante de êxtase, é o fim de tudo, é a semente sendo jogada na terra, onde morre para dar nova vida a outro momento de prazer, que deve ser buscado, almejado e conquistado.

E ele me procurou outra noite e uma outra noite e mais uma noite. E eu fui ficando, a minha partida sendo adiada dia após dia.

A janela do meu quarto que dava para o quintal estava sempre entreaberta.

uma doce lembrança
(narrador)

Naquela noite, depois que Eugênio conseguiu tirar a calcinha de sua prima Euvira e desvencilhar-se do seu calção de dormir, ele a teve em seus braços e a possuiu com a volúpia de um iniciante. E o fez com todo o desejo e todo ardor; e com toda intrepidez e bestialidade próprias de um adolescente.

Naquela noite, Eugênio amou Euvirinha como jamais amaria outra mulher na sua vida.

E a moça se deixou ficar, não partiu nem mesmo depois da festa de reis. Assim eles se encontraram por várias noites, mesmo que algumas vezes apenas dormissem abraçados, um agarrado ao outro, até de madrugada, quando ele retornava ao seu quarto.

O único inconveniente eram os sons guturais que Dona Amália soltava no quarto ao lado, como se quisesse denunciar ao mundo algum grave pecado.

Desde que dona Concepta aboletou-se na casa de Titonho, o seu filho Eurico desaparecera. Sempre com a desculpa de muito trabalho e agora menos tempo tinha porque estava de namorico com Maria Flora, filha e herdeira de um rico fazendeiro da cidade vizinha de Abadia dos Coqueiros, São Domingos da Alegria.

No final de janeiro, Euvirinha retornou à capital e, na última noite em que passaram juntos, ela riu muito, quase ao ponto de serem descobertos, quando soube que um dicionário e um copo vazio foram colocados ao pé da porta para impedir sua entrada. No início de fevereiro, Eugênio regressou ao seminário sem sequer dizer adeus a padre Soares, que assumira a paróquia de Abadia dos Coqueiros há poucos dias. Ao não se despedir do vigário, ele viajou sem que fosse assinada sua carteirinha de seminarista, o que não era imprescindível, mas sua falta justificaria um belo de um sermão.

Eugênio retornou às suas atividades estudantis ainda mais aéreo e um tanto quanto arredio no trato com os colegas, pouco interagindo com eles. Somente a sua amizade com o seminarista JBJ é que não diluiu, mas ele observou que Eugênio, agora, não se contentava com o vinho que restava no fundo da galheta, sorvendo um generoso gole direto da boca da garrafa, antes de se encaminharem ao refeitório. Quanto à ausência da assinatura de padre Soares, dissera Eugênio que aquele não estava em casa na hora do embarque e que ele poderia perder o trem caso esperasse pelo retorno do vigário. O padre reitor ficou de ligar e confirmar a história, mas outras preocupações mais urgentes fizeram-no esquecer desse propósito e o assunto caiu no limbo.

Safo pelo acaso dessa malcontada história, Eugênio passou por maus bocados, principalmente nos primeiros meses. E o seu pior momento era quando se apagavam as luzes e todos tinham que se recolher em suas camas. As noites eram intermináveis e a insônia era a sua companheira naquele leito frio e solitário, mesmo que houvesse dezenas de meninos naquele dormitório quente e abafado.

Eugênio procurava conciliar o sono e, não o conseguindo, ficava com raiva, fazendo com que o sono se dispersasse ainda mais. E quando finalmente pregava o olho, sonhava com Euvira. Seus sonhos eram conturbados e repetitivos: ele estava acariciando os belos e saborosos seios de sua prima e, de repente, eles começavam a inflar e a se avolumar dentro de sua boca, a tal ponto de impedir sua respiração e fazê-lo perder o fôlego. Ele acordava querendo gritar, mas não tinha voz porque o ar estava preso em sua garganta, parecendo que morreria sufocado.

Sentado na cama, tentando restabelecer a respiração, Eugênio abraçava o nada e murmurava baixinho, como se sussurrasse à amada: "Venha, minha querida Euvirinha, eu quero te possuir todinha."

E nesse momento, invariavelmente, o sino o chamava à realidade, com seu som soturno e sua voz rouca.

Mas, com o passar do tempo, as imagens e os desejos foram se desfazendo e se afastando, tornando-se apenas boas recordações. E Eugênio achou isso muito natural, afinal, a vida no seminário não era um conto de fadas, e a distância tem mesmo esse poder de arrefecer nossos desejos e de suavizar nossas doces lembranças.

No final daquele ano, Eugênio voltou para sua terra, apresentou-se ao padre Soares, que gentilmente assinou sua carteirinha de seminarista, inclusive aquela que faltava, a do início do ano. Após assinar o documento, padre Soares contou-lhe que tencionava ligar ao padre reitor e contar sobre o seu não comparecimento à casa paroquial para os procedimentos de praxe. Mas ele, padre Soares, estava muito atarefado, ainda com várias caixas a serem abertas, com objetos sacros e pessoais para serem colocados em seus devidos lugares, pois acabara de assumir a Paróquia Nossa Senhora da Abadia. E o telefonema acabou caindo no esquecimento.

uma confissão com os olhos
(padre Carlos Borromeu)

No primeiro final de semana após o retorno dos meninos ao seminário, temos que apurar as práticas pouco cristãs que foram cometidas no mês de férias, próprias da idade. Como padre confessor, não tenho autonomia para tomar medidas saneadoras, mas, fosse eu o senhor bispo (Deus guarde Vossa Excelência), cancelaria as férias de todos eles e os deixaria presos no seminário. Poderíamos, nesse período, fazer uma limpeza geral no prédio, na capela, na horta. Poderíamos ainda promover uma gincana esportiva entre eles para que consumissem um pouco da energia acumulada durante o ano letivo. Eles saem de férias e voltam cheios de pecados, esquecem-se dos mandamentos da lei de Deus e dos conselhos da Santa Madre Igreja Católica. É um inferno.

O que me chamou muito a atenção foi a confissão do seminarista Eugênio. Ele achou que me enganaria, mas eu tinha muitos anos de confessionário. Ele chegou falando em dois ou três pecados: denunciando a sua gula e sua preguiça, como se isso fosse algum segredo. Mas eu sentia sua angústia e percebia que um suor frio escorria por sua face. Ele estava escondendo algo muito importante, e quando o confessante deixa de falar algo, só pode ser de suma gravidade, geralmente sendo os pecados da carne. Geralmente não, sempre. Mas não consegui arrancar dele essa mácula, mas também nem precisava falar: um menino de dezessete anos quando esconde um pecado, todos nós sabemos qual é: o pecado contra a castidade. O único mandamento de Deus que os homens cumprem sem espernear é o "Crescei e multiplicai-vos". Eugênio não confessou pela boca, mas sim pelos olhos. Seus olhos eram pueris até então, agora seus olhos lascivos faiscavam voluptuosidades. Esses moleques acham que conseguem esconder isso de um padre confessor experiente e astuto como eu.

um pensamento intruso
(narrador)

No primeiro domingo após seu retorno ao seminário, Eugênio entrou na fila da confissão, como era de regra. Era preciso passar a vida a limpo, esquecer todos os atos indevidos cometidos durante o período de férias e recomeçar, tudo de novo, de alma lavada, ensaboada e enxaguada, como troçavam os meninos na fila para o confessionário. Mas, naquela manhã, Eugênio não participou dos chistes próprios daquele momento. Os colegas cochichavam além do ponto aceitável, tanto que foi preciso que o confessor saísse de seu cubículo para os repreender. Ele censurou a todos, indistintamente, mas Eugênio estava quieto, pensativo, quase macambúzio. O motivo de tanta algazarra naquela manhã era porque o seminarista Heleno, aquele que contrabandeava revistas de mulheres em situação primitiva, havia prometido novo material para aquela noite.

Eugênio tinha um grande dilema pela frente, e o tempo para resolvê-lo diminuía a cada passo que se dava em direção ao confessionário. Conhecedor das premissas básicas do catecismo da igreja quanto ao sacramento da confissão, sabia que deveria contar todos os seus pecados para merecer a graça da absolvição. Faltando alguns passos para chegar sua vez, ele já havia se decidido: "Vou me confessar por inteiro, vou contar tudo." Dois passos à frente, ele já sabia como fazê-lo, tinha as palavras exatas: "Fui conduzido ao quarto de minha prima, ou melhor ainda, fui arrastado, sem chance de me deter, talvez eu ainda dormisse, meio sonâmbulo." A culpa respingaria toda sobre sua prima. Desse modo, Eugênio seria severamente repreendido, receberia fortes conselhos, como trancar sempre a porta de seu quarto ou, ainda melhor, que ele arranjasse um pouso na casa do padre e ali passasse todo o período de férias. Se assim procedesse, Eugênio não seria expulso do seminário, afinal, ele não teve culpa alguma. Talvez até, numa atitude mais severa, o proibissem de retornar à sua cidade, passando o período de férias recluso no seminário.

Sim, uma boa reprimenda estava de bom tamanho e tudo voltaria a entrar nos trilhos.

Chegando a sua vez, ele se ajoelhou e se confessou. Declarou-se culpado por ter se excedido nas guloseimas; por ter tirado folgas maiores do que as recomendadas; por não ter feitos as orações nos horários determinados e outras coisas de somenos importância.

Porém, mais não disse. Temeu pela expulsão sumária do seminário; temeu pelas muitas explicações que seriam necessárias dar a amigos, a familiares e a desconhecidos enxeridos. Temeu pela exposição pública e vexatória a que seria submetido pelos padres, apontando-lhes o dedo e o repreendendo, dizendo: "Você é um frouxo, não conseguiu e nenhum esforço fez para se safar da primeira tentação que lhe apareceu. Pecado novo, penitência nova: cem chibatadas, no pátio, ao meio-dia, aos pés do cruzeiro."

Com um gesto brusco de cabeça, espantou a cena que começava a se formar em sua mente: os padres reitor, confessor e o ajudante de ordem estavam sentados, à sombra, em cadeiras confortáveis, e eles circundavam o senhor bispo, que estava muito bem acomodado em sua cadeira de espaldar alto, revestido de veludo vermelho. Os seminaristas, todos, dos menores aos que já estavam com um pé no altar, formavam um círculo em volta do cruzeiro. Eles uivavam feito uma matilha que acabara de sitiar a presa. No centro do círculo, com as mãos amarradas ao cruzeiro, sem camisa e costas lanhadas pela chibata conduzida com maestria pelo menino JBJ, Eugênio contava mental e maquinalmente cada um dos açoites que abria mais uma cisão em seu dorso, fazendo-o gemer de dor. O suor descia pela testa, abrasando seus olhos. O sangue inundava seu corpo e descia pelas partes, pelas pernas e pelos pés, manchando de escarlate o piso do pátio.

Depois de um longo tempo em silêncio, quando Eugênio voltou à Terra e se viu ajoelhado no confessionário, disse que aquilo era tudo e que nada mais tinha a declarar. Recebeu a absolvição de seus pecados, acompanhada de algumas recomendações, que eram as mesmas de sempre: mais isso, mais aquilo. E, como penitência: um Padre-Nosso, dez Ave-Marias e uma Salve-Rainha.

Eugênio deixou o confessionário e ajoelhou-se no primeiro banco vago que encontrou para cumprir a determinação do padre confessor. No meio da penitência, ele se lembrou da doutrina da Igreja Católica que diz que a absolvição alcança todos os pecados, tanto os declarados como os esquecidos, e isso o fez abrir um sorriso. Um pensamento começou a brotar em seu cérebro, mas com um movimento de negação feito com a cabeça, esse pensamento foi descartado. E era esse pensar que ameaçava a sua lógica salvífica: "esquecimento e omissão são coisas diferentes."

Assim, sem levar adiante aquele pensamento intruso, Eugênio retornou à rotina do seminário, de alma lavada, ensaboada e enxaguada.

um agridoce sabor de maçã
(padre Carlos Borromeu)

Quando o seminarista Eugênio retornou ao seminário, todos nós percebemos que havia acontecido algo grave como ele. Estava escrito em sua testa, em seus olhos, nos seus gestos e até no seu andar: não era mais um andar de menino inocente, mas de quem experimentara o agridoce sabor da maçã. Sim, ele se deixou levar pela serpente, acreditou em suas palavras e saboreou a fruta diretamente das mãos de Eva. Isso estava escrito em seus olhos, em letras garrafais. Nós, que lidamos diariamente com dezenas de meninos e rapazes, se não aprendermos a ler os sinais que eles emitem, estaremos nos conduzindo, eles e nós, ao abismo inexpugnável, um abismo onde caem as almas e de lá não saem, jamais.

Padre Soares, vigário recém-empossado em Abadia dos Coqueiros, não visou a carteirinha do menino Eugênio. O mui digno padre reitor ficou de apurar o motivo, mas, metido em outros afazeres, não me deu retorno. Esse visto era necessário para que soubéssemos da efetiva participação do seminarista nos serviços das celebrações eucarísticas enquanto ele estava sob a custódia do vigário. Sem essa informação somos obrigados a deduzir que sim, ele participou de todos os serviços, afinal, não havia prova do contrário (as leis humanas, quando se metem nas leis da Igreja, causam sérias controvérsias). Mas, se Eugênio esteve presente nas celebrações, por que não entregou a carteirinha devidamente assinada? Por que padre Soares não informou ao mui digno padre Reitor que o seminarista partira sem se apresentar à casa paroquial? Ausência do padre no momento da sua partida, dissera Eugênio. Sim, isso é possível, mas se eles passaram juntos todo o mês de janeiro, por que já não havia o padre assinado o documento? Tudo isso deveria ser inquirido pelo padre reitor que, a meu ver, mostrou-se relapso nesse quesito. Esse procedimento era norma do seminário (acho até que não existe mais), portanto, não era pecado, e não o sendo, fugiu da minha alçada.

Ciente de que Eugênio se apresentara sem o aval de seu vigário, aguardei-o, temeroso, para a sua primeira confissão do ano. Mas ele veio com lero-lero, pecadinhos de pouca valentia, com o intuito único de obter a absolvição geral e irrestrita. O silêncio em que permaneceu entre o último pecado contado e o pedido de absolvição foi, como direi, constrangedor. Foi uma declaração inequívoca que ele tinha algo mais a declarar, mas não o fez. Depois de um longo silêncio, limitou-se a pedir a absolvição de seus pecados.

O mui digno padre reitor e eu recomendamos ao padre Abigail, José de Abigail, que redobrasse a atenção aos movimentos do seminarista Eugênio, com o intuito de apurar alguma novidade, mas, conforme relatório apresentado pelo nosso bom e subserviente padre Abigail, José de Abigail, ele continuava o mesmo desatento de sempre, um pouco mais calado e macambuzio, mas, com o passar dos meses, ele retornou às boas práticas do convívio em comunidade, não sendo necessária a tomada de medidas mais duras para colocá-lo novamente nos trilhos.

um grave acontecimento
(narrador)

Aquele ano foi terrível para Eugênio. Um desânimo muito grande se apossou dele. As declinações nas aulas de latim eram repetidas maquinalmente: rosa, rosae, rosae, rosam, rosã, rosa. E o padre reitor, Gerardo Magella, batendo com a régua na mesa, como se fosse uma batuta: rosae, rosārum, rosis, rosãs, rosis, rosae.

O final do ano finalmente chegou e com ele a esperança de Eugênio em rever a moça Euvira. Mas, quão grande desapontamento, ela estava mais comedida e partiu passados dois ou três dias do Natal. Falou em namoro sério, coisa para casar. O pretenso namorado estava em viagem, para passar as festas com a família dele, e tão logo fosse possível, ele seria devidamente apresentado e o pedido de noivado seria formalmente celebrado.

À noite, por várias vezes, Eugênio dirigiu-se à porta do quarto de Euvira, que, invariavelmente, estava trancada, e ele nunca mais viu a janela entreaberta.

Eugênio fez tudo o que se esperava de um jovem seminarista, auxiliando padre Soares nas celebrações festivas, e, ao retornar ao seminário, concluiu o ensino médio e, três anos depois, formou-se em Filosofia, tendo sobrevivido satisfatoriamente aos filósofos pré-socráticos, ao estoicismo de Zenão de Cítio, ao sarcasmo de Diógenes, aos silogismos aristotélicos; às concepções de Pitágoras, ao mundo das ideias de Platão, passando pelos filósofos da idade média até chegar ao pensamento cartesiano.

Assim, poderíamos colocar um ponto final nesse período da vida de Eugênio referente aos anos que ele passou no seminário e nos dedicarmos aos acontecimentos futuros, uma vez que a vida urge, o relógio não para e é preciso dar um passo à frente.

Mas (sempre haverá um "mas" para dar vida e sabor às histórias), um acontecimento inusitado, de grave importância, ocorreu no seminário, no dia da formatura de Eugênio no curso de Filosofia, poucas horas antes do regresso à sua cidade natal, Abadia dos Coqueiros.

A tarde transcorrera em uma azáfama tremenda: eram pernas que chegavam, eram mãos que se cumprimentavam, eram bocas que se falavam.

Todos recolhidos, finalmente. O silêncio imperava, o cansaço venceu.

A noite é interrompida por um estrondo vindo lá dos lados da capela. O barulho é multiplicado pela quietude reinante em todo o seminário.

A maioria acorda, assustada. Alguns saem à procura. O padre Gerardo Magella, ainda abotoando a batina, toma a dianteira.

Saindo da capela, lívido como quem acabou de se confrontar com um fantasma, o seminarista JBJ é pego pelos padres residentes e por alguns seminaristas fugindo do local do crime.

um fardo muito pesado
(padre Gerardo Magella)

Confesso que não tomei medida alguma quando o seminarista Eugênio apareceu sem o visto de seu vigário. Era uma prática comum e saneadora, pois nos dizia que tudo correra bem no período que ficara fora das nossas vistas. Mas isso era apenas para nos facilitar a vida: não precisávamos ficar perguntando como fora seu período de licença, se tivera participação efetiva nas celebrações de fim de ano etc., etc. Mas não fui relapso, de forma alguma. Excesso de trabalho e de preocupação, isso sim. A reitoria de um seminário é um fardo muito pesado a se carregar e, a todo momento, temos casos urgentes a sanar. Eugênio dissera que o padre estava ausente no momento de sua partida e que poderia perder o trem caso o vigário demorasse a retornar; eu disse que ligaria ao pároco para confirmar e ficou o dito pelo não dito. Cheguei a pegar o telefone para fazê-lo, mas pensei: "O mesmo telefone que faz chamada, também as recebe. Padre Soares que me ligue, se achar necessário."

A bem da verdade, pensei em ligar ao padre Telles, antigo vigário de Abadia dos Coqueiros. Mas, soube por boca de terceiros que ele estava meio p. da vida com o senhor bispo (Deus guarde Vossa Excelência) por tê-lo transferido para a cidade de São Francisco do Ipê Amarelo. Aqui entre nós, considerávamos isso como castigo, afinal, aquela cidadezinha era (e ainda é) isolada do resto do mundo, e a arrecadação de espórtulas era (e ainda é) quase nula.

Recomendei ao padre Abigail, José de Abigail, que ficasse de olho em Eugênio e que não deixasse escapar nenhum sinal de desvio de conduta. O padre confessor, Carlos Borromeu, já me havia informado que a confissão dele tinha sido apenas protocolar. Sem entrar em detalhes, claro, é preciso que se diga, afinal, o segredo da confissão é institucional e sagrado. Eu, como padre reitor, sou obrigado, pelo dever do ofício, a tomar conhecimento de tudo o que se passa com os estudantes, afinal de contas quem vai dar o parecer final para o recebimento do sacramento da ordem (ou não) sou eu, e minha decisão tem que ter embasamento, caso contrário não passará de uma sugestão ou um palpite. Afinal, ninguém tem o direito de "achar" que fulano dará (ou não) um bom padre. Esse "achamento" deve ficar só entre os leigos.

Nossas preocupações se dissiparam quando ele retornou no ano seguinte. Via-se claramente que sua vida voltara aos eixos, estava mais atento e estudou com afinco os filósofos pré-socráticos, empenhou-se no curso de história da filosofia.

Talvez não tenha alcançado toda a lógica aristotélica, mas aprendeu o suficiente para distinguir a forma do conteúdo, a premissa maior da menor, mesmo que não conseguisse chegar à conclusão final. O seu latim era sofrível, mas Sua Santidade, o papa, resolveu aboli-lo das celebrações, fazer o quê, não é? Enfim, foi de razoável a médio o aproveitamento de Eugênio no curso de Filosofia.

Todos aqueles que se graduaram no curso da Filosofia no final daquele ano foram para suas casas felizes, afinal, voltariam já no próximo ano para a etapa final, faltando apenas mais um curso, o de Teologia, que exigiria deles muita concentração e muita leitura. Teríamos que passar por Santo Agostinho, destruir Pelágio, destrinchar São Tomaz de Aquino. Rever todo o catecismo da Igreja e as bulas papais. Passar pelos sacramentos, parte teórica e a prática. Ainda mais, estudar a história, os fenômenos e as tradições religiosas; interpretação de textos sagrados, doutrinas e dogmas de diversas religiões e, acima de tudo, a teologia hermenêutica. Sim, o caminho que leva o padre ao altar é feito de espinhos e abrolhos.

Todos se foram alegres, alguns até querendo apressar o retorno para dar início logo ao estudo teológico, para enfim poderem dar seus últimos passos em direção aos altares do Senhor.

Nos primeiros dias de fevereiro, retornaram todos, exceto o seminarista Eugênio.

uma parede tomada de picumã
(narrador)

Tendo terminado o curso de Filosofia, Eugênio voltou para casa, ciente de que estava cada vez mais perto do altar, faltando apenas os derradeiros quatro anos, quando, finalmente, iniciaria os estudos exclusivos do sacerdócio, a Teologia. Na bagagem, Eugênio trazia *Confissões*, livro de Santo Agostinho e padroeiro dos teólogos, e uma batina preta, novinha em folha.

Os últimos dias de dezembro e todo o mês de janeiro Eugênio viveu dentro da igreja, participando de todas as celebrações, incluindo novenas e encontros com crianças e jovens da comunidade. Seu empenho fora tamanho que padre Soares, de olhos arregalados, parabenizou-o pela dedicação às causas de Deus e a seu povo.

No dia do retorno ao seminário, na despedida, padre Soares, depois de assinar a carteirinha de Eugênio, deu a ele uma correspondência que deveria ser entregue em mãos do senhor padre Gerardo Magella, mui digno reitor do seminário. Nessa epístola, o emissor derramava elogios ao jovem Eugênio pela sua prestimosa participação nos cultos e no convívio com os fiéis, mas, no final, o missivista avisava ao reitor que notara no olhar do futuro teólogo um quê de tristeza e preocupação. Seriam os indícios de questionamentos acerca de sua vocação? E assim, concluía o bondoso vigário: muita oração pode ser um sinal de fuga, sem querer ser pedante e ensinar o padre-nosso ao ilustre colega.

Eugênio, portando sua belíssima batina preta, levava consigo sua bagagem e a correspondência. Na estação de trens, despediu de sua mãe, que, orgulhosa, não cansava de exibi-lo aos transeuntes. Cabelos negros e bem cortados, barba aparada, olhos castanhos, como os da mãe. Dona Concepta, com seus olhos castanhos em lágrimas, dissera que ele se parecia muito com o pai, claro, se esse andasse alinhado e com postura ereta. Eugênio concordou com essa observação, afinal, a foto de casamento de seus pais, que descansava na gaveta da cômoda de seu quarto, dizia exatamente isso.

Finalmente, Eugênio tomou o trem (sempre atrasado) e, tendo viajado apenas quinze quilômetros, na primeira parada, no Distrito do Goiabal, saiu de seu vagão, desceu a rampa que o levaria aos trilhos e voltou para Abadia dos Coqueiros.

Andando sobre os dormentes, voltou para a estação de onde partira. Chegou já com a noite escondendo as casas da cidade. A estação estava inteiramente deserta, porque já não mais haveria partidas nem chegadas de trem naquele dia. Na noite mal iluminada, caminhou em direção ao Rio dos Coqueiros, passou pela ponte recentemente batizada de Wagner José dos Santos, subiu a rua Dona Zezé, antiga Ladeira da Viúva, e só parou quando chegou à porta de sua casa, sua antiga morada.

A luz de um poste próximo dava à casa um aspecto macabro, com paredes descascadas, uma parte do telhado já arriada e uma janela escancarada.

A porta da sala estava fechada, mas não resistiu a um empurrão um pouco mais forte. Eugênio entrou. Sorriu ao ver aberta a janela da sala e pensou que poderia ter entrado por ela (como fazia quando entrava no quarto de visitas da casa de Titonho para encontrar-se com sua prima Euvira), mas quem entra pela janela são os larápios, os indesejados, os não convidados (e os amantes). O dono da casa entra sempre pela porta da frente.

Na sala, já bastante desbotada, a moldura com a imagem de Santo Antônio. "Minha mãe saiu da casa com tanta pressa que não levou o quadro do santo de sua devoção", pensou Eugênio. Dali mesmo ele viu a entrada de seu antigo quarto, que sequer tinha porta, mesmo no tempo que ali morava, pois era apenas uma cortina feita de remendos que o isolava do resto da casa. O quarto estava iluminado pela lua, que entrava sem cerimônia pelo buraco no teto.

Já na cozinha, Eugênio abriu a porta que dava para o quintal, e uma lufada de vento entrou, fazendo balançar as teias de aranha enegrecidas pendentes do teto, como se fossem estalactites de uma caverna tenebrosa.

Eugênio sentou-se no rabo do fogão a lenha, como sempre fazia quando queria aquecer-se em noites de frio ou depois de ficar horas com os pés nas águas do Rio dos Coqueiros, dando banho em minhoca, como dizia sua mãe.

"Ah, por que foi lembrar de sua mãe?", pensou Eugênio, e de imediato começou a chorar. Se sua mãe estivesse ali, ela iria ao terreiro e traria nos braços alguns pedaços de madeira, colocá-los-ia no fogão e, soprando e se engasgando com a fumaça, acenderia e faria uma boa sopa de fubá com uns minguados pedaços de carne de boi, ou de frango, que sobejaram do almoço. E o menino Eugênio a devoraria toda, com gosto.

E ela enfiaria os dedos por seus cabelos, como muito bem sabem fazer as mães, e lhe diria: "Não chore, meu filho. Amanhã será um dia melhor."

Extenuado, Eugênio sentou-se no chão da cozinha e, com as costas apoiadas na parede onde outrora ficava o "guarda-comida", dormiu.

um gesto retido no ar
(Eurico)

Era de manhãzinha, eu estava na rua fazendo algumas entregas de pães em domicílio quando alguém me gritou e eu parei, esperando. Era o senhor Zé da Horta, morador do bairro Trabanda do Rio, vendedor de verduras, que ele mesmo cultivava em seu quintal. Antes mesmo de se aproximar, foi dizendo que se levantara muito cedo, como sempre fazia, desde o tempo que se entende por gente, e foi regar suas verduras, porque as verduras devem ser molhadas antes do nascer do sol, e viu que a porta da cozinha da nossa antiga casa estava arrombada. Passara por um buraco da cerca e aproximara-se o máximo que pôde da porta da cozinha, tanto quanto permitira sua coragem, e vira um corpo caído no chão, e que pela roupa poderia ser uma mulher, porque vira a barra do vestido preto, e que mais não vira, pois viera correndo dar-me a notícia.

Pensei em não me aborrecer com aquilo, afinal, lá nada tem para ser furtado. As portas e janelas eram imprestáveis, todas já carcomidas pelos carunchos (as que não foram levadas pelos larápios). Mas o sentimento de posse falou mais alto e fui, tão logo feita a última entrega.

Atravessei a ponte, subi a Ladeira da Viúva e, antes de dobrar a esquina, no alto do morro, olhei para a castanheira. O dia já estava claro e não havia menino comendo castanha ou pescando na beira do rio coisa nenhuma, como dizia a minha mãe. Mas, pensei comigo: "Faz muitos anos que não venho aqui."

Entrei pelos fundos da nossa propriedade, tropecei num pedaço de pau, então me lembrei que não tinha nada nas mãos e seria prudente uma arma qualquer, mesmo que improvisada. Aquele pedaço de pau viera bem a calhar.

Subi os poucos degraus, adentrei a cozinha e já me preparei para atacar o invasor ou invasora. Com o madeiro a meio caminho, prestes a se despedaçar na cabeça do intruso, reconheci a fisionomia de meu irmão, mesmo que ele tenha tapado o rosto com as mãos, num gesto quase patético para se proteger do golpe iminente.

Consegui reter o gesto no ar e, atônito, exclamei: "Eugênio?"

Ajudei-o a se levantar, ele bateu as mãos na sua batina preta com enormes manchas de poeira, o que só fez sujá-la ainda mais. Saímos dali, pela porta da cozinha. Atravessamos o quintal do senhor Zé da Horta, que nos esperava ao lado do vão da cerca, também segurando um pedaço de pau.

Fiz um sinal ao verdureiro e ele se aproximou. Então eu lhe disse: "Se o senhor quiser os tijolos da casa e as telhas que sobraram, pode retirar tudo. Faça um bom proveito." Ele agradeceu com um largo sorriso e se foi.

Eugênio e eu descemos a Ladeira da Viúva, sem trocar uma palavra sequer. Eu atravessei o Rio dos Coqueiros pela ponte, mas meu irmão entrou no rio até onde a água quase alcançou sua cintura. Depois enfiou a cara na água e, jogando o corpo para trás, chacoalhou a cabeça como se aspergisse os fiéis com água benta. Retrocedeu-se e voltou à margem, com alguma dificuldade, porque sua batina se encharcara, tornando-se excessivamente pesada.

Por um momento pensei que ele fosse mergulhar. Já me imaginei pulando na água para salvá-lo, porque ele não sabia nadar e ainda usava uma batina. Só que eu também não aprendi a nadar (por absoluta falta de tempo), então teríamos uma tragédia anunciada. Aliviado, continuamos nossa caminhada até a casa de Titonho. Ele, com sua roupa toda molhada, deixava um rastro de água atrás de nós.

Deixei-o à porta da casa de meu padrinho. Gritei por minha mãe, mas não esperei que ela viesse abrir a porta. Ela certamente pediria explicações à minha pessoa e eu não as teria para dar. Talvez Eugênio as tivesse, mas não sei se conseguiria se explicar. E mesmo que fosse possível dá-las, eu não queria saber.

Quando cheguei na padaria, todos já sabiam do retorno de Eugênio. A notícia já havia corrido a cidade, como fogo ateado em rabo de foguete. "O menino Eugênio fugiu do seminário, estava na cidade, dormindo na casa velha do outro lado do rio." Junto com uma cabeça de alface, vinha a informação repassada incansavelmente pelo senhor Zé da Horta. A alface valia um tostão, mas a notícia era de graça.

um olhar carregado de interrogação
(dona Concepta)

Naquele início de fevereiro em que o meu menino retornou ao seminário para dar início à sua etapa final de estudos, fui tomada por um sentimento que ora era de angústia, ora de expectativa. Esses últimos quatro anos seriam decisivos para o fortalecimento de sua vocação e isso me deixava bastante apreensiva. Não que eu duvidasse de sua reta intenção. Já o tinha visto várias vezes no altar junto ao nosso pároco, padre Soares, e ele fazia bela figura. Muito garboso, estava sempre concentrado em seus afazeres para bem servir a Deus no altar ("se usasse bigode, seria a cara de Titonho", suspirei).

Mas convenhamos, vida de padre não parece ser nada fácil. Sei que muitas vezes queremos um pouco de silêncio e o isolamento é perfeito para isso, mas todos os dias da semana, todas as semanas do mês e todos os meses do ano é um pouco demais. Vida de padre é muito solitária, eu acho. Mas, por outro lado, desejava vê-lo entrar triunfante no altar, portando paramentos bordados com fios de ouro, para celebrar a sua primeira missa, que haveria de acontecer ali, na Igreja Nossa

Senhora da Abadia, para regozijo de seus parentes e amigos e para desgosto de meia dúzia de fofoqueiros boquirrotos desocupados que só se preocupavam com a vida alheia.

Naquela noite não dormi bem, pois demorei para pegar no sono, e, no pouco que dormi, sonhei com o meu menino no púlpito, trajando paramentos suntuosos, pregando para uma grande multidão, que o ouvia em silêncio e de queixo caído.

Estava eu ainda na cama pensando em me levantar quando ouvi alguém me chamar do lado de fora. Compadre Antônio já havia saído para a rua, como sempre. Ele ia na padaria pegar o pão da manhã, mas isso era apenas uma desculpa, ele queria mesmo era prosear com todos que encontrasse pelo caminho (ele andava com uns projetos políticos na cabeça e já os colocava em prática).

Aquela voz que me chamava parecia ser a de Eurico. Levantei-me de súbito, como impulsionada por uma mola.

Corri para a sala jogando sobre o corpo um roupão e abri a porta e, se eu não estivesse com a mão na maçaneta, teria desabado direto ao chão. Diante de mim estava o meu filho, todo disforme, cabelo desgrenhado, batina desalinhada e, a seus pés, uma poça d'água, como se tivesse feito xixi pernas abaixo.

Com uma mão na maçaneta da porta e a outra na boca, tentei segurar um grito de incompreensão, que me saiu pela metade, fazendo um grunhido, como se eu quisesse arremedar minha comadre Amália, que jazia no quartinho de costuras.

Com os olhos arregalados, o acolhimento de mãe foi mais forte e, finalmente, consegui levar minhas mãos em direção ao meu filho e trazê-lo para dentro de casa. Levei-o para a cozinha e o fiz sentar-se numa cadeira.

Pensei em fazer-lhe mil perguntas, mas a única que me escapou foi se ele estava com fome. Ele olhou para mim com olhos tristes e, com um leve aceno de cabeça, fez que sim. Compadre Antônio não havia voltado da rua ainda. Preparei um café bem forte e dei-lhe um pedaço do bolo de fubá que eu havia feito na véspera, eu sempre fazia aquela receita quando ele ia partir. Ele comeu e bebeu em absoluto silêncio. Enquanto ele comia, apareceu no umbral da porta da cozinha o compadre Antônio, perguntando-me com as mãos o que estava acontecendo. Eu lhe respondi, com um gesto de cabeça, que não fazia a menor ideia. Compadre Antônio, deixando a sacola de pão sobre a mesa e, sem saudar o sobrinho, saiu para a rua, de novo, sem tomar café e sem dizer-me adeus.

Ficamos nós dois ali, parados, eu olhando para ele e ele para o nada, quando batidas fortes foram desferidas contra a porta da sala. Fui atender, era o padre Soares, com os olhos carregados de interrogação. Fui rápida e ríspida: "Agora não, padre, mais tarde nos falamos", e virei-lhe as costas.

uma bagagem que viaja só
(padre Gerardo Magella)

Todo início de ano era motivo de preocupações para nós, padres que trabalhavam no seminário, tanto para o padre confessor como para mim, padre reitor.

O padre confessor ouvia os meninos em confissão. Para essa função, é necessário um padre experiente, afinal, é preciso peneirar o que é realmente pecado e o que não é. A inobservância dos dez mandamentos e das regras ditadas nos catecismos da Santa Madre Igreja Católica são pecados. Fora disso, é uma infindável possibilidade, que vai desde a simples fofoca ao distúrbio emocional.

Há aqueles que contam pecados dos outros. E isso ocorre com uma frequência assustadora e não apenas entre meninos que vivem em companhia de outros tantos. Até mesmo entre casais é comum, como, por exemplo, a mulher dedurar o marido que deixou de assistir à Santa Missa em algum domingo ou dia santificado, ou o marido justificar seu pecado porque a mulher não cumpre com suas obrigações conjugais. Não se confessa por procuração, por isso não se perdoa o pecado daquele que não comparece pessoalmente para reconhecer a sua falta. Mas, com o tempo nos acostumamos com isso e não damos importância alguma. Ruim é quando o confessante diz um pecado que está acima de sua capacidade física ou mental, numa espécie de vanglória ou simples fanfarrice. O padre confessor precisa ter tino para distinguir o real do imaginário, da falsa humildade e da soberba. E nosso padre confessor, o reverendíssimo padre Carlos Borromeu, era reconhecido em toda a diocese por sua expertise nessa área.

O que há de pior em tudo isso é aquele que "esquece" de contar um pecado. Convivemos com isso diariamente. O esquecimento real, aquele que você olvida de fato, talvez por nervosismo ou outro motivo qualquer, esse é perdoado quando da absolvição geral, mas creio que isso pouco ou raras vezes aconteça realmente. O que é grave, gravíssimo mesmo, é o esquecimento proposital, por pura omissão, por medo ou vergonha de o relatar. E esse acontecimento é de difícil percepção. Mas existem algumas técnicas que nos ajudam a identificar se o confessante está realmente falando tudo o que precisa ser contado. Aquele que chega até o confessionário com a tez esbranquiçada, olhos nervosos, esfregando as mãos, com suores escorrendo pela face e numa angústia tremenda, requerendo urgência na absolvição, acredite: ele tem mais coisas para contar; pode apertar que tem coelho amoitado nesse mato, que tem filé mignon debaixo desse angu.

Todos os anos padre Carlos Borromeu, após ouvi-los em confissão, fazia uma análise apurada de todos os seminaristas, um por um, e o relatório desse menino

Eugênio, nos últimos tempos, aparecia com um asterisco: "Esse menino me esconde alguma coisa."

É necessário esclarecer que apenas eu, padre Gerardo Magella, reitor do seminário, tinha acesso a esse parecer, não constituindo assim quebra do segredo da confissão, porque o que o penitente manifestou ao sacerdote permanecia sigilado pelo sacramento da reconciliação. E é claro, no relatório individual aparecem as observações feitas pelo padre confessor, jamais o pecado cometido e manifestado.

Quando Eugênio terminou o curso de Filosofia e viajou para sua terra natal, eu disse ao padre confessor que desejava ter uma conversa em particular com aquele rapaz "que parece que esconde alguma coisa" assim que ele voltasse. Afinal, ele daria início à sua última etapa e era preciso sanar aquela dúvida: "Se ele esconde alguma coisa, o que é e por que o faz?" Isso seria bom para ele mesmo, poderia começar o seu curso de Teologia sem entrave nenhum, com a alma limpa e o ânimo renovado.

Mas a verdade é que ele nunca mais voltou ao seminário.

Atendendo à minha solicitação, o colega padre Carlos Borromeu foi à estação e lá ficou, por longo tempo, à espera do menino Eugênio, mas quem chegou foi sua bagagem, que viajou só. Nunca recebemos sequer um telefonema para justificar a ausência do seminarista, nem de seu benfeitor, senhor Antônio Esteves Ribeiro, que simplesmente deixou de nos enviar a sua minguada contribuição anual, e nem de padre Soares, que se fingiu de gato morto. Bem que ele demonstrou um pouco de preocupação com a atitude do seminarista naquelas últimas férias, informando-nos que ele estava muito participativo nas atividades da igreja e que isso poderia ser um sinal de engajamento ou talvez fosse um meio de fuga, por que não? Foi o que ele disse na correspondência que enviou a mim, encontrada na bagagem de Eugênio, que chegou sozinha na estação de Alecrim Dourado.

uma conversa em particular
(padre Carlos Borromeu)

Todo fim de ano eu entregava ao reverendíssimo padre Gerardo Magella, reitor do nosso seminário, o relatório anual de todos os meninos do nosso plantel. Desde os mais novos até daqueles que já estavam com o pé no altar, era eu o encarregado de confessá-los e avaliá-los. Meu parecer era decisivo para a sequência, ou não, do postulante ao sacerdócio no seguimento de sua carreira.

Centenas deles passaram pelas minhas mãos no período em que fui confessor do seminário, honra essa recebida por um despacho do senhor bispo diocesano (Deus guarde Vossa Excelência). Muitos deles se tornaram padres e alguns até exerceram com dignidade sua missão. Mas, a maioria deixou o seminário antes de completar os estudos. Sabemos disso: grande parte vai para o colégio em busca de comida e estudo. Os pais, homens simples e sem instrução, querem dar ao filho aquilo que não tiveram oportunidade alguma de conseguir. O caminho é o seminário. Quando o estudo vai se afunilando e o altar vem se aproximando, e com ele os votos de castidade, eles pulam fora e nos deixam com o prejuízo na mão. É o preço a se pagar por meia dúzia de padres que se consegue ao final do curso. Paciência, é do jogo.

Quando entreguei ao reverendíssimo padre reitor o relatório de fim de ano do menino Eugênio, que acabara de terminar seus estudos em Filosofia, fiz uma pequena observação em sua ficha: "Este seminarista esconde alguma coisa e não quer contá-la de modo algum."

O padre reitor pediu-me licença para ter uma conversa em particular com o menino Eugênio quando de seu retorno. Seria apenas uma conversa em que tentaria apurar a inquietação que trazia no coração, esse menino, de tal gravidade que ele não conseguia disfarçar, exibindo-a em seus olhares e em suas feições. Talvez, sabendo que aquilo não era uma confissão e diante de sua autoridade de padre reitor, ele conseguisse apurar com essa entrevista. Eu achava inútil e desnecessária essa conversa, afinal, se ele não falava ao confessor, que tem por dever a obrigação do sigilo, por que a contaria a outrem, desobrigado desse dever?

Mas disse-lhe que estava tudo bem, quer perder seu tempo tentando arrancar um segredo de um jovem, que o perca. O que me deixou louco da vida foi a incumbência de ir, pessoalmente, à estação de trens receber o seminarista Eugênio e levá-lo à presença do colega Gerardo Magella. Eu, padre confessor, rebaixado a moleque de recados.

Depois que o menino JBJ foi pego fugindo da capela e jurou em cruz que não fora ele o autor da façanha de derrubar a imagem do santo Cura D'Ars, ficamos sem saber quem foi o dono da arte. Como JBJ e Eugênio eram inseparáveis, a dúvida recaiu sobre esse último. Então, o senhor bispo (Deus guarde Vossa Excelência) entrou na fila para também conversar com o seminarista Eugênio quando ele regressasse das férias.

Todos nós sabíamos que ele carregava um pecado. Talvez até não fosse um pecado grave, mas ao menos um desvio de conduta ele tinha, ah! se tinha. E era mister descobrir essa falha antes que ele subisse aos altares do Senhor. Por isso, nós, o senhor bispo (Deus guarde Vossa Excelência), o senhor padre reitor (Deus guarde Vossa Reverendíssima) e eu, nessa ordem, empenharíamo-nos em desvendar aquele mistério.

Foi realmente uma lástima que ele não tenha regressado ao seminário.

QUARTA PARTE

UM SANTO EM PEDAÇOS

**um aperitivo para o jantar
(seminarista JBJ)**

Hoje, o padre Eliseu José, indisposto que estava, não nos veio dar aula de "Introdução à Filosofia Medieval", por isso o padre reitor, que fora à sala de aula nos avisar, mandou que ali ficássemos em silêncio e que fizéssemos uma redação, tema livre, porque ele não poderia ficar e nos ministrar novos verbos irregulares em latim, atarefado que estava. Sendo o tema de livre escolha e sabendo que ao final ele não daria a mínima para aquilo que escrevêssemos, resolvi colocar em dia o meu diário, que anda bastante atrasado.

Como já deixei registrado em folhas passadas, Eugênio e eu somos os encarregados de ajudar o padre nas celebrações eucarísticas que ocorrem todos os dias, isso de segunda-feira a sábado, logo após a reza do terço.

Terminada a missa, retiramos todo o material utilizado, apagamos as velas e guardamos, em locais apropriados, cálice, âmbulas e galhetas.

Essas últimas, as galhetas, como é de conhecimento de todos, inclusive dos leigos e até dos infiéis, contêm água e vinho, sendo que este último será transubstanciado no Santíssimo e Preciosíssimo Sangue de Nosso Senhor Jesus Cristo. Enquanto eu retirava os utensílios e as velas da mesa do altar, Eugênio, na sacristia, esvaziava, lavava e secava as galhetas. Mas o vinho que sobrava, Eugênio não o devolvia à garrafa, e sim o tomava todo, goela abaixo, como se fosse um aperitivo para o jantar. Até já deixei isso registrado em outras páginas. Eu lhe dizia que não precisava encher, bastava meia galheta de vinho para ser utilizado na Santa Missa, mas ele não seguia minhas instruções, fazia questão de enchê-la até a borda, a ponto de quase entorná-la e manchar a toalha da mesa onde são feitos os preparativos da celebração. Claro, ele queria que sobrasse mais vinho, para ter uma dose maior.

Mas o que ainda não registrei foi que, ao final de cada ano, às vésperas de partir para nossas comunidades paroquiais, Eugênio, acreditando que dormíssemos todos o sono dos justos, levantava-se de sua cama bem de mansinho e caminhava pelo dormitório, descia as escadas, atravessava os corredores e se dirigia à capela. Ele levava consigo um terço, e nos primeiros anos achei que estava tudo muito bem. Mas, passados dois ou três anos em que a cena se repetiu, foi que percebi que ele demorava tempo insuficiente para se rezar os cinco mistérios, pois voltava pouco depois. Então, teve um ano em que eu o segui. Assim que ele se dirigiu para o corredor, eu me levantei da cama tão silenciosamente quanto podia. Vi-o descer a escadaria em curva, caminhar pelo corredor na semiescuridão e adentrar a capela. Esperei que ele se ajoelhasse diante da imagem de Santo Cura D'Ars para a reza do santo terço, mas ele abriu a porta da sacristia e entrou. Eu me escondi atrás do confessionário (o que era absolutamente desnecessário, uma vez que somente uma tênue luz vermelha estava acesa, indicando a presença de Nosso Senhor Jesus Cristo no sacrário) e esperei que ele saísse de lá, o que não demorou muito. Logo retornou para o quarto levando consigo uma garrafa de vinho canônico. De imediato, não pude constatar com clareza que se tratava realmente de uma garrafa de vinho, mas eu já tinha adivinhado que seria e, quando ele passou pelo corredor, a luz vinda de um poste da rua perpassou pela grande porta de vidro da entrada principal e eu confirmei a minha suspeita inicial. Era mesmo uma garrafa, ainda lacrada, de vinho canônico.

Tenho estudado um meio de reconduzir meu amigo Eugênio ao reto caminho do Senhor. Nesse seu gesto ele comete ao menos dois pecados: o do furto e o do vício. É preciso dar um fim nisso, e eu o farei, custe o que custar. Sei que falar com ele, ao pé de seu ouvido, de nada adiantará, tampouco quero denunciá-lo ao padre reitor e, menos ainda, expô-lo à execração pública. Ainda não sei como o farei, mas podem apostar todas as suas fichas nessa jogada. Se farei de um modo sutil ou escandaloso, ainda não sei. Façam suas apostas.

Outra coisa que me tem deixado chateado é que Eugênio tem saído do seminário toda vez que há um final de semana prolongado, sejam feriados nacionais ou dias santificados. Todos os seminaristas que cursam Teologia têm compromisso com alguma paróquia aos finais de semana, para onde se dirigem com o intuito de auxiliar o padre nas suas tarefas dominicais, como se fosse um pré-aprendizado da vida sacerdotal, na prática. Um estágio, melhor esclarecendo. A eles são atribuídas algumas funções, como fazer a leitura do Santo Evangelho, fazer a homília, participar de grupos de jovens, realizar palestras e até mesmo presidir algumas celebrações, quando a presença do padre não for imprescindível. Acontece que os seminaristas da Teologia são poucos e as paróquias são muitas. Assim, apareceu-me o padre Bebê solicitando a colaboração de um seminarista da Filosofia, o que foi autorizado pelo senhor bispo. E ele escolheu o meu amigo Eugênio. Assim, alguns finais de semana eu fico sozinho como acólito, porque Eugênio vai para a paróquia de São Pedro, da cidade de Torre de Pedra. Essa cidade é a única, em toda a diocese, que tem mais protestantes (em suas infinitas denominações) que católicos. Por isso, padre Bebê requisitou força extra ao senhor bispo para reverter essa situação ou, ao menos, contê-la.

Eugênio viaja às sextas-feiras, após as aulas, e retorna no domingo à noite, com todas as despesas pagas pela paróquia. Nesses finais de semana, sem a presença do meu parceiro, eu me sinto muito só. E triste. Acho essa atitude de padre Bebê um grande atrevimento.

uma receita de bolo
(narrador)

Naquele dia em que Eugênio desceu do trem na primeira parada, no povoado chamado Goiabal, distrito da cidade de São Domingos da Alegria, voltou para a estação de onde partira sem pensar muito no ato que acabara de praticar. Ele sabia que ali, em Goiabal, era apenas uma parada rápida, tempo suficiente para que uns descessem e outros entrassem no trem. Nessas paradas de pouco movimento, não se procedia a abertura do vagão de bagagens, e aquele que pretendesse descer nesses pontos deveria levar consigo, junto a si ou a seus pés, quaisquer objetos que fossem de sua propriedade. Além de tudo isso, as malas, no compartimento de bagagens, eram acondicionadas conforme o local de destino dos passageiros e, como Eugênio somente desceria em Alecrim Dourado, no ponto final daquela viagem, sua mala fora acondicionada entre as primeiras e seria uma das últimas a serem retiradas.

Para não pensar no ato inconsequente que estava fazendo, Eugênio veio contando os dormentes da linha férrea. Descobriu que eles são distribuídos a cada sessenta ou setenta centímetros um do outro, o que dá, em média, três dormentes a cada dois metros e, considerando que a distância entre Goiabal a Abadia dos Coqueiros é de cerca de quinze quilômetros, foram utilizados vinte e dois mil e quinhentos dormentes só nesse percurso. Quantas árvores foram necessárias deitar ao chão para se construir milhares de linhas férreas país afora? Aquele pensamento consumiu Eugênio por longo tempo, distraindo-o das consequências de seu ato.

Vamos agora encontrá-lo na cozinha da casa de Titonho, ainda molhado, batina imunda, cabelo em desalinho, ajuntando com os dedos da mão os farelos do bolo de fubá que comia sem pressa e sem apetite. Parecia que dona Concepta não queria despi-lo da batina, seria assim como dar-se por derrotada. Aquele bolo que ele comia vagarosamente era o seu preferido, e sua mãe sempre fazia quando ele estava em casa. "Já vi minha mãe fazer esse bolo tantas vezes que sou capaz de citar cada item da receita", ele pensou. E, a cada ingrediente lembrado, ele marcava com um dos dedos da mão: "Bater no liquidificador três ovos, com meia xícara de óleo e uma xícara de leite. Depois de bem batido, usando-se a mesma medida — uma xícara de chá —, acrescentar três xícaras de fubá e duas de açúcar. Bater tudo no liquidificador até ficar uma massa homogênea. Agora só faltam uma colher de sopa de fermento e bastante queijo ralado. Esses dois últimos devem ser misturados à mão. Depois despeja-se a massa numa forma untada com manteiga e fubá e deixa-se assar no forno, já pré-aquecido. Ah, sim, uma pitada de sal no momento em que se coloca o açúcar e o fubá." Vendo que fora capaz de dizer a receita item a item, deixou escapar um leve sorriso que passou logo, pois era fruto de um orgulho sem sentido.

uma enxurrada de lágrimas
(Titonho)

Quando eu cheguei no meu comércio "O Barateiro", o estabelecimento já estava aberto. Naquela época eu tinha apenas uma única funcionária, a Rosa Caetana, e era de sua obrigação dar início ao expediente, portanto eu não tinha horário certo para chegar.

De longe vi uma pequena multidão na porta da loja e no meio dela, o senhor Zé da Horta. Nem viram que eu me aproximava, então eu pensei: "A novidade é das boas." Cheguei, entrei na roda, afastando uns dois ou três que estavam no meu caminho, e indaguei: "O que é que está havendo?" O "Leva-e-Traz" da cidade respondeu: "Seu sobrinho fugiu do seminário, dormiu lá na casa velha antiga lá deles, foi o menino Eurico que achou ele. E o menino Eurico me deu a casa, pra mim desmanchar ela e aproveitar os material."

"Cáspite!", foi só o que eu disse ou foi o que eu pensei, embora eu já meio que soubesse, pois acabara de vê-lo na cozinha da minha casa, só não havia chegado àquela conclusão.

Pensei em voltar imediatamente para casa e passar-lhe uma severa reprimenda e, quem sabe, embarcá-lo no próximo trem. Mas pensei: o filho é dela, ela é quem deveria tomar as primeiras providências. Se eles não se acertassem, eu entraria na rinha, e aí, meu bom senhor, seria diferente. Aí seria um pega pra capar. Esse mocinho já estava passando de graça, agora que estava na reta final, faz uma dessas? Deixa a mãe falar com ele primeiro, fazer-lhe um cafuné e, depois, se eles não se entenderem, eu entro no ringue. E eu nem faço questão de entrar nessa briga, mas, se entrar, não saio mais. Entro é para nocautear, sem lero-lero, vem cá, meu bem, que eu também quero.

Sequer fui almoçar em casa, estava desgastado. Foi aí que pensei que deveria ter, pelo menos, pegado um pedaço de bolo de fubá que eles estavam comendo. Aquele bolo, o preferido do queridinho dela, custa-me os olhos da cara. Toda vez que se faz esse bolo é preciso comprar trezentos e cinquenta gramas de queijo canastra ralado (meia cura). Vê se pode.

Depois que encerrei o expediente é que fui embora. Rosa Caetana abre o comércio e eu fecho as portas. Eu não tenho pressa mesmo de ir embora, então fico até cessar o movimento da praça.

Em casa, o silêncio era absoluto. A porta do quarto de meu sobrinho estava fechada, provavelmente trancada, mas nada que resistisse a um bom pontapé, pensei, já antevendo um pequeno prazer. Mas a comadre Concepta apareceu na sala, vindo da cozinha, enxugando as mãos no avental. Cortei, no ar, a tentativa que ela fez para falar. Sabia que viria uma enxurrada de lágrimas e palavras desconexas. "Drama a essa altura do campeonato não, pelo-amor-de-Deus", pensei.

Tomei as rédeas da situação e fui logo falando: "Ele volta para o seminário, ah! se volta. Querendo ou não, ele volta. Amanhã de manhã, ele pega o trem de novo. Vamos ligar no seminário para saber que fim levou a sua bagagem. Se a mala não chegou lá, providenciamos outra, roupas novas, tem nada, não. Se ele quiser dar chilique, que dê lá para o senhor bispo, longe do meu quintal. Os que usam saias que se entendam. Não quero saber de desertor aqui em casa, não."

um ouvinte impertinente
(padre Gerardo Magella)

O senhor bispo (Deus guarde Vossa Excelência) havia determinado de maneira firme e autoritária: "Vá à estação ferroviária, espere pelo menino Eugênio e leve-o para o seminário, deixe-o descansar, refazer-se da viagem, faça com que ele se sinta em casa. Depois o convocarei para uma conversa. Algo me diz que JBJ não estava sozinho nessa história do Cura D'Ars. Os dois estão sempre juntos." Eu só fiz anuir com a cabeça. "Aproveite e separe esses dois, eles estão tempo demais cuidando da capela. Tire-os de lá e lhes dê tarefas mais pesadas, como ajudantes de cozinha ou trabalhadores da horta comunitária, mas um longe do outro", disse, encerrando a conversa, com leves acenos de mão, como quem despacha um ouvinte impertinente.

Os leigos julgam que nós, padres, padecemos por causa do nosso voto de casti- dade. Mas o voto de obediência ao senhor bispo (Deus guarde Vossa Excelência) é, por muitas vezes, desafiador. Eu, padre Gerardo Magella, reitor do seminário, deveria pessoalmente me dirigir à estação ferroviária para aguardar a chegada de um seminarista, como se eu fosse um moleque de recados? Só me faltava ter que carregar sua bagagem.

Eu já havia encarregado nosso padre Carlos Borromeu, o confessor, para ir buscar o rapaz na estação para nossa conversa. Tive que cancelar a ordem e disse ao colega que eu mesmo iria ao encontro dele na estação de trens. De que me adianta ser superior se não posso delegar as funções mais simples?

E não é que tive mesmo que carregar sua bagagem!? O peste (Deus me perdoe) do seminarista Eugênio não apareceu e tive que transportar à casa suas coisas, que ficaram ali na estação, à deriva. Todos querendo ter uma conversa esclarecedora com o rapaz e ele me apronta uma dessas. É como dizem: cachorro que tem muito dono, morre de fome. O trem vindo de Abadia dos Coqueiros chegara com mais de hora além do horário previsto, esperei que todos descessem dos vagões de passageiros, mas o mandrião não estava entre os viajantes. O encarregado do vagão de bagagens colocou todas as malas para fora e a de Eugênio ficou ali, no meio da plataforma de desembarque, abandonada. Eu a reconheci imediatamente. Coloquei a mão sobre ela para indicar que aquela mala estava sob a minha responsabilidade e aguardei por mais algum tempo na esperança de que ele surgisse para resgatá-la, mas, qual o quê, ele nunca apareceu.

Voltei de mãos abanando para o seminário, isto é, levando a bagagem do menino Eugênio. O senhor bispo (Deus guarde Vossa Excelência), quando soube, repreendeu-me severamente, como se a ausência do peste fosse responsabilidade minha. E não vou me retratar por chamá-lo de peste, fez-me arrastar sua bagagem até o seminário, já paguei minha penitência.

uma pequena fogueira
(narrador)

Eugênio permaneceu o dia todo trancado no seu quarto. A batina preta jogada ao chão já estava seca, embora toda amarfanhada. Usava roupas simples, dessas que só são usadas em casa. Afinal, suas melhores peças haviam viajado sozinhas para Alecrim Dourado.

Ora deitado, ora caminhando da cama até o guarda-roupa e deste até a escrivaninha, únicos móveis que habitavam aquele quarto, Eugênio tentava encontrar uma solução para a sua vida.

À tardezinha, finalmente abriu a porta para sua mãe, que entrou trazendo um prato de sopa. Tomou-a devagar, embora já estivesse um pouco fria.

Dona Concepta, a bem da verdade, tentara entregar-lhe aquele prato de sopa o dia todo.

Depois que Eugênio sorveu aquela frugal refeição, veio uma chuva de perguntas: O que foi feito de sua mala? Por que voltou para casa? Não vai mais para o seminário? O que eu digo ao padre Soares?

Como dona Concepta não dava pausa entre uma pergunta e outra, Eugênio respondeu apenas à última: "Diga a ele para ir catar coquinho!"

Dona Concepta se assustou e saiu chorando, e Eugênio aproveitou para passar a chave à porta.

Já estava escuro quando Eugênio ouviu passos pesados na sala que feriam as tábuas do assoalho. Era Titonho que chegava em casa, já encerrado o seu expediente. Eugênio percebeu que aqueles passos eram mais barulhentos do que o usual, sendo fácil notar que o dono daquele caminhar estava furioso.

Eugênio se aquietou e segurou a respiração para ouvir a conversa que se seguiria.

Mas não foi possível ouvi-la em toda a sua extensão, compreendendo uma palavra aqui, outra acolá: seminário... amanhã de manhã... roupas novas... senhor bispo.

Na manhã seguinte, antes que a casa acordasse, Eugênio saiu do quarto levando consigo sua batina preta. Passando pela cozinha, apanhou uma tesoura e uma caixa de fósforos. Foi para o quintal e, debaixo da mangueira e sentado no banco de madeira, ali se aquietou por um momento, como se estudasse o próximo passo.

Logo depois, Eugênio ouviu um barulho na cozinha. Deveria ser Titonho, ele pensou, que acabara de se levantar e se preparava para fazer o café. Eugênio ouviu distintamente o barulho da água da torneira enchendo a caneca e, logo em seguida, o abrir e fechar de gavetas, como se alguém estivesse à cata de alguma coisa. Titonho sempre fazia o café da manhã, era o primeiro a se levantar, e fazia muito barulho nessa atividade, como se quisesse acordar todos da casa.

Eugênio ouviu passos saindo de casa e fechando a porta principal. Não era passado nem um quarto de hora quando passos pesados machucaram as tábuas do assoalho. Aqueles passos foram em direção à porta da cozinha e ali estacaram.

Titonho, perplexo, olhou para o quintal, onde ardia uma pequena fogueira.

uma batina consumida pelo fogo
(Titonho)

Sempre fui o primeiro a me levantar e, por não saber esperar, aprendi a fazer o café. O desjejum sempre foi de minha responsabilidade. Gosto de café forte e, quando tomo aquele feito por outra pessoa, sempre acho um defeito: ou está com muito pó ou é uma água de batata; ou está frio ou quente demais. Sempre utilizo minha receita especial: tantas medidas de café para tantas medidas de água, em iguais números. Não tem erro.

Naquela manhã, como de costume, levantei-me antes do nascer do sol. Após colocar a água na vasilha, não encontrei a caixa de fósforos para acender o fogão a gás. Já fiquei um tanto contrariado. Mas isso se resolve facilmente. Vou à padaria primeiro e lá compro, além de um pão extra, uma nova caixa de fósforos, embora eu tivesse certeza de que havia uma ali na cozinha, em algum lugar, ainda com uma razoável quantidade de palitos de fósforos. Mas isso se resolve depois.

Voltei para casa trazendo o pão extra e fósforos e, quando cheguei na cozinha, senti cheiro de queimado e pensei: "Como assim, se nem liguei o fogão porque não achei a caixa de fósforos?"

Quando cheguei à cozinha, percebi que o cheiro de fumaça vinha do quintal, e qual não foi a minha surpresa ao ver, ali perto da mangueira, uma pequena fogueira que consumia um amontoado de retalhos pretos.

E, ao lado daquela fogueira, de braços cruzados na altura do peito, o nosso seminarista observava o lento consumir de sua batina.

Não tive dúvida alguma. Deixei as compras sobre a mesa da cozinha e, mesmo sem coar o café, voltei para a rua e fui direto à minha loja, que estava sendo aberta naquele momento pela minha funcionária. Lá peguei calças e camisas bem rústicas e um par de botinas de sola cascuda, bem grossa, que é para aguentar o chumbo grosso que viria pela frente. Ainda disse à minha atônita funcionária, Rosa Caetana: "Põe na conta do Eugênio, porque ele vai pagar tudo, ah! se vai."

um ato vilipendioso
(dona Concepta)

Tive um pequeno sobressalto ao acordar e não sentir o aroma do café da manhã. Minha inquietação aumentou ao ver que o compadre Antônio não estava em casa e que o café da manhã não fora feito. Ele nunca me deixava fazer o café, alegando o excesso de pó, tornando-o forte e amargo. Meu coração disparou. Corri à cozinha e sobre a mesa vi uma sacola com três pães e uma caixa de fósforos. No fogão repousava a vasilha com água, mas o gás não estava ligado.

Pensei em colocar a água para ferver, mas lembrei que o compadre Antônio não gosta do meu café, embora eu faça exatamente igual ao dele, com tantas colheres de pó de café para tantos copos de água.

Foi somente aí que senti um pequeno cheiro de queimado vindo do quintal.

Encostado no tronco da mangueira, de braços cruzados, meu filho Eugênio observava uma pequena fogueira onde sua batina preta era consumida lentamente.

Levei a mão à boca para tapar um espanto que me escapulia pela garganta diante daquele ato vilipendioso. Voltei para o quarto e ali peguei meu terço e comecei a rezar e a pedir e a implorar a Deus uma solução para aquela tragédia que começava a cair sobre nossas cabeças.

Logo depois ouvi passos vindos do alpendre, que adentraram a sala, passaram pela cozinha e estacaram na porta, de frente para o quintal.

Era Titonho que voltava da rua pela segunda vez e trazia debaixo do braço um embrulho razoavelmente grande.

um serviço de leva-e-traz
(narrador)

A família tomou o seu desjejum em silêncio. Dona Concepta, com os olhos tomados de angústia, comia seu pão com manteiga de forma intuitiva. Titonho sorvia seu café sem açúcar e olhava, de vez em quando, para o pacote sobre a mesa, ainda envolto em papel pardo.

Terminada aquela simples refeição, dona Concepta se levantou e foi cuidar de dona Amália, e isso consistia em dar-lhe de comer e um "banho de gato". Titonho, em silêncio, entregou o pacote ao menino Eugênio e lhe disse, de modo quase inaudível, como se não quisesse que dona Concepta o ouvisse: "Troque de roupa e vamos."

Usando suas novas roupas — uma camisa xadrez, uma calça de brim, grosso e rústico, e um par de botinas, de solado de pneu —, Eugênio entrou na camionete e foram ambos para o sítio Santo Antônio, ao pé da Serra da Soledade, de propriedade de Titonho.

Chegando ao sítio, o tio conversou rapidamente com o caseiro Francisnaldo, alcunhado de Chico, e regressou à cidade, deixando em sua propriedade o menino Eugênio.

Eugênio não era muito esperto, não tinha respostas imediatas, era preciso pensar um pouco antes de falar e, às vezes, quando a resolução vinha, já era um pouco tarde. Mas, dessa vez, compreendeu imediatamente: Titonho queria forçá-lo a retornar ao seminário, e a melhor solução, melhor e mais rápida, seria jogá-lo às feras, isto é, ao trabalho árduo de um emprego rural.

Logo apareceu o caseiro trazendo uma enxada extra e foram ambos para a roça de milho.

Eugênio carpiu vigorosamente. Com sangue nos olhos e ódio no coração. Na primeira hora, chegou a estar na frente do caseiro Chico. Mas, enquanto seu rosto se encharcava de suor, seus olhos foram se desanuviando, e a raiva em seu coração, arrefecendo.

Na hora do almoço, já estava entregue. O caseiro Chico apareceu com um prato de arroz branco e um ovo frito. "Hoje o almoço é arroz com zoião", disse, tentando fazer graça. "Já estou acostumado", pensou o menino Eugênio, lembrando-se de sua frugal refeição no tempo em que ele era seminarista, mas não disse nada, apenas encarou o caseiro com maus olhos.

A tarefa da tarde foi cumprida vagarosamente. Ambos fingiam que trabalhavam, deixando a enxada cair sobre o mato, que era decepado pela força da gravidade. Pareceu a Eugênio que o próprio caseiro não tinha o hábito de trabalhar depois do almoço, pois abria a boca a todo instante.

Ao entardecer, apareceu o proprietário, falou rapidamente ao caseiro e voltaram para casa. Não disseram palavra alguma durante o percurso, mas Eugênio vinha pensativo: "Veremos se Titonho suporta isso a semana inteira, nesse serviço de leva-e-traz. A mim, pouco importa."

um filho que volta do degredo
(Titonho)

Sei que ele é filho da minha comadre Concepta e não sei se o fato de ser ele meu sobrinho me dá o direito de decidir o rumo da sua vida. Mas, a meu favor, devo dizer que, se eu deixasse a decisão em aberto, ela, a comadre Concepta, ficaria lambendo a cria enquanto ele se quedaria em casa, o dia todo, sem nenhuma ocupação. E o ditado é simples e certeiro: "se quer comer, tem que trabalhar."

Claro que o levei para o sítio com o único intuito de vê-lo implorar pelo retorno ao seminário. Pensei que ele o fizesse logo no primeiro dia, mas ele voltou calado, observando o rio que acompanhava a estrada. De tanto passar por aquele caminho, eu muito pouco aprecio a paisagem, mas muitos já me confessaram que esse percurso entre a cidade e o sítio é deslumbrante, porque o Rio dos Coqueiros acompanha a estrada de terra, algumas vezes desaparecendo para retornar logo ali mais adiante, parecendo querer brincar de esconde-esconde. E cada vez que mais nos aproximamos do sitio, ele vai gradativamente diminuindo suas águas, porque sua nascente está no alto da Serra da Soledade, no Parque Nacional da Soledade. E nosso sítio, herança de meus pais e onde fomos criados até a idade de iniciarmos os primeiros estudos, é a primeira propriedade particular a receber suas águas, que chegam claras, límpidas e puras.

Mas, nesse percurso, bonito ou não, gasto cerca de quarenta minutos e, se considerarmos ida e volta, duas vezes ao dia, lá se vão mais de duas horas e meia, sem contar a despesa com combustível e o desgaste do veículo. Então, essa tática que imaginei deveria funcionar logo, senão sairia mais caro o molho que o peixe. Na parte da manhã, não me importava tanto, iria ao sítio e traria ovos caipira um dia e, no outro, uma cabeça de alface. A viagem não seria totalmente perdida. Mas à tarde era muito difícil para mim, porque o horário de trabalho de Rosa Caetana era até as cinco, depois desse horário, quem ficava no armarinho era eu mesmo.

Quando chegamos de volta do sítio naquele primeiro dia, levei-o em casa e preparei-me para retornar à loja, o que fiz rapidamente, tão logo tomei um copo de água, porque a cena que vi foi dantesca: a mãe abraçava o filho e chorava copiosamente, como se o filho tivesse acabado de chegar do degredo.

Mas, infelizmente, a coisa não correu como eu esperava. Uma semana depois, cansado daquelas idas e vindas (já nem tinha mais ovos caipira para trazer), tirei-lhe o transporte. Tomei a decisão: não vou mais levá-lo ao sítio. Comprei para ele uma bicicleta velha, mas em bom estado, diga-se, e lhe disse: "A partir de hoje você vai e volta de bicicleta. É bom para a saúde, fortalece as pernas e economizamos combustível. Estamos salvando o planeta."

uma bicicleta achada no lixo
(dona Concepta)

Compadre Antônio, sem dar nenhuma explicação, jogou o meu menino no sítio. Achei um desaforo. Mas, passados dois ou três dias, ele me disse que era um jeito, um plano infalível, para fazer Eugênio sentir as dores do mundo cá fora e voltar rapidinho para o seminário. Mas quem se cansou primeiro foi ele, que me disse: "Assim não dá, logo, logo a Rosa Caetana vai querer receber um acréscimo, pois cada dia que passa fica mais tempo no armarinho." O compadre, para forçar meu filho a pedir arrego, deixava para buscá-lo já ao escurecer. Foi quando eu pensei: "Agora o compadre deixa de lado essa ideia e, quem sabe, não aprova o que eu e Eugênio temos em mente?"

Mas, qual! Passada uma semana, compadre Antônio de fato se cansou de ir e voltar do sítio todo dia. Tempo ele tinha, Rosa Caetana cuidava muito bem do comércio dele. Ele não queria era gastar com o combustível. Então comprou uma bicicleta ou a encontrou no lixo, porque, pelo-amor-de-Deus, aquilo era bicicleta para se dar de presente? Guidão torto, roda amassada, pneu furado, corrente enferrujada. Olhei para os dois estrupícios — bicicleta e compadre Antônio — e disse para o segundo: "Sério isso?"

E era.

Dei a Eugênio um dinheirinho (surrupiado da carteira do compadre) e ele deu uma ajeitada na bicicleta: desentortou o que estava torto, engraxou o que estava enferrujado, vedou a câmara de ar furada. E assim começou a sua nova rotina: ir e voltar pedalando do sítio. No primeiro dia que meu menino saiu de casa montado na bicicleta, Titonho, no alpendre, abriu um sorriso desse tamanho e disse: "Depois dessa grande ideia ele volta para o seminário." Ele não voltou e, ainda por cima, estava cada dia mais magro, e eu, mais desolada.

um argumento irrefutável
(narrador)

De nada valeram os esforços de Titonho para que Eugênio pedisse clemência e tomasse, de novo, o rumo do seminário.

É certo que Eugênio trabalhou incansavelmente naquele sítio, isto é, na primeira manhã do primeiro dia, e foi só. Deus, que nem precisava disso, labutou muito mais do que ele, porque esmerou-se por seis longos dias.

Eugênio passava o dia jogando milho às galinhas ou regando os poucos pés de hortaliças. Se um bambu da horta estivesse solto, ele o prendia de novo; se um moirão da cerca estivesse bambo, ele o fincava de novo; e se um arame estivesse solto, ele o repregava. Nessas tarefas gastava-se o dia e, em uma semana, esses pequenos reparos se acabaram.

Quando nada havia para fazer, Eugênio deitava-se ao pé da mangueira que, por ter uma copa muito grande, fornecia uma sombra generosa. E, nessa atividade, ele tinha a companhia do caseiro Chico.

Ficavam ali os dois, de prosa, vendo o mato crescer e a erva daninha se espalhar. "Mas do que adianta carpir o mato ou arrancar a erva daninha se eles voltam a crescer?", filosofava o caseiro Chico. O menino Eugênio, com pés fora da botina, concordava: "Argumento irrefutável, meu amigo."

Depois, então, que ganhou a bicicleta, ficou ainda melhor. Gastava-se tempo demais para chegar e era preciso voltar logo, para que a escuridão da noite não o surpreendesse pelo caminho.

Todas as manhãs, quando pedalava em direção ao sítio, Eugênio passava em frente ao comércio do senhor José Alves, o Zé Alvinho, que ficava bem na saída da cidade. Um dia, tendo algum no bolso, comprou uma garrafa de vinho (ordinário, mas barato), amarrou-a bem na garupa de sua bicicleta e se foi, muito feliz da vida. No outro dia, não tinha nenhum no bolso, mas comprou assim mesmo: pediu fiado e se foi, só que, na primeira curva do rio, desceu da bicicleta e ali passou o dia todo, degustando sua garrafa de vinho.

um dinheiro para emprestar
(dona Concepta)

Eu estava esperando o momento oportuno para falar ao compadre Antônio. Não criei um filho para levar aquele tipo de vida. Além do mais, não era justo, porque seu irmão Eurico estava numa situação bem confortável, já era meio sócio do senhor Petrônio e estava de namoro sério com a menina Florinha, filha de um rico fazendeiro da redondeza.

Sei que o curso que Eugênio fez, Filosofia, não enche barriga de ninguém, é só para aprender a pensar, foi o que o compadre Antônio me disse.

Mas ele tem mais estudo que seu irmão Eurico e seu tio juntos. E eles estão muito bem de vida, sim senhor. Conversei com Eugênio e sugeri, assim, meio sem impor, que falássemos ao compadre Antônio para que ele adiantasse algum numerário que fosse o suficiente para iniciar um pequeno comércio, não sei, uma papelaria, uma lanchonete. Com o tempo, o comércio poderia crescer e nós devolveríamos o valor adiantado, o que seria uma espécie de empréstimo, não queríamos que fosse de graça, não, de maneira alguma. Minha intenção era, na verdade, despertar em Eugênio o instinto natural que todo Esteves Ribeiro tem: o tino para os negócios, haja vista a situação confortável do compadre Antônio e de seu afilhado, Eurico.

Quando falei de entrar no assunto com o compadre, Eugênio se assustou e, orgulhoso, disse que não queria nada dele, não. Eu pensei, mas não disse nada: "Não quer nada dele, mas está vivendo aqui, na casa dele, às custas dele."

À noite, por minha própria conta e risco, tentei jogar aquele assunto no colo do compadre. Falei só por alto, usando meias palavras: se Eugênio abrisse um comércio, tivesse um trabalho condizente com o grau de estudo dele, um adiantamento que se fazia necessário. Por Deus! O homem ficou possesso. "Não tenho dinheiro para

emprestar", ele disse. Eu respondi: "Não é possível que você não tenha dinheiro."
E ele, olhos arregalados, desse tamanho, como se quisesse me devorar: "Eu não
disse que não tenho dinheiro. Eu tenho dinheiro para viajar, para montar outro
comércio, para gastar na vadiagem. Eu não tenho dinheiro é para em-pres-tar,
entendeu?"

Bem, eu tentei, corri o risco. Mas quem se danou foi meu filho Eugênio.

Não à toa, correm na cidade piadas sobre a sovinice de compadre Antônio, aos
montes. Outro dia mesmo ouvi uma na rua: "Dizem que o senhor Antônio, do
armarinho, quando assiste à missa na televisão, muda de canal na hora do ofertório
(pra não ter que dar esmola quando passarem a sacola recolhendo as ofertas)."
Contei isso pra ele, achando que se zangaria, mas, na verdade, rachou o bico de
tanto rir. E, depois de rir muito, ele mesmo contou uma, que ouviu dentro de sua
própria loja: "Dizem que o senhor Antônio, do armarinho, estava de folga em
casa, num domingo à tarde, quando bateram palmas na calçada e gritaram 'ô de
casa!'. E o senhor Antônio perguntou: 'ô de fora!' Aí responderam da rua: 'uma
esmola!'. E o senhor Antônio, cochilando na sua poltrona e, sem abrir os olhos,
disse: 'enfia debaixo da porta que depois eu pego.'" E o compadre riu tanto que
achei que fosse passar mal.

E minha vontade era de esmurrá-lo até a morte.

uma tacada de mestre
(Titonho)

Já se passaram dois meses e a coisa vai de mal a pior. Já briguei com dona Concepta, que me tirou do sério, imagina só: queria meter a mão, as duas mãos, na
minha algibeira. Só por Deus mesmo.

E a coisa lá no sítio está mais parada que relógio sem ponteiros, não vai a lugar
nenhum. Mas, se pensaram que me enganavam, equivocaram-se redondamente.
Sou comerciante nato, sei mexer as peças do tabuleiro. Eu trabalhei atrás de um
balcão a vida toda, meu bom senhor. E o balcão é uma excelente escola: ou você é
aprovado ou sai de cena. Já vi muitos concorrentes meus fecharem as portas tão
logo inauguram o seu comércio. O povo acha que é só botar meia dúzia de carretéis
de linha e botões sortidos e, pronto, estou estabelecido! Não têm paciência para
mexer com os clientes. E clientes há de todo tipo: o que gosta de ajuda e o que gosta
de escolher sozinho; aquele que compra o primeiro produto que lhe é oferecido e
aquele que escolhe a vida toda; o que gosta de uma prosa e o sisudo; aquele que
paga no ato e aquele que quer fiado. É um aprendizado e tanto.

Foi aí que armei minha última jogada, a jogada de mestre, meu grande trunfo, a carta escondida na manga, o meu xeque-mate: despedi o caseiro Francisnaldo, o Chico. Dei-lhe um belo pontapé no traseiro e pensei comigo: "E agora, meu caro sobrinho Eugênio, como é que ficamos?"

Tacada de gênio. Senão vejamos: os cuidados com o sítio estavam deixando muito a desejar, ainda mais depois que Eugênio foi para lá dar uma mão ao caseiro. Ao Chico eu pagava mensalmente o salário, conforme combinado. A pequena produção do sítio era quase toda consumida pelo caseiro, sua esposa e filhos. Tinha uma vaquinha, a Amora, que dava leite às crianças, mas a mim só despesa, era um tal de ração concentrada, suplemento mineral, medicamentos e vacinas. Então botei todo mundo pra fora: o caseiro Chico e sua prole, e a Amora foi-se também, como pagamento pelas verbas rescisórias, afinal, eu o despedi sem justa causa.

Tacada de mestre. Eugênio passaria a dormir no sítio, e era só cuidar do mato que teimava em crescer e escorar um ou outro moirão que teimava em cair. Nem a vaquinha Amora precisava ordenhar, que se foi, de graça. Era preciso ter um morador no sítio, porque, não havendo vivalma lá, os amigos do alheio levavam até o pensamento embora. Agora Eugênio não precisava mais pedalar todo dia, poderia, se quisesse vir um dia por semana à cidade, aos sábados, por exemplo, ver a mãe, comprar algo de necessidade. Mas deveria dormir no sítio toda noite. Durante o dia até poderia deixar o sítio sozinho por algumas horas, mas, à noite, nem pensar, seria o mesmo que entregar a propriedade nas mãos dos larápios.

"Xeque-mate", pensei. E não era sem tempo, porque dona Concepta tencionava enfiar a mão, as duas mãos, na minha algibeira.

E eu pensei, para regozijo de minh'alma: "Só falta a comprovação de dois milagres para eu virar santo de altar de igreja."

uma atitude tresloucada
(dona Concepta)

Compadre Antônio resolveu endurecer o jogo para cima do meu menino Eugênio. Tomou uma atitude que achei exagerada e imprudente. Despediu o caseiro Chico e colocou meu menino de capataz do sítio. Que atitude tresloucada. Que seria dele naquele lugar distante e isolando do resto do mundo? Chorei muitos dias, caí de cama, nada demoveu o compadre. Deixei de lado os cuidados com a comadre Amália, que, por aquele tempo, estava morre-não-morre.

Compadre Antônio tentou, de todo jeito, convencer-me de que ele estava agindo em acerto, que era esse o único meio de fazer Eugênio recuar daquela atitude insana de abandonar o seminário. Que, se isso não desse certo, adeus, nunca mais que meu filho subiria ao altar. Um rapaz jovem, recém-saído do seminário, sem traquejo para a vida, ainda mais para a vida rural, não sobreviveria àquela tortura a que estava sendo submetido.

Naqueles dias chorei muito.

Mas um dia apareceu um seminarista, que vinha a mando do senhor bispo devolver a bagagem de Eugênio e ter um dedo de prosa com ele.

Esse seminarista, que se apresentou como JBJ, era um anjo enviado por Deus, e então parei de chorar e fui fazer uma novena em honra e louvor a Santo Antônio, o de Pádua, não a esse peste que se passa por meu marido.

um rio ainda criança
(narrador)

No dia que o caseiro Chico se foi tangendo seus filhos, sua vaquinha e o bezerrinho filho dela, de nome Totoro, Eugênio já estava a postos para assumir a casa e a responsabilidade sobre o sítio.

A casa ocupada pelo caseiro era simplíssima. Uma varanda, uma sala, dois quartos, um banheiro e a cozinha. E, depois da cozinha, outra varandinha. Tinha teto e tinha parede, mas um ameaçava cair a qualquer momento, e a outra, a ruir quando mesmo se esperava.

O sítio não era muito maior. Havia a casa grande, que tinha paredes brancas e janelas e portas azuis, mas essas estavam sempre fechadas. Ao lado da casa, uma capela, paredes e porta nas mesmas cores da casa maior. Dentro da capela, uma mesinha, um castiçal sem a vela e uma imagem de Santo Antônio.

Além dessas três construções, havia um curral, onde se ordenhava a vaca Amora, e um barracão, onde se guardavam apetrechos e ferramentas utilizados no dia a dia do sítio. Havia ainda um pequeno pomar e uma horta, e o restante era formado por um pedaço de terra onde se plantava um pouquinho de cada coisa, como cana de açúcar, amendoim, milho, feijão, tudo para consumo do próprio sítio. Havia, por último, um quadradinho de terra onde pastava a vaca Amora e seu filhotinho Totoro. No final da propriedade, fazendo divisa com outros proprietários, corria, ainda criança, o Rio dos Coqueiros.

Uma lágrima para o menino Eugênio

uma nota promissória a vencer
(Eurico)

Quando soube que meu irmão Eugênio estava trabalhando no sítio do meu padrinho Titonho, pensei que era muito bem feito, é o que ele merecia. Agora haveria de tomar rumo na vida e daria o devido valor ao dinheiro.

Mas, no fim, acabei foi ficando com pena, porque serviço rural é bruto e só serve para quem está acostumado a lavorar de sol a sol. Se bem que o serviço numa confeitaria não é nenhum pão de ló, não. Eu que o diga.

Minha mãe sugeriu que eu pedisse ao patrão uma colocação para Eugênio na padaria, afinal, sempre estávamos precisando de mão de obra. Amassar o pão, colocá-lo no forno para assar, atender balcão, fazer troco, enfim, sempre se tem necessidade de mais braços. Não, fazer troco não. Para essa função só o dono mesmo ou um funcionário de extrema confiança, como eu.

Mas o patrão andava em dificuldades, atolado em dívidas, não era e nunca foi bom administrador, eu já estava vendo isso fazia anos. Não cobrava os maus pagadores e estava sempre a vender fiado. Vender pão fiado é a maior burrice que existe. Você até pode vender uma televisão a prazo porque, se não pagarem, você vai lá e toma ela de volta. Mas pão não, sem retorno. Se o freguês não paga, como reavê-lo? E televisão o cliente compra uma e se dá por satisfeito, e a fome? Fome se tem todo dia e a conta só aumenta.

Um dia o patrão chegou aborrecido. Tinha ido ao banco pedir um empréstimo. Além dos juros altíssimos, tinha uma burocracia desgraçada: documentos, escrituras e certidões negativas que até parecia que iriam fazer uma fogueira de São João de tanto papel.

Eu trabalhava naquele estabelecimento há muitos anos. Não tinha despesa alguma. Dormia num quartinho cheio de farinha de trigo, alimentava-me quase sempre ali mesmo, na padaria. Não tinha o luxo de uma refeição decente.

Vendo o patrão resmungando, com dor de cabeça diante de tantas dívidas e o banco dificultando-lhe o acesso ao crédito e sem conseguir dar de cara com uma solução, chamei-o a um canto e ofereci, em empréstimo, todo o dinheiro que eu tinha guardado. Senhor Petrônio se assustou com a oferta, olhou para mim e, ainda incrédulo, perguntou onde foi que consegui aquele valor. Mostrei-lhe minhas mãos calejadas, meus ombros dilatados de tanto sovar massa, meu rosto avermelhado da exposição ao calor do forno e lhe disse: "Resultado de muito suor, inúmeras horas extras e muito dinheiro economizado." Ele sabia que eu jamais faria alguma deslealdade com ele. Era muito dinheiro, sim, mas ganho honestamente. Todas *as vezes que eu estava no caixa, prestava-lhe contas do que entrou e do que saiu, centavo por centavo. Sempre fiz questão disso. São coisas que se aprendem em criança e nunca mais se esquecem. Meu padrinho foi um bom mestre. Devo a ele tudo o que tenho. Além da lealdade, ensinou-me a parcimônia. Ele me dizia: "É de botão em botão que se faz um milhão." Uma lição duradoura só se aprende na salmoura. E eu aprendi muito bem a lição e foi no sal grosso. Mas, ao provérbio de Titonho, fiz uma pequena adaptação: "É de pão em pão que se faz um milhão."*

Emprestei o dinheiro ao senhor Petrônio, mantive os juros altos (altíssimos, na verdade), mas dispensei a burocracia exigida pelo banco. A escolha foi dele, não lhe impus nada. Quanto menos papel, um ponto a mais no ágio. É de lei, não o obriguei a nada.

Exigi apenas uma nota promissória e, como lastro do empréstimo, a padaria.

Enquanto eu esperava pela data de vencimento da promissória, o patrão continuava com seus maus negócios.

uma estúpida desculpa
(narrador)

Eugênio estava se saindo muito bem no sítio. É verdade que a tiririca se espalhava para todo lado, o plantio de amendoim se perdia entre o mato e os arames da cerca divisória estavam todos frouxos. Mas isso não era um problema, pelo menos esse último quesito, já que não havia rês alguma na propriedade, então não tinha por que se preocupar com a cerca.

Eugênio pouco ou nada fazia. Jogava milho às galinhas e aos porcos; regava as hortaliças e cochilava o resto do dia à generosa sombra da mangueira. Passou a se alimentar de arroz branco e ovo frito, as únicas coisas que aprendeu a fazer, e umas folhas de alface e umas rodelas de pepino, quando havia.

Fazia já quase um mês que ele estava morando no sítio e, à cidade, ia muito raramente. Pelo menos não ia ao centro ou à casa de sua mãe. Quase que diariamente ia, de bicicleta, à venda de Zé Alvinho para comprar uma garrafa de vinho das mais baratas. A conta era paga todo sábado, com frangos e ovos caipiras.

Foi num sábado, por volta do meio-dia, que apareceu, na porteira do sítio, descendo de um carro de aluguel, o seminarista JBJ.

Foi com muita alegria e forte emoção que os dois se abraçaram, e nesse gesto de carinho e saudade, demoraram-se algum tempo.

JBJ queria saber tudo o que se passara naquele período com o menino Eugênio, o que fazia naquele sítio, longe de tudo e de todos, magro feito um palito de

Uma lágrima para o menino Eugênio

picolé. Por sua vez, Eugênio queria saber das novidades do seminário, dos colegas e dos padres. E do estudo de Teologia, como ia, se era difícil etc., etc.

Por pura pândega, tiraram par-ou-ímpar para ver quem é que começava a sua história, e JBJ perdeu.

Eugênio contou tudo o que lhe acontecera nesses últimos três meses, desde aquela hora que, inopinadamente, descera do trem na estação de Goiabal até o momento de ser efetivado no cargo de capataz do Sítio Santo Antônio, de propriedade de seu tio Antônio.

JBJ queria saber o motivo que o levara a cometer aquela loucura de descer do trem e abandonar o seminário, justo agora que estavam na etapa final, faltando apenas quatro anos para a glória, mas Eugênio, meneando a cabeça várias vezes, como quem diz que nem ele sabe: "Não é que eu não queira contar, é que nem mesmo eu sei a razão para que tudo isso chegasse a esse ponto."

JBJ disse, então, ao amigo que deixara suas coisas na casa de sua mãe e, sabendo que ele se encontrava no sítio e sendo esse lugar desconhecido de sua pessoa, resolveu tomar um carro de aluguel para ir ao seu encontro. Disse ainda que tinha um recado do senhor bispo: "Que regressasse ao seminário o menino Eugênio, se quisesse, e que passasse aquele resto de ano recluso, em retiro espiritual, curtindo sua vocação sacerdotal e, no início do ano seguinte, ou regressasse à sua cidade ou iniciasse seus estudos teologais, tudo conforme seu próprio querer, no uso consciente de seu livre arbítrio."

Eugênio ouviu em silêncio as palavras do senhor bispo, fielmente transmitidas por seu enviado JBJ. Depois de uma pausa, perguntou pelo menino Quim-lambe-sabão.

Assim, Eugênio ficou sabendo que o menino Quim-lambe-sabão continuava a receber as visitas dos pais que lhe davam, na hora da despedida, algumas peças de rapadura que eram devidamente escondidas no seu armário de cabeceira e, à noite, lambidas vagarosamente. E que os que estavam acordados perguntavam: "Joaquim, o que você está fazendo?", e ele respondia, como sempre: "Lambendo sabão." E depois ia choramingar ao padre reitor que o chamávamos por apelido. "E o menino Heleno? Continua com aquela sem-vergonhice dele, mas um dia a casa cai, ah! Se cai."

"E os padres?", quis saber Eugênio. "Bem, o padre Abigail está cada vez mais devagar. Na hora de fazermos os estudos complementares ou as tarefas, ele senta na mesinha dele e dorme os sonos dos justos, segurando a palmatória junto ao peito, e todos, deixando de lado nossas obrigações estudantis, ficamos olhando o momento em que ela vai ao chão, acordando o pobre padre com um belo susto. Padre Carlos Borromeu cochila durante a confissão e interrompe nosso relato ao meio, mandando rezar um Pai-Nosso e uma Ave-Maria, como se adivinhasse o restante de nossos pecados. Já o padre reitor está cada vez mais carrancudo, com aqueles terríveis olhos miudinhos querendo saltar de sua cara gorda."

Entre acontecimentos úteis e fúteis, entre fatos e fofocas, entre risadas e recordações, passaram a tarde, até que apareceu, na porteira do sítio, o carro de aluguel, conforme ajustado.

Despediram-se na porteira. JBJ se foi sem saber o motivo da fuga de Eugênio do seminário, e este sem saber exatamente o que fora fazer lá o seu amigo. Sabia que, para devolver a mala e para dar um recado do senhor bispo havia outros meios, tão eficazes quanto. Por exemplo: a bagagem poderia ser levada pelo representante comercial que estava esporadicamente na cidade visitando seus clientes, não carecia para isso da presença de JBJ. E, quanto ao recado, o senhor bispo poderia fazer uso de seu representante naquela paróquia, padre Soares, que o faria até com maior autoridade.

Eugênio não respondera a todas as questões de JBJ, mas este certamente deixara para trás alguma informação importante, tão importante que o fizera locomover-se de Alecrim Dourado a Abadia dos Coqueiros com aquela estúpida desculpa.

uma missa de réquiem
(padre Soares)

Sim, aquele seminarista de nome JBJ, se é que se pode chamar isso de nome, apareceu no fim da manhã daquele sábado na casa paroquial. Dissera que viera de carona de Alecrim Dourado até Abadia dos Coqueiros, carona essa providenciada pelo senhor bispo (Deus guarde Vossa Excelência). Explicou-me quem era aquele senhor que lhe dera carona e o deixara na porta da casa paroquial, mas eu não prestei a mínima atenção. Parece que era caixeiro viajante, eu acho. O que me intrigava era a bagagem que ele trazia, pois a reconheci como sendo a de Eugênio. Depois que lhe informei que Eugênio estava morando num sítio, disse-me esse tal JBJ que deixaria ali, na casa paroquial, a bagagem, pois que precisava, a mando do senhor bispo, encontrar-se com o ex-seminarista e tencionava arrumar um carro de aluguel para levar a efeito essa incumbência, e perguntou se eu não poderia levar a bagagem à casa de dona Concepta, uma vez que seria inconveniente e desnecessário levá-la ao sítio. Quis mandá-lo às favas, mas, com palavras amenas, disse

Uma lágrima para o menino Eugênio

que ele mesmo poderia desobrigar-se daquela missão, uma vez que a casa de dona Concepta era logo ali, duas ruas abaixo da praça, e que lá tem um hotel próximo e sempre há por ali um carro de aluguel disponível. Eu, padre Soares, rebaixado a moleque de leva-e-traz, só me faltava essa para acabar de azedar o meu dia.

Para não passar por mal-educado e pouco sociável, ofereci hospedagem (embora o Hotel dos Viajantes não seja dos piores) caso ele pretendesse voltar à cidade e passar a noite por aqui, visto que não haveria mais horário de trem à tarde. Mas ele me informou que já havia agendado o retorno com o mesmo motorista que o trouxera, o tal representante comercial, e isso se daria na boquinha da noite e que, talvez, sequer pudesse comparecer à casa paroquial para se despedir. E eu nunca mais vi esse tal JBJ, porque dias antes de sua consagração ele andou distribuindo alguns convites por aí, mas não se lembrou de mim. E, na verdade, ninguém foi à cerimônia de ordenação, mas, sim, à missa de réquiem, como é do conhecimento de todos.

Sabendo que ele voltaria ao seminário por outro caminho, isto é, por meios próprios, pude tirar minha "siesta" tranquilamente. Naquela tarde sonhei com os Reis Magos voltando para o Oriente sem passar por Jerusalém. Não sei onde esse povo inculto acha que, necessariamente, são três os reis magos. Talvez porque eram três os presentes recebidos pelo Menino Jesus, mas o livro sagrado não se utiliza de nenhum numeral para quantificar os magos.

uma prisão perpétua
(Titonho)

Comadre Concepta correu ao meu comércio para me dizer que aparecera um colega de seminário em nossa casa, devolvendo a bagagem de Eugênio, aquela que chegara sozinha em Alecrim Dourado. Minha mulher estava muito animada porque vira o rapaz partir, de carro de aluguel, que estava parado ali na porta do Hotel dos Viajantes, em direção do sítio. Naquele dia não conseguiu sequer preparar o almoço (tive que passar o dia com um pão-com-mortadela e um refrigerante no estômago), estava ansiosa por demais, aparecendo de cinco em cinco minutos no alpendre para ver se o seu Cristóvão, o motorista de taxi, aparecia para ocupar seu ponto em frente ao hotel, trazendo os dois rapazes de volta. Dona Concepta estava muito animada: a mala já estava pronta, nem fora mexida.

Mas já estava escuro quando o carro de aluguel parou ali no ponto reservado aos taxistas. E a notícia trazida pelo seu Cristóvão não foi nada animadora. Deixara o jovem seminarista na praça, perto da igreja, onde um carro com placa de Alecrim

Dourado o esperava, e o menino Eugênio ficara na porteira do sítio, abanando a mão em sinal de adeus.

Dona Concepta chorou três dias e três noites. Estavam perdidas todas as suas esperanças, seu querido rebento estava condenado à prisão perpétua naquele fim de mundo. Trabalho indigno para um menino que tinha até diploma e nenhum jeito para aquela coisa de carpir, de esticar arame farpado e isso e mais aquilo. E, no auge do desespero, gritou, olhando para mim, como se eu fosse o culpado: "E sem salário, é justo isso?"

Claro que a culpa era dele. Só quem trabalha é que é merecedor da paga devida.

Minha preocupação era bem outra, afinal, toda vez que ele vinha à cidade trazia na garupa de sua bicicleta dois bons frangos e muitos ovos. Da última, trouxe pouquíssimos ovos e um frangote, que mal havia aprendido a ciscar.

uma correspondência inviolável
(seminarista JBJ)

Faz dias que eu não atualizo meu "diário". A palavra vai entre aspas porque, se a escrita não é feita todo dia, não se pode chamá-lo assim. Ando pensando em nomeá-lo de "Anotações Aleatórias". Mas, mesmo não sendo um diário, espero que a ele seja dada a mesma garantia constitucional que se dá às anotações íntimas e pessoais: a da inviolabilidade.

Minhas últimas anotações dizem respeito ao período em que eu pretendia engendrar uma artimanha para viajar à cidade onde reside meu amigo e ex-parceiro no serviço de acolitato na capela do seminário.

Fui a Abadia dos Coqueiros por minha conta e risco e, para que isso acontecesse, foi necessário lançar mão de alguns artifícios. O primeiro foi mentir ao padre reitor. Disse-lhe que estava com uma dor de dente terrível e que talvez fosse necessário extrair o siso. Informei-lhe ainda que pedi à minha família que marcasse um horário com o meu dentista para que tal procedimento pudesse ser realizado; necessitaria, portanto, de pelo menos um dia de folga, que poderia ser muito bem em um sábado, para que eu não faltasse às aulas. Realmente estava com um dente me incomodando, mas não tanto que fosse preciso realizar essa viagem. Sei, desde criança, que é feio mentir, mas aprendi, depois de adulto, que "mente pouco quem mente pela metade", e essa certeza me aliviou, a tal ponto que desconsiderei a necessidade de contar ao padre confessor tal procedimento.

A carona foi-me arranjada pelo menino Heleno, que tem alguns contatos externos. (Aliás, muitos contatos. Esse vive no internato, mas não consegue despedir-se do mundo externo.) Conhecia um caixeiro-viajante que, mediante módico pagamento, levar-me-ia a Abadia dos Coqueiros em sua visita quinzenal aos comerciantes da cidade e me traria de volta no mesmo dia. Feito esse ajuste, foi só acertar o dia da viagem com aquele em que se daria minha pretensa visita ao dentista.

(Quanto mais avanço nessas anotações, mais me apego à garantia constitucional da inviolabilidade das correspondências.)

Quanto à bagagem de Eugênio, menti outra vez, dizendo que a levaria para a minha cidade e a deixaria com minha família, que se encarregaria de levá-la ao proprietário, visto que nossas cidades são próximas e que meu pai, às vezes, vai pescar no Rio dos Coqueiros.

Tudo funcionou a contento, felizmente. Claro que agora recentemente meu dente doeu de verdade e eu tive que ir à minha cidade, com urgência. E, no retorno, meu pai me levou de volta, eu estava com a cara inchada e dolorida. O padre reitor, muito enxerido, perguntou a meu pai se ele tem pegado muitas traíras no Rio dos Coqueiros. Meu pai, que detesta pescaria e não pode comer fritura por orientação médica, disse que mais ou menos, para não se comprometer. Na hora da despedida, ele me disse: "A gente nunca sabe qual resposta que vai agradar essa gente. Se você diz que pesca, eles acham que você é vagabundo, se não pesca, que não sabe se divertir."

Eu, um tanto aliviado, concordei de pronto com ele e, olhando para o alto, agradeci aos céus por nos ter concedido quatro dentes sisos.

Mas, a não ser pelo papo com o menino Eugênio, de nada me valeu aquela proeza. Corri riscos desnecessários. O que eu queria dizer a ele não disse. Não tive coragem. Quando pensei que era hora de entrar no assunto, meu rosto se avermelhou, ardeu em febre. A vergonha venceu, mais uma vez.

Não há outra solução. O único meio de contar tudo ao menino Eugênio é colocar os fatos no papel, "nigrum in albis"[3]. Vou escrever uma missiva e nela direi tudo aquilo que aconteceu na véspera de nosso retorno às nossas comunidades. Era nossa formatura no curso de Filosofia e recebemos alguns parentes e convidados para celebrarmos juntos aquela conquista, e entre as visitas estava o padre Bebê.

Padre Bebê, enxerido que só, já anunciara a todos que o futuro teólogo Eugênio seria o seu cooperador na paróquia São Pedro, agora sim, lá podendo comparecer todo fim de semana, já que daria início à última etapa em seus estudos sacerdotais.

Sim, é preciso colocar no papel, sem mais delongas, e só conseguirei fazê-lo sem a presença do menino Eugênio me encarando, ansioso, com aquele sorrisinho de

---

[3] "Preto no branco".

quem, mesmo já sendo um rapaz, nunca deixou de usar calças curtas. Colocando as coisas no papel seria possível explicar-lhe o que ocorreu naquela noite em que a imagem do padroeiro dos sacerdotes (no meu caso ainda não, mas já o estou convocando para me proteger e me amparar), Santo Cura D'Ars, amanheceu, no corredor da sacristia, atrás do altar, em pandarecos.

Depois que voltei de Abadia dos Coqueiros e não consegui falar ao menino Eugênio tudo o que tencionava, passei uns bons dias cabisbaixo e em silêncio, o que não foi de todo ruim, porque pensaram que era pela extração do dente siso.

um santo menos recomendado
(dona Concepta)

Confesso que no momento em que vi o colega de Eugênio partir de táxi para o sítio, meu coração entrou em disparada e pensei comigo: "Agora bate a saudade do seminário e dos amigos, da comida simples mas quentinha e, na hora certa, do banho diário, e essas boas lembranças o farão abandonar aquela vida sem futuro, morando sozinho, sem conforto algum e, pior de tudo, trabalhando de sol a sol."

Minha ansiedade só se fez aumentar, porque o seu Cristóvão não voltou a ocupar aquela vaga reservada aos motoristas de táxis em frente ao hotel. Eu o aguardei o dia todo, mas quando ele apareceu já era noite. Melhor seria se não tivesse voltado, porque ele me informou que havia deixado meu menino na porteira do sítio dando adeus ao seu colega e amigo.

Chorei muito e fui fazer uma novena a Santa Rita de Cássia, a santa do impossível. Não fiquei com raiva de Santo Antônio, entendi que ele estava muito ocupado, resolvendo miudezas para esse povo que não o deixa em paz. Santo Antônio deveria ser só para casos de grandes dificuldades, os de pequena monta deveriam ser deixados para os santos menos recomendados. Onde já se viu fazer Santo Antônio procurar por uma agulha perdida? São Longuinho mesmo resolve esse problema tão pequenininho, e essa é a especialidade dele.

E o compadre Antônio só falando que faz tanto tempo que Eugênio não vem à cidade e, quando o faz, traz um frango mirrado e meia dúzia de ovos que não dá para nada. E nem uma cabeça de alface, é o cúmulo, esbravejava. Pensava ele que eu tinha cabeça para ficar contando ovos?

E, para piorar, dona Amália estava naquela de vai, não vai, cada dia mais magra, definhando-se a olhos vistos, se é que isso era possível. Eu disse "para piorar"?

uma batina jogada ao chão
(narrador)

Na verdade, Eugênio ia à cidade mais vezes do que sabia ou imaginava seu padrinho e, agora, patrão, sr. Antônio Esteves Ribeiro. Depois das três da tarde, quando o sol dava uma aliviada, Eugênio pegava sua bicicleta e pedalava até a entrada da cidade, comprava uma garrafa de vinho e voltava para o sítio, com a garrafa amarrada na garupa.

À noite, comendo alguns grãos de amendoim e tomando um gole de vinho, ele pensava na sua vida e o que fez para se meter naquele beco sem saída.

Foram dez anos no seminário, e anos não são dias nem meses. É muito tempo. Tempo suficiente para deixar marcas indeléveis na alma de qualquer cristão.

Entre um copo de vinho e uma porção de amendoim, recordava-se de seu parceiro JBJ, dos colegas, padres e professores. Foram anos de muitos sacrifícios, é certo, mas com momentos bons e alegres.

Vinham à sua mente algumas pessoas de seu convívio que lhe chamaram mais a atenção, como o seminarista Divino, que se apresentava com o nome de Dom Divino, porque dizia que chegaria ao bispado, e, da janela de seu quarto, portando na cabeça um jornal dobrado em forma de mitra, abençoava os colegas que descansavam no pátio em seus raros momentos de folga. Tinha o Joaquim, o Quim-lambe-sabão, que comia rapadura escondido na escuridão do quarto; e o Percival, que era fanho e todos brincavam dizendo que fiel algum prestaria atenção a seu sermão, pelo seu jeito engraçado de falar. Os colegas adoravam indagar o seu nome e ele: "Bercival." E, claro, de vez em quando saía uma anedota de fanho, e o mestre em contá-las era o menino Sertório, vindo de outra diocese, muito longe de Alecrim Dourado e que nunca voltava para casa, nem mesmo nas férias de fim de ano, porque não tinha lugar algum para ir. Teria ele vocação sacerdotal? Aquele jeito manso de ser era piedade ou era um meio de se ter comida e teto? O seminário era, ao que parece, a sua única alternativa de sobrevivência. O Zé Belezura, muito vaidoso e sempre perfumado. E o menino Pedro Lindolfo? Motivo de chacota porque era um caipira de corpo e de alma — além do andar desengonçado, falava "trabisseiro" e "bassoura" e, mesmo quando escrita em letra impressa, não conseguia pronunciar a palavra água, e lia: "então Jesus entrou na áua." "Misericórdia", dizia padre Abigail, José de Abigail, batendo a mão espalmada na testa, fazendo com que a sala viesse abaixo de tantos risos e assovios.

Com essas boas lembranças e um pouco de vinho no juízo, Eugênio dormia embalado pelo silêncio do sítio.

Mas, vez ou outra, o pesadelo o atacava. Aquele tormento maldito que vinha, altas horas da noite, assombrá-lo e trazer de volta aquela última noite que passara no seminário.

Sonhava que estava no seu quarto da casa de formação e que todos dormiam. Era, então, chegada a hora de se levantar no silêncio da noite e caminhar em direção à capela e, lá chegando, adentrar a sacristia. Aquela sacristia de corredor estreito e curvo.

Mas, antes de alcançar a adega onde repousavam as garrafas de vinho canônico, uma névoa tomava conta do lugar e, de dentro dela, um monstro fabuloso surgia. Olhos esbugalhados; nariz e boca, disformes; cabeça horrenda, enorme, desproporcional ao resto do corpo, que era delgado e frágil; garras de muitos dedos e unhas retorcidas e imundas. Essa visagem começava a persegui-lo, gritando: "menino Eugênio é ladrão de vinho." E essa figura horrenda passava a bailar e a cantar e, batendo as mãos, uma na outra, como quem marca o ritmo, repetia várias vezes: "menino Eugênio é ladrão de vinho, menino Eugênio é ladrão de vinho, menino Eugênio é ladrão de vinho."

Eugênio acordava assustado, banhado em suores, com o coração em disparada.

Sentado na cama, boca amarga do vinho ruim que tomara à noite, lembrava daquela fatídica noite em que ele, como fazia todo ano, antes de partir, furtara uma garrafa de vinho para tomar uns goles enquanto estivesse em casa, na sua cidade. É certo que ele, como acólito do vigário de sua paróquia, tinha acesso ao vinho. Mas não era todos os dias que ele ajudava o padre. E, naquelas noites que passava sozinho com sua mãe na casinha da rua Dois, no bairro Trabanda do Rio, ele tomava um pequeno gole, talvez pela saudade de sua morada, o seminário; talvez para clarear as ideias e definir se era aquilo mesmo que desejava para a sua vida; ou talvez, e o mais provável, fosse apenas pelo vício.

Naquela noite, a derradeira que passou no seminário, Eugênio foi para a capela. Levava consigo um terço. Poderia ser-lhe útil caso fosse visto e o descobridor lhe indagasse: "Que faz aqui na capela altas horas da noite?", e Eugênio lhe mostraria suas contas de lágrimas. Eugênio conhecia todos os corredores e todos os cotovelos da casa. Entrou na capela e se dirigiu à sacristia. Conhecia muito bem o caminho. Logo que transpôs a porta da sacristia, esbarrou numa mesinha colocada ali recentemente para receber a imagem de Santo Cura D'Ars, que fora retirada do altar para ser restaurada nas férias dos seminaristas. Eugênio ainda pensou: "O corredor da sacristia é estreito e ainda colocam essa mesinha no meio do caminho." Mas não teve muito tempo para pensar nisso, porque uma pequena luz no final do corredor chamara-lhe a atenção. Essa luz ainda era tênue, porque o corredor era arqueado e a luz apenas cintilava.

Eugênio caminhava vagarosamente em direção àquela luz quando pisou em algo que estava jogado ao chão. Era um tecido, um pano, talvez uma... batina. Sim, ele pisara numa batina roxa. Podia ver agora. Iluminada apenas pela luz ainda branda do final do corredor, aos seus pés, estava a batina violeta, a inconfundível e solene batina do padre Beraldo Benedeto, por todos chamado de padre Bebê.

Eugênio se espantaria muito se lhe sobrasse tempo para isso, porque assim que reconheceu aquele tecido jogado ao chão como sendo a batina de padre Bebê, um som tomou conta do lugar. E o menino Eugênio conhecia muito bem aquele som, embora fizesse muito tempo que não o ouvia. Na verdade, desde os seus dezessete anos, quando amara com paixão e sofreguidão sua prima Euvira, a menina Euvirinha, de tão doce recordo.

O som era claro e bem definido: um casal fazia amor no fim daquele corredor, na sacristia, atrás do altar da capela São José, do Seminário Diocesano de Alecrim Dourado.

Eugênio se voltou e bateu em retirada, segurando a respiração para que sua presença não fosse denunciada. Correu três ou quatro passos e atropelou a mesinha que estava no caminho e, sobre ela, a imagem de Santo Cura D'Ars, que veio ao chão, partindo-se em mil pedaços, com estrondo.

um grande e afamado confessor
(santo Cura D'Ars)

Morri já faz um bocado de tempo. Mas isso não tem importância alguma, porque a minha alma, imortal que é, vive para sempre. Eu desejei muito ser padre, mas minha precária condição financeira e minha pouca capacidade em reter os ensinamentos me dificultaram, e muito, a realização de meu sonho. Mas eu consegui. Graças ao amor de Deus, às bênçãos de Maria, mãe de Jesus, e ao esforço e luta diários. Não consegui reter as declinações de latim, passei longe dos preceitos filosóficos e dominei poucos tópicos da teologia cristã, mas o que eu vivi e aprendi, no dia a dia, observando os meus paroquianos da pequena vila de Ars, na França, para onde fui enviado logo que me tornei padre e lá permaneci todos os meus anos de sacerdócio, transformaram-me num grande e afamado confessor, vindo penitentes de longe para ouvir meus conselhos, transformando Ars num centro de peregrinação. Eram tantos fiéis querendo (e precisando) expor suas chagas de alma e de corpo que eu chegava a passar dezesseis horas sentado no confessionário. Alguns anos após a minha morte terrena, ocorrida em 4 de agosto de 1859, se bem me lembro, fui elevado às glórias dos altares pelo Santíssimo Papa Pio XI, em 31 de maio de 1925.

Minha imagem esteve algum tempo no altar da capela do seminário de Alecrim Dourado. Gosto muito desse nome, Alecrim Dourado. Alecrim é uma erva aromática de perfume muito característico e, se é dourado, faz reminiscência ao nascimento de Nosso Senhor Jesus Cristo. Eu até ia dizer que adoro o nome da cidade, mas lembrei-me que adorar é somente a Deus, nosso pai e criador.

(Alecrim, alecrim dourado

Que nasceu no campo

Sem ser semeado

Foi meu amor

Que me disse assim

Que a flor do campo é o alecrim).

Adoro essa... quero dizer, gosto muito dessa música.

Durante o tempo que estive no altar da capela São José (a quem devoto minha particular simpatia pelos cuidados que despendeu a Maria, mãe do Menino Jesus e nossa Mãe), ouvi muitas orações, preces e súplicas. Nem todas eram verdadeiramente honestas, mas essas não levo em consideração, atentando-me apenas àquelas que eram oriundas de dentro do coração.

A imagem que me representava se encontrava em estado precário, já bem desfigurada. Ela estava ali há muitos anos e já apresentava algumas trincas, e pedaços de tinta caíam sobre a toalha branca do altar, maculando-o. Tiraram minha imagem do altar e colocaram-na sobre uma mesinha, no corredor da sacristia. Não precisava terem feito isso com tanta antecedência. Eu poderia ficar ali ao lado do Sacrário, na presença de Nosso Senhor Jesus Cristo, e ser efetivamente retirado quando se desse início aos reparos. Os filhos de Deus vivem nesse mundo como se não houvesse amanhã e, pior, como se não existisse outra vida além dessa. Os homens precisam aprender a viver com dignidade, e o primeiro passo para que isso ocorra é ficando pertinho de Jesus Cristo.

Minha imagem foi levada para a sacristia, longe do Sacrário, e ali ficaria por muito tempo, se um incidente não a transformasse em mil fragmentos.

Depois do jantar, quando todos se dirigiram aos seus dormitórios, um jovem semi-narista foi até a sacristia, tirou de um gavetão um pano roxo e o deixou caído a meio caminho da adega, localizada ao final do corredor. De onde eu estava eu não podia ver a adega, porque o corredor era em curva, mas sabia de sua existência porque um outro menino, toda vez que para lá se dirigia, voltava com a galheta cheia de vinho para a consagração. O primeiro menino, depois de esparramar uns panos roxos pelo chão, foi para o fundo do corredor, levando uma vela e um aparelho que eu nunca tinha visto no tempo em que eu era vivo.

Mais tarde, apareceu um segundo menino (aquele que sempre buscava vinho no final do corredor para as celebrações eucarísticas), mas rapidamente se pôs em fuga, tropeçando na mesinha, jogando-me ao chão.

O que se passou depois, eu não sei, porque me fiz em pedaços.

Eu só voltei àquele altar alguns meses depois, em uma imagem que, de tão novinha, até brilhava. E eu não gostei nem um pouquinho. No altar, o único a resplandecer é e deve ser apenas Nosso Senhor Jesus Cristo.

O rapaz, aquele que me derrubou da mesinha, eu nunca mais vi, nem na capela do seminário, nem em outra igreja onde pudesse ser encontrada uma imagem minha.

uma sombra para se comer em paz
(narrador)

Eugênio continuava com sua vidinha mansa e quase que descompromissada no sítio Santo Antônio, ao pé da Serra da Soledade.

Estava magro e feio. Cabelo por cortar e barba por fazer, parecia um este-reótipo que a sociedade em geral tem dos filósofos: cabeludo, barbudo e sem tomar banho.

Suas preocupações eram poucas, como, por exemplo, se o senhor Antônio iria desconfiar do gradual sumiço de seus frangos caipira. Era mister arru-mar outro meio para pagar suas idas à cidade, quando voltava trazendo, na garupa de sua bicicleta, uma garrafa de vinho. Circulou, inclusive, na cidade a anedota, e talvez não passasse disso mesmo, que um dia, quando Eugênio pedalava de volta ao sítio, desequilibrou-se, caiu da bicicleta e quebrou a garrafa de vinho. Assim, da vez seguinte, resolveu tomar ali mesmo, no bar do seu Zé Alvinho, o produto adquirido, com a seguinte e irrefutável lógica: "Vai que eu caio de novo e quebro a garrafa. Tomando-a agora, não corro esse risco." E de fato, na volta caiu pelo menos três vezes, bêbado que estava, e chegou à conclusão insofismável: "Se não tomo antes, tinha perdido a garrafa de vinho. Fui bem esperto." Como já foi dito, isso talvez não passe de mais uma lenda urbana.

Eugênio, vendendo os últimos frangos no ponto de abate, adquiriu utensílios para promover uma nova corrida ao ouro. Sabia que o Rio dos Coqueiros fora pródigo no fornecimento dessa valiosa pedrinha e, embora não mais o fosse, é possível que se furtasse encontrar uma ou outra, ao pé do sítio, ou subindo a serra, até a nascente daquele curso d'água.

Munido de pás, enxadões e bateia, subiu e desceu o rio, cavoucando aqui e acolá, mas sem lograr êxito algum, como, aliás, era de se esperar, visto que os antigos garimpeiros já haviam feito o rapa.

Uma tarde, vendo uma quantidade razoável de pássaros que ciscava tranquilamente o esterco produzido pelos porcos, à cata de migalhas de milho e de larvas, Eugênio teve uma ideia luminosa: os frangos são fáceis de serem contados, mas quero ver quem é que consegue contar passarinho. Bastaria uma boa e reforçada armadilha e pronto: canários do reino, pombas fogo-apagou, tizius, pássaros pretos, pardais, tudo a mãos-cheias. Precisava de uma arapuca e de um alçapão para colocá-los depois de presos.

Felizmente para a fauna brasileira em geral e a do sítio em particular, o menino Ladino havia partido há muito tempo para a cidade grande e o menino Eugênio não atinou com um meio eficaz de fazer uma arapuca manter-se em pé. Fazer a armadilha foi tarefa dificílima, e não ficou lá grande coisa. Mas conseguir que a engenhoca se desarmasse quando o pássaro entrava dentro dela foi impossível, fazendo que os animaizinhos de Deus tivessem uma boa sombra para comerem, em paz, seu milho triturado.

Mas, por sua vez, Titonho não andava nada satisfeito com o trabalho de seu sobrinho e preparou-lhe uma ratoeira. Da última vez que esteve no sítio, vendo que tudo estava no meio do mato, que na horta não tinha um pé de couve, que no galinheiro não tinha um ovo sequer, disse-lhe que só voltaria ao sítio em tal dia, na parte da manhã, que é horário em que a moça Rosa Caetana estava na loja e ele tinha esse momento livre.

uma salinha atrás do balcão
(Zé Alvinho)

Sim, ele aparecia aqui quase todo dia. No início, adquiria uma garrafa de vinho e voltava para o sítio. Pedia para pôr no prego que uma hora ele acertava. Vendia fiado, sim, não me preocupava com isso. Qualquer coisa bateria na casa do tio dele e exigiria o acerto. Que o senhor Antônio é custoso de enfiar a mão no bolso todos nós sabíamos e, no caso de alguma relutância por parte dele, era requerer o pagamento à dona Concepta que ela apareceria e daria o seu jeitinho. Mas, na verdade, nunca foi necessário usar desse expediente, porque ele sempre pagou sua conta, se não em dinheiro, em mercadoria. Voltamos ao tempo do escambo: me pagava com frango ou ovos e, como ele pouco ou nada entendia de valores, eu sempre levava a melhor.

Com o tempo, resolveu tomar seu vinho aqui mesmo, no estabelecimento, e arrumou alguns parceiros para beber e jogar cartas. Todos que conheceram seu pai sabiam que estava nascendo ali um novo Galo de Briga, embora esse fosse de paz. Pelo menos era o que a gente pensava no início, porque nos derradeiros dias em que aqui apareceu, já dera início às suas primeiras altercações. Mas, felizmente, ele se endireitou e parou de beber, foi o que eu fiquei sabendo. (Na verdade, foi bom para ele, mas péssimo para mim e para os meus negócios.)

Enquanto aqui apareceu, aprendeu a jogar truco e perdia quase todas as partidas, não sabia blefar e, quando o fazia, todos sabiam que estava tentando ludibriar os adversários: sua cara ingênua (sem querer fazer trocadilho) não sabia disfarçar sua tentativa de dissimulação. Jogador de truco que não sabe disfarçar quando tem poucos ou muitos naipes de valor nunca fará frente a um bom carteador.

Lembro-me muito bem que uma tarde o senhor Antônio passou por aqui e, da estrada mesmo, abanou a mão e me disse "Boa tarde, Zé Alvinho", mas não parou. Seguiu viagem em direção ao sítio. Eu apenas pensei: "Vai perder pernada, seu sobrinho não está no sítio, e sim aqui, na salinha atrás do balcão, bebendo vinho e jogando truco."

Aliás, essa foi a última vez que Eugênio apareceu no meu estabelecimento, depois desse dia, nunca mais voltou aqui.

um gramado tomado pela tiririca
(Titonho)

Eu estava nos meus piores dias. Amália, minha esposa, estava ainda mais pálida, e desconfio que comadre Concepta havia perdido o resto de paciência que poderia ter com ela. Cadavérica, olhos sumidos, parecendo que tinha dois ocos na cara. Quando eu entrava no quartinho (raras vezes, porque sua visão era horrenda), ela parecia querer dizer alguma coisa, mas quase sem mexer os lábios, saía apenas um grunhido, cada vez mais fraco.

Minha filha Euvira apareceu na cidade trazendo a tiracolo um rapaz, que se apresentou como namorado, com pretensão a marido. Olhei para as fuças dele e não gostei: "Uma bela de uma bisca, mas eles que se arranjem", pensei. Cabelo por cortar, uma barbicha horrenda no queixo, brinco na orelha, tatuagem nos braços e ombros, não tinha mais onde encontrar defeito.

Levei Euvira e o namorado ao sítio, ela queria rever o primo, e ele, o namorado, avaliar se valia a pena levar em frente aquele consórcio, foi o que eu pensei, honestamente.

Euvira voltou dizendo que não sabia quem estava em pior situação: o primo ou o sítio. O moço, namorado dela, disse que não sabia quanto ao primo, pois não o conhecia, mas, quanto ao sítio, era, de fato, uma tristeza só.

E era, de fato, uma tristeza só. Nas vezes que ia lá, voltava logo e não queria ver o estrago que estava sendo feito pelo desmazelo do meu empregado. Mas, com a filha e o genro botando reparo nisso e naquilo, realmente vi que a coisa estava mais feia do que aparentava. Uma atitude precisava ser tomada antes que fosse necessário contratar um trator de esteira para entrar naquela propriedade, tanto era o mato e a sujeira acumulados.

Resolvi fazer uma visita surpresa. Combinei com Rosa Caetana de, naquele dia, ela ficar até mais tarde e fechar o comércio para mim. Claro que, depois disso, teria que dar a ela uma compensação em algum outro dia, concedendo-lhe uma folga maior.

Fui à tarde para o sítio, coisa que raramente fazia.

Claro, não tinha ninguém lá. Casa fechada; galinhas morrendo de fome; um pé de alface esturricado, morrendo de sede; porcos desnutridos, revirando o chão à procura do que comer.

Dei uma volta pela propriedade. Uma desolação total. O gramado em volta da casa grande tomado de tiririca e outras pragas, mourões caídos e arame farpado, quando não arrebentado, frouxo. Algumas reses do vizinho pastavam tranquilamente no cercado que fora da vaquinha Amora e de seu bezerrinho, Totoro.

Voltei para casa furioso com Eugênio, com dona Concepta e comigo mesmo. E eu achando que estava bancando o esperto! Ora, sim, senhor. São dois capadócios, mãe e filho. Levaram-me na conversa e eis o estado em que me deixaram o sítio pelo qual tanto lutaram muitas gerações de Esteves Ribeiro.

Chegando à cidade, parei na venda do Zé Alvinho para tomar uma carraspana, porque estava a ponto de ter um troço de tanta raiva. Antes mesmo do primeiro gole, ouvi um grito: "Truco, seu ladrãozinho sem-vergonha." A voz inconfundível de Eugênio vinha de uma salinha que era meio secreta, embora dela todos soubessem, que ficava atrás do balcão, camuflada com uma cortina colorida, de tecido grosseiro.

um rapaz muito garboso
(dona Concepta)

Eu estava tricotando, sentada numa cadeira ao lado da cama da comadre Amália, quando ouvi uma freada brusca na porta de casa. Na hora eu adivinhei: "É compadre Antônio que chega e vem babando de raiva." Mas, olhando para o relógio que trabalhava silenciosamente na sala, vi que não eram horas. Fiquei na dúvida, que foi dissipada tão logo entrou o compadre trazendo pela orelha o meu filho Eugênio.

Maldição, eu pensei em dizer, mas a palavra ficou só em pensamento. "Que... que é que está acontecendo", consegui balbuciar.

Titonho desfilou um rosário de desgraças. Esse povo dos Esteves Ribeiro não sabe falar baixo, só gritando ou berrando. E quando nervoso então, é um-Deus-nos-acuda!

Eugênio, logo que viu sua orelha livre das garras do tio, mandou-se para o quarto e trancou a porta.

E eu puxei uma cadeira na cozinha, servi-me de um café, sentei e me pus a ouvir. Ouvi tudo, sem qualquer objeção. Adjetivos que desqualificavam meu menino em série: desclassificado, desprezível, incapaz, incompetente, inábil, indigno. Parecia que lia um dicionário. E eu ouvindo, em silêncio, sem interromper.

Depois vieram os adjetivos grosseiros, ofendendo, inclusive, a minha honra. Mas, eu ouvia em silêncio, sem nenhum aparte.

Depois, com calma, ofereci-lhe um café, ele aceitou e se sentou.

Aí eu pensei: "Bom, já sentou, ponto para mim." Então comecei a falar, com voz pausada e tranquila. Falei da insegurança do menino, criado praticamente sem pai, de sua inexperiência de vida passada no seminário, da sua baixa autoestima, que via o irmão progredindo, a ponto de enricar, enquanto ele estava ali, morando no sítio, sem trabalho remunerado.

Compadre Antônio foi baixando a guarda e engolindo o rancor. Disse-lhe mais: "Também fomos jovens e cometemos nossos erros. Quem nunca cometeu um erro em sua juventude que atire a primeira pedra."

Titonho, por fim, cedeu.

Eu mesma fui dar a boa nova a meu filho Eugênio. Bati na porta do quarto e, quando ele abriu, eu lhe disse: "Amanhã você começa a trabalhar n'O Barateiro", com salário e tudo mais que tem direito."

Eu lhe fiz a barba e cortei seus cabelos. Depois de um banho bem ensaboado, Eugênio ficou tinindo de bonito. Meu filho era mesmo um rapaz garboso e, agora, muito parecido com o tio, porque o bigode eu não raspei, apenas o aparei e o escovei.

uma pedra sobre o passado
(Titonho)

Já estou cansado de ouvir essa lenga-lenga de especialistas em autoajuda de que devemos colocar uma pedra sobre o nosso passado porque o que passou, passou. Existe até um provérbio sobre isso que diz que "águas passadas não movem moinho". Ensinam ainda que não devemos nos preocupar com as coisas que estão no futuro, porque elas podem, ou não, acontecer. Ainda mais: que devemos viver o presente, já que o passado não existe mais e o futuro, bom, o futuro a Deus pertence.

Mas aí eu pergunto: "existe alguém que realmente viva em paz com o seu passado?" Sendo bem sincero, eu duvido.

Eu bem que tento esquecer, passar uma borracha naquilo tudo, mas me é impossível e aquele mau passo sempre e sempre aparece para me atazanar, seja nos pesadelos das noites maldormidas, ou na voz de dona Concepta a me cobrar por aquilo que já cansei de pagar. Até quando, meu Deus? Quisera eu viver em paz com os meus fantasmas do passado, mas eles insistem em continuar me assombrando.

Lembrei-me de meu velho e saudoso pai, que gostava de me falar: "se arrependimento matasse, ninguém se arrependeria." Eu, pobre de mim, já teria batido as botas, já estava comendo capim pela raiz, já tinha vestido o paletó de madeira. Há muito tempo.

QUINTA PARTE

UMA LÁGRIMA QUE SALVA

**um bigode aparado e escovado
(narrador)**

Eugênio, que até então parecia um joão felpudo, estava com o cabelo assentado, rosto escanhoado, bigode aparado e escovado, corpo perfumado. Às oito horas da manhã foi para a loja de armarinhos, junto com seu tio, que o levou para ser apresentado a Rosa Caetana e receber instruções gerais sobre o serviço. As recomendações menores ficariam por conta de sua antiga funcionária, agora promovida a gerente-geral, afinal, Titonho estava há algum tempo a minhocar algumas ideias, e essa nova situação viera bem a calhar.

Não há segredo para ser um bom comerciário quando se há boa vontade. E Eugênio estava transbordando nesse quesito. De seu quarto, ouvira todos os adjetivos nada elogiosos à sua pessoa na noite anterior e dissera a si mesmo que, se lhe dessem outra chance, ele a agarraria com unhas e dentes. E eis que pontualmente às oito horas da manhã seguinte, a porta da nova oportunidade foi aberta pelas mãos de sua futura colega de trabalho, Rosa Caetana.

Não foi difícil aprender o preço dos produtos, a fazer o corte de um tecido, a ajudar a escolher as cores de carretéis de linha e de botões que combinavam com a peça escolhida. Rosa Caetana era boa instrutora e paciente professora. Conhecia aquela loja como poucos, sabia onde estava cada produto e qual estava em falta.

Eugênio foi se adaptando razoavelmente bem à sua vida atrás do balcão. Quando chegava um cliente, Rosa Caetana se afastava e deixava que o aprendiz fizesse seu serviço, e só o acudia em caso de extrema necessidade.

Eugênio, desde então, deixou de comparecer ao bar do senhor Zé Alvinho.

um novo projeto
(Titonho)

Eugênio, embora me seja totalmente desnecessário no meu comércio, estava se saindo melhor do que a encomenda. Rosa Caetana, minha funcionária de confiança, entregava-me o relatório diário e, aos poucos, a ocorrência ficou sendo semanal e, uns dois meses depois, passou a ser totalmente desnecessária. No início fiquei muito preocupado, achando que ele não daria conta do recado, ainda dissera à comadre Concepta no dia que o peguei no bar do Zé Alvinho e o levei para casa arrastado pela orelha: "Dona Concepta, essa ideia é absurda, Eugênio seria incapaz de vender um picolé a um beduíno sedento ou um cobertor a um esquimó friorento."

A verdade é que, desde que ele saíra do seminário, só fez aumentar meus gastos e de modo bem considerável. É fato que deixei de enviar à diocese a gorda contribuição anual que para lá mandava a fim de mantê-lo naquela casa. Mas as despesas, com ele aqui em casa, só fizeram aumentar.

O estrago no sítio fora grande demais. Tive que recontratar meu antigo caseiro, o Chico, que aceitou o emprego de volta, mas fez algumas exigências, pois se sentiu valorizado. Tive que comprar a Amora de volta, pois a obrigação de fornecer leite ao funcionário é do patrão, dissera-me, e ele pediu um valor exorbitante pela vaca. Tive que dar uma demão de tinta na casa dele, que estava realmente feia, mas perfeitamente habitável. E o pior de tudo foi a necessidade de contratar mão de obra extra, por umas três semanas, para colocar os serviços em dia. Muita cerca para consertar, muito mato para carpir, muita tiririca para arrancar. Valha-me, Deus. Tudo isso custou-me os olhos da cara. E ainda mais: agora tenho dois funcionários na minha loja, e a um deles foi concedido um acréscimo no salário, porque passou a exercer a função de gerente-geral.

Sei que para muitos o trabalho atrás do balcão é enfadonho e cansativo. Isso para aqueles que não sabem tirar vantagem dessa atividade. Alguns reclamam que trabalhar com gente assim, cara a cara, é ruim e desgastante, porque tem freguês que pede para descer a loja toda das prateleiras e vai embora dizendo "mais tarde eu volto" ou "vou ali e daqui a pouco e volto" e, claro, não aparece nunca mais, deixando você com a mercadoria toda espalhada pelo balcão. O segredo é não deixar o cliente pensar muito, se você vir que ele está em dúvida, mostra outro produto, enumerando suas vantagens sobre o anterior, e mais outra mercadoria, se for preciso, quantas forem necessárias, e ele, o freguês, quando der por si, já está no caixa efetuando o pagamento. E o serviço não é nada maçante, porque a variedade de pessoas que entra em seu comércio é grande, e com cada uma delas você tem um assunto diferente para conversar. E Eugênio estava se saindo muito bem nesse quesito: falava aos clientes, oferecia mercadorias não procuradas por eles, mas que uma hora (ou um dia ou nunca) poderiam ser úteis.

E ainda teve mais um lado positivo: pude deixar o comércio nas mãos dos dois, que dividiram entre si os horários de abrir e de encerrar o expediente, e eu fiquei com mais tempo disponível, pois queria me dedicar a um novo projeto.

uma mão que se toca
(narrador)

O armarinho de propriedade do senhor Antônio Esteves Ribeiro era fruto da herança de dona Amália. Filha única, dona Amália nasceu quando seus pais já haviam perdido a esperança de um herdeiro e, quando a mãe se descobriu grávida, o pai estipulou o nome do rebento: Isaac, como aquele nascido do ventre de Sara, esposa de Abraão, que foi mãe em idade avançada. Se o pai ficou decepcionado quando soube que seria uma menina, não o demonstrou e até sorriu, quando a mãe disse que a criança seria chamada de Amália, em homenagem ao pai.

O senhor Amélio, quando viu que suas forças se exauriam, contratou o senhor Antônio, naquela época ainda um rapazote, para ajudá-lo. O jovem se dedicou de corpo e alma àquela atividade, angariou a simpatia do patrão e terminou por desposar sua filha. Dona Amália não era bonita, é certo, mas tinha a pele rosada e perfumada e mãos macias pela ociosidade em que levava a vida e era, ainda, a herdeira única daquele comércio.

O armarinho "O Barateiro" ficava na praça central, bem perto da Igreja Matriz de Nossa Senhora da Abadia. Comércio bem localizado e bem sortido, fazia anos que deixara de vender apenas aviamentos para as costureiras da cidade. Aos poucos, seu Antônio o foi transformando e acrescentando às prateleiras roupas prontas, cosméticos, artigos de papelaria e brinquedos. Era ali um bom ponto de encontro e de boa prosa, de reunião de clientes e desocupados. Titonho falava a todos, atendia a todos, agradava a todos.

O senhor Antônio Esteves Ribeiro finalmente tomou coragem e assinou sua ficha de inscrição no partido político presidido pelo senhor Ambrósio, líder da situação na Câmara Municipal. "O senhor tem tudo para ocupar o meu lugar na vereança da cidade, seu Antônio. O senhor se dá com todos, não recusa cumprimento a quem quer que seja. E, o melhor de tudo, tem recursos. O senhor é um político nato, seu Antônio", dissera-lhe o senhor Ambrósio. Titonho, embevecido pelas honestas palavras do edil mais antigo da cidade, colocou-se à disposição do partido, dizendo estas palavras de pura abnegação: "Se é isso que o povo quer..."

Eugênio se adaptou bem à vida atrás do balcão, e a companhia de Rosa Caetana lhe era agradável. As instruções que ela lhe passava, ele as recebia com atenção e fazia de tudo para colocá-las em prática. Com pouco tempo de trabalho ele já sabia de quase tudo, preço de mercadoria, como fazer um corte reto em uma peça de tecido e, principalmente, a quais clientes era inadmissível a venda sem o pagamento à vista, somente quando efetuado o pagamento em dinheiro vivo.

Mas houve um dia de muito calor, quando a praça estava praticamente deserta, e os cachorros dormitavam nas sombras dos bancos de cimento, em que entrou na loja uma cliente, pediu certa metragem de um certo tecido. Eugênio retirou da prateleira a peça solicitada e foi à cata da tesoura. Rosa Caetana, na outra ponta do balcão, vendo que a tesoura estava próxima de si e que dela precisaria o jovem funcionário, pegou-a e a levou até ele. No mesmo instante em que Rosa Caetana deixou a tesoura perto da peça de tecido que seria fracionada, Eugênio fez um gesto para pegá-la, e suas mãos se tocaram.

um coração capotado
(o Acaso)

Eu sou o Acaso, o Senhor dos acontecimentos fortuitos.

Ao contrário do Senhor Destino, que entra em campo obedecendo a algumas regras, meu jogo não obedece a ordenamento algum, pois amo o improviso, e o espanto é o meu deleite. Eu sou o caos, pois os acontecimentos são aleatórios, e a lógica aristotélica não tem vez. Comigo por perto, tudo ou nada pode acontecer.

Salomão, filho de Davi, conhecido por sua sapiência, já dizia a meu respeito:

"Observei ainda e vi que debaixo do sol não é o prêmio para os que melhor correm, nem a guerra para os que são mais fortes, nem o pão para os que são mais sábios, nem as riquezas para os que são mais hábeis, nem o crédito para os melhores artistas; mas que tudo depende do tempo e do acaso."[4]

---

[4] Livro do Eclesiastes, cap. 9, verso 11.

Com efeito, tudo depende de mim. Dou a um e a outro, tiro, a meu bel-prazer. E não sou cobrado nem julgado por isso. A um dou a sorte, a centenas de outros, o trabalho diário e árduo sob o sol escaldante, mas, quando menos se espera, a um entre esses últimos dou uma pepita de ouro, tudo dependendo de onde ele bate a enxada no terreno duro e seco.

Eu me comprazo com aquele que se abaixou para tirar uma pedra do seu sapato, que atrasava seu andar, mas que à frente se livrou de um acidente devido àquela pequena parada; ou com aquele que, injuriado, demorou em sua viagem porque teve que encostar seu carro e trocar um pneu furado e perdeu o seu voo, e mais tarde ficou sabendo que aquele avião se espatifou logo depois da decolagem.

Meus acontecimentos são casuais, incertos e imprevisíveis.

Desse acontecimento casual, incerto e imprevisível pode tudo ou nada acontecer, e, algumas vezes, até pode nascer um grande amor. Um simples contato de mãos pode ser a chave que, ligada instantânea e automaticamente, faz disparar os mecanismos internos, acendendo todos os neurônios, pondo fogo no sistema nervoso. Com os impulsos nervosos a mil, os músculos se retesam, o cérebro se infla, os olhos se dilatam e o coração capota, entregue e submisso àquela nova paixão.

Ah, eu, o Deus Acaso, mais o Deus Tempo somos os Senhores de tudo e de todos. Ninguém escapa à nossa realeza, à nossa imponência, à nossa indiferença.

São inúteis quaisquer tipos de clamores, de louvores ou de promessas. Somos deuses e somos reis; somos senhores e somos surdos.

uma aliança no dedo anelar
(Rosa Caetana)

Meu patrão me instruiu fortemente acerca de minha nova função. Na sua ausência, deveria ficar de olhos bem abertos no seu sobrinho, nosso novo funcionário. E eu não poderia deixá-lo só junto à caixa registradora em momento algum. Para que eu cumprisse fielmente essa tarefa, fui elevada à condição de gerente e recebi um acréscimo no meu salário (finalmente, depois de mais de uma década de lealdade e dedicação).

Nos primeiros dias, segui cegamente essa atribuição, inclusive anotando em um diário próprio as observações feitas.

Mas tal preocupação logo se mostrou desnecessária. Eugênio pareceu-me totalmente imbuído de bons propósitos e obedeceu com afinco a todas as minhas orientações. Passados uns dois meses, o próprio patrão levantou toda e qualquer tipo de restrição ao novo funcionário.

Mas, de tanto ficar de olho nele, comecei a reparar em suas feições, em sua tez morena, em suas sobrancelhas por aparar, em seus inquietos olhos castanhos, em seu nariz pequeno, em seu bigode preto e espesso à lá Titonho, em sua respiração lenta, como se quisesse economizar o ar. De vez em quando ele me pegava olhando para si e desviava o olhar, não para os lados ou para cima, como fazem aqueles que querem disfarçar, mas para o chão, como fazem os tímidos.

Lembrei-me do tempo em que ele, no altar, participava das celebrações eucarísticas, de casula branca, todo compenetrado. Era realmente um belo rapaz. Depois da missa, em conversa distraída com uma ou outra amiga, comentávamos: "É um desperdício tão garboso rapaz virar padre."

Aquela convivência diária, aqueles gestos vagos e aqueles olhares oblíquos criaram em mim um quê de piedade e, sem que eu me apercebesse, aquele sentimento transmudou-se em ternura e, de repente, vi-me completamente enamorada por Eugênio.

Escondi mais que pude aquele sentimento, que julguei inapropriado e descabido. Ele talvez tivesse seus vinte e quatro ou vinte e cinco anos, e eu já estava na casa dos trinta. Até então eu nunca tivera um namorado assim com a reta intenção de me casar e assumir o ônus de uma relação a dois que, para as mulheres, é muito mais penosa. Minha mãe, Maria Rosa, tinha algumas (muitas) queixas de seu casamento, enquanto meu pai, João Caetano, poucas (nenhuma). Afinal, enquanto minha mãe criava os dois filhos praticamente sozinha, meu irmão e eu, cuidando ainda dos afazeres domésticos e corrigindo as traquinagens dos filhos, meu pai vivia na boleia de um caminhão, um velho FNM, percorrendo o país, conhecendo outros lugares e, sabe-se lá, outros amares.

Meu pai aparecia de vez em quando, dizendo que ficaria duas semanas, precisava de descanso. Mas o fastio logo apoderava-se de sua alma e ele partia para outra viagem surgida de última hora, uma carga urgente. Dava-nos sua benção, um beijo na bochecha de mamãe e partia no seu velho fenemê. Minha mãe passava dias chorosa, secando os olhos na barra do avental. Meu pai dizia que a estrada é como uma vadia: estava sempre requerendo sua presença.

Meu irmão se casou e foi trabalhar na estrada, também caminhoneiro. O canto da sereia, cujas notas emanam liberdade e aventura, cativou-o. Essa vida nômade, um dia aqui, outro acolá, atraiu-o. Os viajantes estradeiros são assim mesmo: não pensam duas vezes antes de deixar para trás esposa, filhos e a responsabilidade monótona de um lar. No entanto, meu irmão, João Maria, e minha cunhada se casaram com a intenção de morarem na boleia do caminhão e nunca terem filhos.

Na verdade, eu não os condenava por isso. Por não poder ser também uma aventureira na estrada, pelo fato de ser mulher, não queria assumir o fardo de ser esposa e mãe. Entre o sonho e o padecimento, escolhi a indiferença e, assim, vi passarem os melhores anos da minha vida, com um namorico aqui, outro ali, mas sempre adiando o compromisso de um anel no dedo anelar da mão esquerda.

um beliscão nas costelas do destino
(Maria Rosa)

Minha filha, coitada, já entrada em anos, não conseguia engatar um namoro sério. Rosa Caetana não é bonita, mas é uma moça saudável, uma boa candidata ao altar. Seu irmão, João Maria, já se casou, mas vive na estrada, caminhoneiro como o pai. Eles não têm filhos e, pelo jeito do andar da carruagem, não terei netos.

Lembro-me muito bem do dia em que Rosa Caetana voltou do trabalho comentando que agora havia um novo empregado no armarinho, que era o antigo seminarista, filho da dona Concepta, o Eugênio. Eu o conhecia, claro, desde pequeno, pois quando o fenemê de meu marido estava estacionado em frente a nossa casa, ele e outros moleques vinham subir na carroceria do caminhão e de lá faziam algazarras, atirando, com estilingue, mamonas nas pessoas que passavam pela rua ou em passarinhos que descansavam nos fios elétricos. Depois, esse rapaz andou uns tempos em Alecrim Dourado, estudando para ser padre. E nesse tempo eu o via na igreja, quando estava de licença do seminário.

Todos os dias, quando voltava do trabalho, Rosa Caetana falava no jovem Eugênio, como ele era atencioso e aprendia rápido o serviço a ser feito. Logo meus olhos se alegraram, pois percebi que ela estava perdidamente apaixonada pelo companheiro de trabalho.

Pensei no convívio diário, no contato, na conversa, no riso: sim, há uma esperança. Precisamos de apenas um momento favorável e de um pouco de ousadia de Rosa Caetana. Se esse momento propício não vier por si só, o jeito será mexer os pauzinhos. O Destino, às vezes, precisa de um beliscão nas costelas para acordar de sua sonolência.

uma blusinha mais justa
(narrador)

Eugênio percebeu que sua colega de trabalho o vigiava com o rabo do olho. Isso o fez pensar que eram ordens do patrão, talvez porque ele ainda não conseguira conquistar a confiança dele.

Mas, com o passar do tempo, essa impressão se dissipou, porque ele percebeu que aquela suposta vigilância era sempre acompanhada de um sorriso.

Eugênio passou a prestar atenção em Rosa Caetana. Um pouco mais velha que ele, mas conservava lisa e sedosa a pele do rosto. Cabelos longos e castanhos que, conforme recebia o reflexo dos raios solares, pareciam até meio ruivos. Olhos também castanhos, meigos, meio tristes, entretanto, como quem estava meio decepcionados com a vida vivida até então. Toda vez que Eugênio passava perto dela, ali naquele estreito corredor atrás do balcão, ele sentia um suave perfume que exalava de seus cabelos.

De sorriso em sorriso, de olhar em olhar, ambos procuravam ficar mais próximos e, por isso, estavam sempre se esbarando ou tropeçando um no outro.

Eugênio não conseguia vislumbrar muita coisa do corpo de sua companheira de balcão, porque ela usava roupas sóbrias que não destacavam suas formas. Via-se que era mais baixa, talvez tivesse um metro e sessenta ou, no máximo, um e sessenta e cinco. O rosto, se não era perfeitamente simétrico, era agradável, sem rugas e sem manchas. Via-se que era módica no uso de batom e outros produtos faciais, usando-os sempre em cores leves.

Assim, de um modo mui sutil, Rosa Caetana passou a adotar um novo vestuário, com roupas mais coloridas e blusinhas mais justas, que expunham um pouco mais a saliência de seus seios.

Um dia em que ela o pegou com os olhos fixos em seus seios, Rosa Caetana riu para Eugênio, e Eugênio riu para Rosa Caetana.

E ele se descobriu totalmente apaixonado.

uma disputa na pedra maior
(Rosa Caetana)

Eu considero como data oficial de nosso namoro aquele sábado em que nos encontramos na pracinha da igreja. Era o dia 15 de agosto e a cidade estava cheia, porque acontecia a festa de Nossa Senhora da Abadia, nossa padroeira.

Depois de assistirmos à missa da padroeira, fomos para a barraca da festa, meu pai, minha mãe e eu. Estava lotado o barracão montado para essa finalidade, saindo gente pelo ladrão. Eugênio procurava lugar para se sentar e, como em nossa mesa havia três pessoas, restava uma cadeira vaga. Minha mãe, logo que o viu, chamou-o para vir sentar-se conosco. Ele veio, meio ressabiado, olhando para os lados, como se procurasse um outro lugar onde pudesse se acomodar.

Apresentei-o formalmente à família como companheiro de trabalho. Claro que se conheciam, embora, imagino, nunca houvessem trocado uma palavra na vida.

A não ser quando Eugênio era criança e meu pai ralhava com ele, mandando-o descer da carroceria do caminhão.

Eugênio sentou-se, pediu um refrigerante e ali ficou de conversa com meu pai. Meu pai recusou a bebida que Eugênio lhe ofereceu, pois estava de dieta, com o teor de açúcar no sangue em alta, já pré-diabético. Enquanto os dois conversavam, minha mãe e eu compramos cartelas de bingo e ficamos ali, entretidas naquela lúdica brincadeira.

Eu estava com um ouvido no cantador do bingo e outro no diálogo entre os dois homens da mesa. Na verdade, era mais um monólogo. Meu pai resumiu em pouco tempo seus quase quarenta anos de estrada no lombo de seu velho FNM cara chata, amarelo-banana-prata. Sim, sim, respondeu à pergunta de Eugênio, querendo saber se o caminhão é mesmo lento nas subidas: "Devagar como uma tartaruga, mas, em compensação, não há roncado de escapamento mais bonito que o do fenemê."

Depois de ouvir algumas histórias, Eugênio resolveu comprar uma cartela e participar da brincadeira e, batata, poucas rodadas depois, gritamos juntos "bingo!" quando o cantador gritou "letra I, número 17", sendo que esse passou a ser o nosso número da sorte. Deveríamos partir para o desempate, disputando o prêmio na pedra maior, que seria sorteada para esse fim, mas minha mãe interveio logo, dizendo: "ficaremos todos com o prêmio e vamos almoçá-lo amanhã na nossa casa." O brinde era um frango assado e uma garrafa de vinho.

Era o empurrãozinho de que o Destino, lento como um caminhão FNM na subida, estava precisando.

um mousse de maracujá
(narrador)

Depois de uma noite inquieta, em que Eugênio se viu preso aos vários tentáculos da poderosa Hidra de Lerna e quanto mais deles se tentava livrar, mais emaranhado ficava, dirigiu-se à casa do senhor João Caetano, motorista de caminhão e de Maria Rosa, dona de casa e legítima portuguesa, pais da moça Rosa Caetana.

Como mãe e filha estavam atarefadas na cozinha, coube ao senhor João Caetano fazer sala à visita. Esse aproveitou para contar mais alguns detalhes de sua laboriosa vida, talvez esquecidos de serem relatados na noite anterior.

Contou que já estava encerrando sua jornada pelas estradas, porque a saúde estava cada dia mais debilitada. "Esse negócio de comer fora de casa não presta. Comida muito ruim com excesso de gordura e sal." Comia sem horário certo e em paradas desconhecidas. Estava gordo, porque motorista almoça e se coloca atrás do volante e fica ali o dia inteiro, sentado, sem esforço nenhum, dificultando a digestão. E que iria pôr um ponto final naquilo, deixar o caminhão nas mãos do filho e da nora, que trabalhavam muito, viajando longas distâncias, mas ganhando pouco, porque o grosso ficava com o proprietário do veículo.

Eugênio pouco ou nada falou, apenas ouvia com atenção, demonstrando algum interesse.

Terminado o preparo do almoço, foram todos à mesa e comeram quase que em silêncio. Depois veio, de sobremesa, um mousse de maracujá, feito pelas mãos de Rosa Caetana, ressaltou sua mãe, utilizando-se do fruto produzido ali mesmo, no quintal da casa, pontuou.

Sorvido o último gole de café, João Caetano foi para o quintal e lá recostou seu banquinho de três pernas na parede da casinha onde fazia sombra naquela hora do dia. Maria Rosa expulsou os dois da cozinha, mandando-os à sala, que ela mesma se encarregaria de lavar e secar a louça.

um almoço de domingo
(Rosa Caetana)

Claro que já havíamos nos esbarrado antes (o espaço atrás do balcão era muito estreito), mas a maioria dos encontrões era acidental. Como, por exemplo, quando precisávamos da tesoura e ambos colocavam a mão sobre ela ao mesmo tempo. Afinal de contas, trabalhávamos juntos, isso era inevitável. Nem sei se éramos amigos, creio que apenas colegas de trabalho, e talvez nem isso, já que eu era a sua chefe, embora pouco ou nunca fizesse uso dessa prerrogativa.

Pois houve uma vez que nos tocamos e esse toque demorou pelo menos uns três segundos (um Mississipi, dois Mississipi, três Mississipi). Esse tempo todo ele permaneceu com sua mão sobre a minha, o que provocou em mim um pequeno calafrio. Esse tremor subiu pela minha espinha dorsal, fazendo com que meu coração sofresse uma pequena disparada, tão rápida que ele sequer percebeu.

No sábado à noite em que nos encontramos no pátio da igreja, na festa da padroeira, ele veio sentar conosco: meu pai, minha mãe e eu. Ele estava à procura de uma mesa para se sentar, mas o local da festa estava lotado. Todas as gentes da região vêm para essa festa, que é muito concorrida, e os lugares para se sentar, disputados, algumas vezes, a tapa.

A dona Maria Rosa, minha mãe, olhava para mim e para o mancebo, à espera de que eu lhe dirigisse a palavra, convidando-o para sentar-se à mesa conosco.

Olhando para ele e depois para mim, levantava as sobrancelhas, uma, duas vezes, gesto que eu conhecia muito bem: "Vai, toma uma atitude." E eu imóvel feito um dois de paus, como quem acabara de receber um raio paralisante. Não sei como minha mãe queria que eu tomasse a frente daquela situação, depois da educação severa e castradora que ela mesma me impingira. Minha mãe, nascida ao pé da Serra da Estrela, no sertão de Portugal, era de hábitos arcaicos e de educação apegada aos velhos costumes. Ela mesma dizia, entre uma lágrima e um suspiro: "Sou brasileira só de corpo, porque minh'alma ficou na minha querida Covilhã, um dia lá eu volto para resgatá-la e, ainda por cima, tomo um café com o delicioso queijo feito na Serra da Estrela."

Minha mãe, vendo que Eugênio e eu deixaríamos passar aquela ocasião (a ocasião faz o ladrão e muitas "otras cositas más", dizia ela) e acabaríamos indo embora sem trocar uma palavra, tomou as rédeas da situação, mostrando a ele a cadeira vaga (onde estava a minha bolsa, como se reservasse aquela cadeira a alguém), com gesto largo e voz acima do tom (pelo barulho que reinava naquele recinto e pela nacionalidade portuguesa), chamou-o para sentar-se conosco, indicando-lhe a cadeira vaga.

Minha mãe deu o pontapé inicial e o Acaso, tomando as rédeas da situação, fez o resto: ganhamos no bingo, eu e ele. Coisas inusitadas aconteceram naquela noite: a primeira foi que eu consegui ganhar alguma coisa em um jogo, sem sorte que sou, e a segunda é que duas cartelas, em uma única mesa, bateram ao mesmo tempo. O normal, pela regra não escrita do jogo, seria irmos até o bingueiro e disputarmos o prêmio na pedra maior, mas minha mãe, vendo que o destino dormitava de novo, interveio: "Vamos todos ficar com o prêmio e amanhã o gajo almoça lá em casa."

Claro que, quanto ao almoço, foi necessário acrescentar um prato de massa à mesa, porque o frango ere pequeno e insuficiente para quatro convivas e, a respeito do vinho, bem, quanto ao vinho nada posso afiançar, porque minha mãe e eu não temos o hábito de beber, e meu pai estava proibido por recomendação médica, embora seus olhos tenham cintilado quando o rapaz conseguiu tirar a rolha da garrafa. "Eugênio enxugou a garrafa de vinho", diria meu pai, mais tarde, secundado por minha mãe, como se quisesse justificar ou desculpar o nosso convidado: "de nervoso."

um sol senhor de si
(narrador)

Eugênio e Rosa Caetana subiram ao altar dois anos, um mês e sete dias depois daquele primeiro almoço. Era o primeiro dia da primavera e, como havia chovido de manhã, aquele sábado estava realmente muito especial. A chuva que caíra de madrugada havia lavado todas as árvores da praça e suas folhas brilhavam intensamente, como se o deus Pã houvesse determinado às dríades que lustrassem uma a uma. O sol da tarde brilhava radiante, senhor de si, ciente de sua magnificência.

A cerimônia foi simples, mas tocante. Padre Soares estava especialmente inspirado naquela tarde, talvez fossem os eflúvios primaveris. Os noivos receberam as congratulações ali mesmo, ao pé da porta principal da igreja.

Os parentes e os amigos mais próximos foram para a casa do senhor Antônio, quando lhes foi servida alguma coisa para comer e beber e, depois de cortado o bolo de casamento, o casal de noivos viajou para um hotel-fazenda, não muito distante de Abadia dos Coqueiros.

um banquinho de três pernas
(Rosa Caetana)

Estávamos sempre juntos, Eugênio e eu. De segunda a sexta-feira nos encontrávamos no trabalho e ficávamos nos roçando um no outro, quando longe das vistas do patrão ou dos clientes.

Aos sábados eu não trabalhava, era dia de ajudar minha mãe em casa, lavar roupas, esses serviços adicionais que acabam sempre nas mãos das mulheres. Mas nos encontrávamos à noite, na porta da igreja. Depois de assistirmos à missa, sentávamos num banco de praça, falando amenidades e fazendo planos para o futuro como qualquer casal de namorados. Tomávamos um lanche em alguma lanchonete próxima e depois ele me levava para casa, até as dez horas, horário imposto por meu pai. Percebi pelo olhar de mamãe que ela se aborreceu um pouquinho quando ouviu a determinação de papai, mas não demonstrou esse aborrecimento com palavras. Ela sabia que papai tinha a última palavra, mas, muitas vezes, fazia as coisas do seu jeito, sem que o marido notasse que suas determinações não eram fielmente obedecidas.

Meu pai já não viajava, estava com pressão alta e diabetes descontrolada. Na estrada comia mal e dormia pouco. E perdeu a sua habilitação profissional, sua visão estava muito deficitária. Passou o velho fenemê para meu irmão, que até então trabalhava de empregado, e aquietou-se em casa, passando horas e horas sentado num banquinho de três pernas que ele mesmo fez na sua improvisada carpintaria no fundo do quintal.

Na porta da cozinha havia um pequeno patamar e, em seguida, três degraus para se chegar à área externa, e ele, meu pai João Caetano, ajeitava-se naquele primeiro espaço, com as costas apoiadas na parede, atrapalhando o caminho de quem precisasse descer ao quintal.

No dia em que me casei, meu pai me levou ao altar, só que ele também foi levado, numa cadeira de rodas. Meu pai estava quase cego e havia perdido uma perna para a diabetes.

Ele faleceu uns seis meses depois do meu casamento, sem conhecer a sua neta, que já estava a caminho.

um velho fenemê amarelo
(dona Concepta)

Quando eu soube que, naquele domingo, meu filho Eugênio iria almoçar na casa do senhor João Caetano, fiquei com os olhos verdes de ciúmes, mas, depois que os olhos voltaram ao seu moreno natural, pensei: "Quem sabe? A moça filha deles é um pouco velha, é certo, mas direita e trabalhadora." Compadre Antônio estava sempre a elogiá-la, algumas vezes até em excesso, o que me causava um leve esverdear de olhos. Mas sei que ela era moça direita, não daria liberdades ao patrão, ainda mais àquele velho lambão.

Eugênio e Rosa Caetana trabalhavam juntos, estavam sempre próximos um do outro e, se houvesse um empurrãozinho, eles se engraçariam e a natureza tomaria conta do resto. Era inevitável.

O pai da moça, sr. João Caetano, sempre foi motorista de caminhão, e sua esposa, dona Maria Rosa, uma portuguesa difícil de lidar, mas esperta como o diabo. Não eram ricos, apenas remediados, mas não passariam fome. De seu, João Caetano tinha um velho fenemê amarelo e um fusquinha azul claro que vivia mais na garagem. Só Rosa Caetana era quem dirigia esse carro, quando precisava levar a mãe na igreja ou no mercado ou no médico, gorda que só ela. Se Rosa Caetana fosse homem, ela seria motorista de caminhão feito o pai e o irmão mais novo. A casa em que eles moravam era pequena e bem simples, mas tinha um enorme quintal, pois o terreno era grande.

Quando soube que eles estavam namorando sério, ajoelhei-me diante do meu Santo Antônio (essa é a especialidade dele) e lhe pedi (acho até que implorei) que os guardasse e que os protegesse e que os levasse sãos e salvos ao altar. Eu queria muito que Eugênio arrumasse uma parceira, afinal, para o seminário ele não voltaria nunca mais mesmo. E a moça Rosa Caetana estava de bom tamanho, era uns bons anos mais velha, mas isso, pelo menos enquanto fossem jovens, não faria tanta diferença.

A cerimônia de casamento foi muito bonita. Padre Soares caprichou mesmo. Depois vieram aqui para casa para receber os convidados. Compadre Antônio providenciou muita guloseima e refrigerantes diversos, tudo comprado e adquirido na padaria do meu filho, o Eurico, que estava sendo meio dono, a metade daquele comércio era dele.

Depois o casal viajou em lua de mel, foram para um risor... resor..., um hotel-fazenda, presente de casamento dado pelo cunhado de Eugênio, o João Maria, que também era motorista de caminhão e vivia na estrada, ele e a mulher dele.

Eu pedi para o compadre Antônio emprestar a camionete dele para eles viajarem, mas ele disse que precisava dela e que, além do mais, Rosa Caetana estava acostumada a dirigir o fusquinha da família. Ela até poderia se atrapalhar com a camionete dele, muito grande. Só Rosa Caetana era quem dirigia aquele carrinho. Eugênio bem que tentou, mas nunca deu conta de aprender. Minha nora, se fosse homem, seria motorista de caminhão.

uma moça de família

(Titonho)

"E por que não?", perguntei a mim mesmo quando soube do namoro de Rosa Caetana e Eugênio. Poderia atestar todas as virtudes de minha funcionária, ela estava comigo no comércio há mais de dez anos. Embora não fosse bonita e fosse um pouco mais velha que Eugênio, estava de bom tamanho. Eugênio era um belo rapagão, moreno, um pouco mais alto que a média, tinha a beleza natural dos Esteves Ribeiro e até já recuperara a cor e a postura depois do período que passou no sítio. E, desde que passou a cultivar um vistoso bigode negro, transformou-se num legítimo Esteves Ribeiro.

Rosa Caetana era séria, não dava tento para os gracejos que os clientes porventura poderiam lhe dirigir. Quando alguém fazia uma pilhéria, do tipo "minha mãe precisava era de uma nora como a senhora, dona Rosa Caetana", ríamos juntos, o cliente e eu, mas ela fazia aquele olhar de desprezo que só as mulheres sabem fazer e pensava (acho que pensava): "Vá procurar tua turma, velho lambão." Pelo menos era isso que eu achava. Mas quando a coisa partia para a ignorância, como quando um freguês a chamava para sair depois do expediente, eu mesmo entrava em campo para defender a sua honra, antes que ela reagisse: "Dona Rosa Caetana é moça séria, de família, tem seus afazeres em casa." (Se ela não saía comigo, não sairia com outro qualquer.)

E creio que também o menino Eugênio estaria bem arranjado em se casando com Rosa Caetana. Aquela história de seminário era um caminho perdido, sem volta, e homem só toma tento quando assume responsabilidades, seja de alfaia ou de saia.

Seu irmão Eurico, meu afilhado, já se estabeleceu. São sócios da padaria, ele e o seu Petrônio, porque esse pegou dinheiro emprestado com ele e não pagou. Agora a padaria é dos dois, meio a meio. E todos sabem, só seu Petrônio é que não sabe e nem desconfia, que é só questão de tempo, aquele comércio vai parar nas mãos do Eurico, sem choro, sem lágrimas, cem por cento.

Bem, se o senhor Petrônio quiser chorar, que chore, e bastante. Tenho um bom sortimento de lenços para vender no meu armarinho. Como diz o velho e sábio ditado: "há os que choram e há os que vendem lenços".

uma nuvem de bênçãos
(Rosa Caetana)

Eugênio e eu assumimos oficialmente o namoro três domingos depois daquele em que ele esteve, pela primeira vez, na minha casa para almoçar com a minha família. Exigi as formalidades a que tenho direito: almoço em família e, antes da sobremesa, o pedido formal a meu pai, tudo dentro dos regulamentos, em que ele manifestaria o interesse na minha pessoa, expressando as retas intenções de levar-me ao altar. Após a concessão de papai, ele colocaria um anel de compromisso na minha mão direita e poderíamos então saborear a sobremesa, e seria uma torta de banana que eu mesma faria e que ele tanto aprecia. Minha mãe, emocionada e com os olhos chorosos, abraçaria o genro e lhe diria: "Perdi uma filha, mas ganhei um filho." E eu diria a ela: "Que isso, mamãe, a senhora não vai me perder, estarei sempre a seu lado." Assim se pensou, assim se fez e, pouco mais de dois anos depois, casamo-nos.

Talvez dois anos de namoro e noivado tenham sido pouco, mas foi necessário marcarmos a data do enlace. Meu pai não estava nada bem. A diabetes e a pressão alta estavam fora de controle, além da obesidade quase mórbida. E ele queria levar-me ao altar, era seu dever de pai.

Não tínhamos casa própria, e meu enxoval andava pela metade, mas isso se resolveu rapidamente: moraríamos com meus pais. O antigo quarto de meu irmão, que era maior que o meu, seria nosso a partir do casamento e, com o tempo, poderíamos aprontar nosso próprio lar, com calma e sabedoria.

Casamo-nos numa tarde de sábado, dia de primavera. Embora tivesse chovido de manhã, fazia muito calor na hora do casamento e grandes nuvens perambulavam pelos céus, ameaçando fortes chuvas. "Chuva em dia de casamento é bom sinal", dissera minha mãe, "Deus estaria abençoando e prometendo frutos para aquela união", justificou.

Mas, logo após o casamento, durante a recepção na casa do senhor Antônio, houve uma grande ventania (minha mãe correu para acender uma vela a Santa Bárbara), e aquele vendaval levou embora as nuvens e, com elas, as tão almejadas bênçãos divinas.

Tivemos uma rápida lua de mel num hotel-fazenda, não muito longe de Abadia dos Coqueiros, presente de meus padrinhos de casamento, João Maria e minha cunhada.

uma lágrima de viúvo
(narrador)

No período de dois anos e pouco em que namoraram e noivaram o jovem Eugênio e a moça Rosa Caetana, alguns eventos singulares aconteceram e precisam ser contados.

Primeiramente, morreu a dona Amália.

Na manhã que tal fato se deu, dona Concepta se levantou mais tarde que o habitual, acostumada em despertar logo cedo com os grunhidos emitidos pela sua comadre. Atrasada que estava, correu à cozinha para tomar café e providenciar alguma coisa para o almoço, deixando a passada de olhos no quartinho de costura para depois. É certo que estranhou o silêncio, pensou em colocar um pé na porta para averiguar, mas lembrou-se de que precisava tirar a carne do freezer, senão ela não estaria descongelada até a hora do almoço. Depois de colocar a carne numa vasilha com água, tomar café (de novo) e lavar a louça utilizada por ela e pelo senhor Antônio, que já havia saído para o trabalho, é que ela se dirigiu ao quartinho de despejo, onde jazia, mortinha da silva, a senhora dona Amália Maria Pereira Esteves Ribeiro.

Com a morte de dona Amália, veio àquela casa uma paz e um sossego até então inimagináveis para seus poucos habitantes. Dona Concepta foi quem mais lucrou. Assim que saiu o corpo em direção à morada eterna, ela retirou do quartinho tudo que de alguma forma pudesse lembrar a defunta: cama, colchão, lençóis, as poucas roupas que lhe ainda restavam, remédios. Carregando ou arrastando, levou tudo para o quintal e ateou fogo, sapecando, inclusive, muitas folhas da mangueira. Quando viu as folhas retorcidas pelo calor do fogo, pensou: "Não tem importância, renovam-se pela primavera."

O senhor Antônio também não ficou no prejuízo, pôde enfim chorar as lágrimas de viúvo que há muito estavam entaladas em suas pálpebras, receber os sentimentos de praxe e, compungido, exibir uma faixa preta na manga da camisa.

Para Eugênio, a bem da verdade, não fez diferença alguma a morte de sua tia Amália. Estava fora praticamente o dia todo e, à noite, ia à casa do senhor João Caetano fazer a corte à filha.

A menina Euvira se casou com aquele rapaz "boa bisca, com tatuagens e brinco na orelha", como dizia Titonho. De Abadia dos Coqueiros, somente o pai e a tia, dona Concepta, compareceram à cerimônia. O ato foi realizado apenas no cartório da cidade onde moravam. Eugênio não foi, ficou encarregado de, junto a Rosa Caetana, cuidar da loja "O Barateiro".

Menos de seis meses depois nasceram dois moleques grandes e rosados, Dário e Darío, gêmeos, filhos de Euvirinha. Ela casara já grávida, e o pai justificava aos mexeriqueiros de plantão que iam à loja com a desculpa de apresentar os parabéns pelo status de avô recém-adquirido: "São as modernidades do mundo de hoje."

um pedaço de si para trás
(Rosa Caetana)

Eugênio e eu nos encontrávamos todos os dias, não só no trabalho como em casa, à noite. Nesses dias de semana, ficávamos vendo televisão e fazendo planos, alguns mirabolantes, outros extravagantes, próprios de um casal enamorado.

Minha mãe, com a velha desculpa de que estava cansada e precisava dormir, tirava meu pai da sala (mesmo nas noites que tinha jogo de futebol) e o levava para o quarto, deixando-nos a sós na sala, com a televisão ligada e o som um pouco mais alto que o usual. Felizmente, Eugênio não ligava para jogo de bola (só na copa do mundo), e isso era para mim uma grande qualidade, pois via meu pai sofrer quando o time dele perdia, como se ele próprio tivesse perdido alguma coisa.

Então, ficávamos nós dois a sós na sala.

Mas, por Deus, não vou entrar em detalhes sobre o que fazíamos ou deixávamos de fazer na sala, à noite, quando estávamos a sós, sentados no sofá. Não conto e não digo, nem sob tortura, nem que me atirem na fogueira santa.

Só o que vou dizer é que me casei de branco, de véu, grinalda e flor de laranjeira, tão pura quanto no dia em que nasci.

Aos sábados, deixávamos nossas casas para namorarmos na praça. Primeiro assistíamos à missa e depois entrávamos naquela dança que, creio, exista em toda pequena cidade do interior, que consistia em caminhar da igreja até o coreto e do coreto à fonte luminosa e dali voltar à igreja. Claro que esse trajeto é diferente, variando em cada cidade, mas todos partem da igreja matriz e, se há alguma fonte luminosa, essa faz anos que não funciona. Em Abadia dos Coqueiros era assim. Depois de gastar algum tempo nesse entretenimento, dirigíamo-nos à lanchonete "O Rei da Massa" para saborearmos um lanche ou comermos uma pizza. Quase sempre, na hora de irmos embora (às dez horas da noite, exigência de meu pai), passávamos na Sorveteria "Abaixo de Zero".

Quanto ao horário imposto por meu pai, devo dizer que o cumpríamos razoavelmente bem, exceto em dias de festa na praça da cidade ou quando havia um aniversário de alguma amiga para ir e, mesmo nesses dias, não tínhamos que prestar contas a ninguém, porque meus pais já dormiam a sono solto.

Aos domingos, depois do almoço (Eugênio sempre almoçava com a gente aos domingos), dávamos um passeio pelos arredores da cidade no fusquinha de meu pai. Era eu quem guiava o carro. Íamos para a beira do Rio dos Coqueiros, ficávamos horas debaixo da velha castanheira perto da ponte que ligava a cidade ao bairro onde ele morou em sua infância. Minha mãe sempre fazia um pequeno farnel para saborearmos à tarde e não voltarmos, famintos, muito cedo para casa.

Por muitas vezes tentei instrui-lo no manejo da direção, dos pedais e da caixa de câmbio. Embora cheia de paciência e tomada de boa vontade, foi-me absolutamente impossível. Trocava as mãos na hora de mudar as marchas, e os pés na hora de acionar os pedais.

Eu achava aquela inabilidade de Eugênio um absurdo, porque dirigi muitas vezes, quando era mocinha, o caminhão FNM de meu pai, fazendo, com maestria, a troca de marcha cruzada, porque o câmbio daquele veículo tem duas alavancas, sendo necessário o uso das duas mãos para engatar a marcha correta.

Tentei forçá-lo a dirigir, mas naquela vez que ele deixou o carro morrer em todas as esquinas até chegarmos em casa, acabei por não mais insistir, e ele também nunca mostrou interesse. E, como eu amava dirigir, a coisa ficou por isso mesmo.

Meu pai padecia seus males. Parou de viajar e entregou seu velho fenemê a meu irmão. Casado, viviam ele e minha cunhada, para cima e para baixo, cortando o estradão, como dizem os que são do ramo. Moram na boleia do caminhão e não querem filhos. Motorista profissional, se tem família, quando viaja, deixa um pedaço de si para trás, e isso não presta, dizem. Condutor que deixa o coração em casa e sai para trabalhar, só pensa em retornar, e isso é o motivo de tantos acidentes nas estradas, filosofam. Motorista bom é aquele que não tem pressa nem lugar algum para chegar, concluem.

Meu pai viveu sua vida profissional toda na estrada, por isso sua permanência em casa o deixava angustiado e irritado. A irritação o fazia ser grosseiro comigo e com mamãe, e a angústia o fazia alimentar-se mais do que exigia seu estômago. Começou a comer muito além do necessário e a engordar além do razoável. Zangado, deixava de tomar seus remédios para controle da pressão arterial e do açúcar no sangue.

Um dia, mexendo na pequena carpintaria que tem no quintal de casa, deixou despencar sobre o dedão do pé o martelo com o qual tentava consertar uma cadeira. Primeiro caiu a unha e se fez uma ferida. A ferida não cicatrizou e só fez aumentar. Foi necessário tirar o dedão do pé e, depois, o próprio pé, e terminaram por decepar sua perna até a altura do joelho. Pesado, já não conseguia andar, e seu peso só fez aumentar.

Entramos juntos no altar, eu e ele. Ele, na cadeira de rodas.

Meu pai morreu no mês de abril, em uma data que nunca mais esquecerei, sete meses depois do meu casamento.

um costume preservado
(Maria Rosa)

Enquanto foi vivo, meu marido se deu muito bem com o meu genro. Acho que ele encontrou em Eugênio o filho ausente. Primeiramente, a ausência foi dele mesmo, como marido e como pai, sempre na estrada em busca do sustento da família. João Caetano não viu o crescimento de seus filhos. Eu os criei sozinha, na luta diária de acordá-los cedo, mandá-los para a escola, preparar o almoço, corrigir suas tarefas e chamar-lhes a atenção, quando era necessário.

Aos domingos, enquanto esperavam pelo almoço, Eugênio e João Caetano ficavam ao pé da escada que ligava a cozinha ao quintal. Meu marido sentado em seu banquinho de três pernas, sendo que uma delas era pelo menos dez centímetros mais curta que as outras duas. E isso ele fizera de propósito, porque essa perna menor fazia com que o banquinho ficasse meio inclinado para o ponto de apoio. Assim, João Caetano acomodava melhor suas costas à parede que o amparava.

Eugênio, sentado no segundo degrau da escada (eram apenas três), ouvia com paciência e interesse as histórias do futuro sogro. E eram muitas, infinitas quase.

Na cozinha, Rosa Caetana e eu nos desdobrávamos para aprontar o almoço e a sobremesa. Ainda bem que meu genro não era de luxos, nunca foi. Antes de ir para o seminário, dava graças a Deus quando havia pelo menos um pão amanhecido para roer e sossegar as lombrigas. Depois que foi estudar para padre, a comida era quentinha e bem temperada, mas não em quantidade suficiente para apaziguar o estômago de um jovem em crescimento, pelo menos era o que ele contava. Comida sem variedade alguma, arroz, feijão, carne moída e ovo frito. Só aos domingos e dias santos é que comiam um frango ou um bife de boi. E quando morou no sítio, então? Nem por isso deixávamos de caprichar no almoço de domingo, e ele almoçava bem. Também nunca deixamos faltar uma garrafa de vinho, que era sorvida por inteiro, mesmo que ele demonstrasse estar bem à vontade.

João Caetano, sentado à porta da cozinha em seu banquinho capenga, às vezes cochilava, às vezes filosofava. Ele mesmo dizia ao genro que era mais filósofo que ele, tendo em vista que sua sabedoria nascera nas estradas, e era das longas viagens solitárias que empreendia pelo país afora que tirava suas conclusões. Seu modo de ver a vida não nasceu nos bancos de escola, mas sim no banco do FNM, subindo lentamente nossas íngremes estradas, observando os rios, as matas, os pássaros.

Eu sabia de cor e salteado a sua filosofia, por isso achei interessante que houvesse ouvidos novos para o escutar, e João Caetano até remoçava quando alguém se dispunha a dar-lhe atenção.

E João Caetano despejava suas teorias.

Uma delas, que ouvi centenas de vezes, era que o homem, em seus primórdios, aprendeu a dormir recostado numa árvore, assim como ele estava, com o dorso amparado pela parede. Era preciso ter um apoio para o descanso e uma alternativa para escapar de eventuais perigos que poderiam aparecer a qualquer momento, sem aviso prévio, e a árvore atendia a essas duas necessidades. "A cama foi uma péssima invenção", ele dizia. "Você já reparou que não existe posição alguma que preste quando se deita numa cama? Você vira, rola e não acha nada que se encaixe. De um jeito, doem os braços, de outro, as pernas e, de outro modo, os rins. O homem foi feito para dormir sentado, apenas recostado, assim como eu estou, e pronto para fugir ao primeiro sinal de perigo."

João Caetano não era homem culto, mas muito atento e bom ouvinte. Ele passava horas atrás do volante, viajante solitário, onde nasciam suas observações e suas longas reflexões.

Eu tenho apego à minha religião e ao catecismo da minha igreja. Como portuguesa legítima (vim para este país quando tinha catorze anos de idade), não aceitava e não aceito outras interpretações dos ensinamentos bíblicos sob receio de estar cometendo uma heresia. Nós, os portugueses, somos muito tradicionais, gostamos de conservar aquilo que recebemos de nossos pais, graças a Deus. Mas os brasileiros são muito dispersos nesses assuntos. Acham que podem entender das coisas de Deus a seu modo e não temem o fogo do inferno. Uns porque não acreditam Nele, outros porque pensam que Deus, por ser bom, os salvará. Sim, Deus é bom, mas é preciso não se esquecer que Ele também é justo.

Quando minha família partiu de Portugal para cá, trouxe uma imagem pequenina de São Benedito. Minha mãe contava a todos que se dispusessem a ouvi-la que minha avó trouxera aquela imagem no bolso de seu avental, muito bem embrulhada em papéis e envolta num pequeno tecido, tão grande era o receio de que ela se quebrasse ou se perdesse na viagem. Eu estava naquela viagem, claro, mas não me lembro de muita coisa, eu vim chorando o tempo todo. Veio também uma pequena xícara, uma legítima cerâmica portuguesa, com uma linda estampa da nossa região. Costume nosso que os brasileiros não têm: todos os dias, o primeiro a tomar o café da manhã é o São Benedito, servido nessa xicarazinha. A imagem do santo fica sempre na cozinha, porque ele é o padroeiro dos cozinheiros. É um modo de angariar a simpatia do santo e, assim, nunca faltará o que comer em nossa casa. Um bom costume, que eu fiz questão de preservar e de instruir minha filha na sua continuidade. E, para que essa devoção não termine nunca, sonho diariamente com a chegada de uma neta.

uma teoria muito simples
(Rosa Caetana)

Meu pai meio que alugava os ouvidos de meu noivo. Os olhos de Eugênio estavam sempre em mim, descabelada, atarefada na cozinha, mas os ouvidos eram de papai.

Ele tinha umas teorias muito simplistas acerca da vida e da morte. Falava que a invenção da cama fora desnecessária e prejudicial ao ser humano, bastava uma parede, um muro, um tronco de árvore para se recostar e dormir. Inclusive, fez um banquinho com uma perna menor só para se apoiar melhor na parede. Meu pai gostava de dizer que a roda já fora inventada, nada mais seria necessário, qualquer invenção depois da roda ou era inútil ou perda de tempo.

Dizia que a vida era muito simples e, para ser feliz, não precisávamos de muita coisa. Nesse ponto apresentava a sua receita da felicidade, que consistia nesta frase: "Guarde para si o mal que recebeu, passe adiante o bem que lhe fizeram." Como já disse, ele tinha uma visão muito simplista da vida.

Como o almoço de domingo é sempre mais demorado, a conversa se estendia por longo tempo, e aí entrava o assunto inevitável: Deus.

Quando ele queria falar de um assunto sério, dirigia-se a Eugênio e o chamava por "meu rapaz". Sabíamos que lá vinha à baila Deus ou a vida eterna ou a morte.

Como eu já conhecia suas teorias e não queria queimar o assado que estava no forno, não lhe dava muita atenção, mas o ouvia de vez em quando.

"Meu rapaz, depois que morremos, vamos parar em um lugar que não é nem o céu, nem o inferno. Chame-o como quiser: limbo, saguão, sala de espera, tanto

faz. Ali ficamos sem ter para onde ir porque a nossa sorte ainda não está determinada. É preciso que nosso destino seja decidido, e essa decisão não está nas mãos do Supremo Julgador (felizmente, porque Ele parece ser muito severo, pelo menos é o que concluímos, principalmente quando lemos o Antigo Testamento). Essa decisão vem daqui, da terra, e quem dará o veredito final será uma pessoa, não da família ou um amigo próximo, mas alguém que mal conhecemos e, é bem provável, que sequer sejamos capazes de lembrar desse 'salvador'."

Mas meu pai gostava de fazer suspense, deixava de concluir o assunto, fingindo que cochilava. Depois de alguns minutos, abria os olhos e falava:

"Meu rapaz, lá em cima só tem duas portas e, de onde nos encontramos, não podemos vê-las. Mas isso não traz nenhuma angústia à nossa alma. Felizmente, lá não tem relógio e o tempo não passa. A terceira porta, a do purgatório, não existe, simplesmente porque não existe essa opção. Essa alternativa foi uma sábia invenção dos papas, só isso. Você não estudou o final dos tempos, não é? Não fez nenhum estudo de Teologia, eu sei. Mas, veja bem, o livro sagrado não faz referência nenhuma ao purgatório, é só direita e esquerda, quente e frio, não tem saída para o ambidestro nem para o morno. Esse meio termo foi criado para acolher os (muitos) pecadores (muito) endinheirados. Afinal, o Vaticano precisava de subsídios para suas construções faraônicas, suas grandiosas igrejas e os suntuosos palacetes papais. A salvação não poderia ser prometida àqueles ricos pecadores e, se a igreja os condenasse (como de direito e merecido) ao fogo eterno do inferno, as contribuições desapareceriam. Solução simples e eficaz: o purgatório. Os padres diziam para os ricos pecadores: "Vocês não podem ir direto para o céu, porque promovem a guerra, mandam decapitar seus inimigos, exploram os humildes, passam por cima das mulheres como se fossem apenas um objeto. Mas fiquem tranquilos, vocês não vão direto para o inferno, porque contribuem com as nossas nobres causas e nossas intermináveis obras e, quanto mais dinheiro despejarem nos cofres da igreja, mais rápido escaparão do fogo do purgatório, que é bem brando, a gente quase nem sente."

E, depois dessa revelação, dava uma deliciosa gargalhada, enquanto minha mãe, apreensiva, fazia o em-nome-do-pai.

um escapamento furado
(Maria Rosa)

Ah, meu pobre João Caetano, espero que Deus lhe tenha reservado um bom (e merecido) lugar. Era um bom homem, bom marido e bom pai. Claro que poderia ser mais presente, mas a profissão dele era aquela e não tinha mesmo como ficar em casa, ajudando-me na criação dos filhos. Também, se ele não fosse motorista de caminhão, eu nem o teria conhecido. Meu pai tinha uma oficina mecânica de beira de estrada, que era também lava a jato, borracharia e depósito de ferro velho.

Um dia ele parou na oficina de meu pai para um reparo no caminhão. Era o escapamento que estava furado, e João Caetano queria trocá-lo, ele se recusava a dirigir sem ouvir o roncado gostoso, na opinião dele, daquela peça, que, ele dizia, parecia um ronronar de uma onça selvagem.

Ele tinha um pouco mais de idade que eu, afinal, eu tinha só dezesseis anos, e ele já era motorista profissional. Ele me viu sentada no alpendre de casa, que era colado à oficina de papai, e viu ali uma moça jovem e razoavelmente bonita, principalmente se não vista de muito perto. Eu vi nele um aventureiro, sem pouso certo, sem rumo definido, e aquilo me encantou. E ainda mais, fazia apenas dois anos que estava morando nesse país e eu andava meio perdida, muito macambúzia (essa palavra aprendi aqui no Brasil), com imensa saudade dos passeios na Praça do Pelourinho e das missas que eu assistia na Igreja de Santa Maria Maior, lindo templo revestido de azulejos azuis e brancos. Para dizer toda a verdade, eu ainda andava meio chorosa pelos cantos da casa. Só engoli definitivamente minhas lágrimas quando o motorista do fenemê se aproximou de mim para me dizer que meu pai lhe havia concedido cinco minutos para trocar meia dúzia de palavras comigo.

João Caetano não era um príncipe encantado montado em seu cavalo branco, mas era o melhor que se podia arranjar naqueles tempos tristes e sombrios.

Todas as vezes que passava pela minha cidade (que fica bem longe de Abadia dos Coqueiros, cidade de que eu nunca ouvira falar até então), João Caetano parava na oficina de papai. Nas primeiras vezes tinha uma desculpa, como um pneu que necessitava ser calibrado ou o óleo do motor que precisava ser trocado. Depois deixou de apresentar desculpas e me pediu em namoro.

O resultado de um escapamento furado foi que vim morar em Abadia dos Coqueiros e tive dois filhos: Rosa Caetana e João Maria.

Rosa Caetana e Eugênio já estavam de namoro firme há mais de ano, e nada de agendarem a data. E eu, meio angustiada, porque queria um neto de toda forma (de preferência uma neta para continuar com a histórica devoção da família de fornecer cafezinho ao santo cozinheiro e menino-homem não liga muito para essas coisas), e o tempo é meio impaciente, não sabe esperar. O tempo perguntou pro tempo qual é o tempo que o tempo tem. O tempo respondeu pro tempo que não tem tempo pra dizer pro tempo que o tempo do tempo é o tempo que o tempo tem. A verdade é que o meu tempo estava se esvaindo pelos dedos das mãos, como quando queremos segurar um punhado de areia na praia.

Meu marido já não mais viajava e ficava nos aborrecendo, a mim e à minha filha, com seus achaques e chiliques. Nunca pensei que diria isso, mas comecei a ficar com saudade do tempo em que ele ficava quinze, vinte dias longe de casa.

Nosso sossego era aos domingos, quando Eugênio o escutava, e meu marido se esquecia um pouco de suas dores. Eugênio o ouvia com paciência e, às vezes, ainda lhe fazia algumas perguntas.

"Meu sogro, e aquelas almas que estão no limbo, o que é feito delas? Afinal, elas esperam o quê?"

"Meu jovem, elas estão à espera de uma lágrima!"

um bando de abutres
(Rosa Caetana)

Sabíamos que papai não iria durar muito, por isso fomos à casa paroquial e marcamos nosso casamento.

Eugênio e eu chegamos à conclusão de que, pelo menos nos primeiros meses, deveríamos morar juntos na casa de papai e mamãe. Com isso, estaríamos resolvendo, de imediato, dois problemas: casa para morar e dinheiro para mobiliá-la.

Eu já havia dado início ao nosso enxoval, comprando n'O Barateiro' algumas coisas úteis, como roupas de cama e de banho. Não precisávamos de muito, só o nosso amor bastava.

Meus pais ficaram radiantes com a notícia. Meu pai disse, na manhã seguinte ao anúncio da data do casório, que sonhara que me conduzia ao altar, todo garboso, com o caminhar sereno e tranquilo, sem pressa de chegar aos pés do altar, porque desejava prolongar seus últimos minutos ao lado de sua filha, sua querida e amada filha, porque depois que ele a entregasse ao genro, que esperava ansiosamente pelo fim da marcha nupcial, ela nunca mais seria a filhinha do papai, mas a esposa de Eugênio. Eu fiquei muito feliz em saber que, mesmo em sonho, meu futuro marido me esperava ansiosamente ao pé do altar.

Minha mãe, para não ficar atrás, também disse que havia sonhado com um lindo e rosado bebê. E que era uma criança bonita e grande, que tinha uma risca longitudinal dividindo-a em dois, e que o lado direito era a cara da mãe, e o outro, o esquerdo, a cara do pai. E que, inclusive, desse lado esquerdo, tinha um bigode muito vistoso. Mas que isso não tinha importância, o que valia era que era um menino forte e saudável.

Rimos todos do relato de mamãe, e nunca ficamos sabendo se foi realmente um sonho ou invencionice dela.

Mas meu pai não entrou garboso e faceiro como ele desejava.

Mesmo sendo conduzido por um amigo da família em uma cadeira de rodas, ele estava muito elegante em seu terno de poliéster alugado.

Poucas horas antes de morrer, ele pediu que saíssemos todos do quarto ("bando de abutres", ele disse, tentando fazer chacota) e que apenas Eugênio ficasse. Olhamos assustados uns para os outros — meu irmão João Maria e minha cunhada tinham chegado há pouco — porque pensávamos que ele desejaria a presença de mamãe quando desse o último suspiro de vida.

Ele tinha algumas coisas para dizer a Eugênio. Primeiro, recomendou, à minha pessoa e à nossa filha, os melhores cuidados e atenção que ele, Eugênio, pudesse despender. Pediu ainda que zelasse pela viúva, que, tendo vivido tantos anos ao lado dele, teria alguma dificuldade em prosseguir sozinha. "E, quanto a você, procure fazer o bem sempre que possível e, quando não puder fazê-lo, não faça o mal, nem prejudique ninguém."

Meu pai, antes que nos chamasse de volta ao quarto, concluiu suas admoestações a Eugênio: "Lembre-se de que o certo nunca será errado e o errado nunca será certo".

Eugênio pretendia alguns esclarecimentos, mas meu pai o interrompeu, pediu a ele que chamasse todos de volta e, depois que entramos no quarto, ele pegou a mão direita de mamãe e, colocando ambas as mãos, a dele e de sua esposa, sobre a minha barriga, já um tanto saliente pelos meus sete meses de gestação, disse, antes do último respiro: "Sim, a vida é boa."

uma fila na porta do céu
(padre Soares)

Eu estava no meu momento de descanso quando o telefone da casa paroquial tocou (eu tencionava fazer uma oração a São Pedro). Era a dona Maria Rosa que me convocava para comparecer ao hospital para dar a unção dos enfermos a seu marido, seu João Caetano. Fiquei um tanto quanto aborrecido e, sinceramente, pensei em não ir. Dito desse modo, parece uma afronta aos mais sadios costumes da nossa igreja, tão antigo quanto o cristianismo. O apóstolo São Tiago já dizia: "Está alguém enfermo? Chame os sacerdotes da Igreja, e estes façam oração sobre ele, ungindo-o com óleo em nome do Senhor"[5]

Mas eu tinha uma razão simples (e forte) para querer negar o sacramento àquele doente: enquanto gozava de boa saúde, João Caetano nunca procurou pelos sacramentos da Penitência e da Eucaristia. Sei que ele viajava muito e pouco aparecia

---

[5]   Tiago, 5.13-15.

na cidade, mas via, muitas vezes, seu velho fenemê estacionado na porta de casa e, mesmo sendo dia de domingo ou dia santo, ele não aparecia na igreja.

Entretanto, dois outros motivos me levaram ao hospital.

O primeiro era pela família dele. Afinal, Maria Rosa e Rosa Caetana eram assíduas às celebrações e à Mesa da Eucaristia. Não poderia, de modo algum, decepcioná-las e me ausentar nesse momento de dor e sofrimento.

E o segundo motivo era a curiosidade (é ela, a curiosidade, a melhor cura para o tédio). Sim, eu sabia que aquele motorista profissional andava espalhando uma nova teoria e pelo pouco que dela sabia, me parecia meio subversiva ou comunista, não sei bem.

No seu leito de morte, João Caetano me explicou suas conjecturas.

Disse-me ele que Deus abdicou da função de julgar as almas, para salvá-las ou condená-las, afinal de contas, são quase cem mil mortes por dia, no mundo todo. E Deus, mesmo com a ajuda de São Pedro, não daria conta de analisar tantos currículos e, imagina, o tamanho da fila que se formaria na porta do céu.

Eu ouvia aquilo e pensava: "Deve ser o delírio da morte que se aproxima"

Ele disse mais: "o que salva as almas são as lágrimas que se derramam, aqui na Terra, em memória das pessoas que partiram, e isso independe do julgamento de Deus ou de seu fiel escudeiro, São Pedro. Depois que ocorre a morte terrena, a alma fica estagnada em algum ponto qualquer, que pode ser chamado de sala de espera. Ali, independentemente do tempo que transcorra aqui na terra, aquela alma terá o seu destino selado depois, e somente depois, que uma pessoa, que não seja membro da família, nem amigo próximo, derramar uma lágrima em memória do falecido. Essa lágrima deve ser um sinal inequívoco de gratidão por algo que foi feito aqui na terra, sem segundas intenções, e que não tenha recebido a devida paga em vida. Essa lágrima pode ser por um momento feliz que juntos vivenciaram ou, ainda, por terem passado períodos de dificuldades e sobrevivido com honra e altivez. Mesmo que seja apenas uma, essa lágrima terá o condão de salvar aquela alma que estará aguardando o desenlace de seu destino."

Nesse momento, lembrei-me de Rosa Caetana que dizia: "a teoria de papai é muito simplista e é necessário, evidentemente, de muito mais para se alcançar a glória eterna".

Enquanto o senhor João Caetano silenciava e parecia que dormitava, pensei que era chegada a hora dele pedir perdão por essas ideais nefastas que andava espalhando, sem conhecimento de causa e sem autoridade alguma para fazê-lo.

Mas ele não pediu perdão coisa nenhuma, nem se mostrou arrependido. Apenas concluiu seu pensamento, fazendo grande esforço para falar: "É essa a minha mensagem final: Faça o bem a terceiros ou desconhecidos sem esperar (nem desejar) nada em troca para que, quando esse terceiro ou desconhecido souber de sua passagem, derrame, com real sentimento, ao menos uma lágrima. E essa lágrima pode vir à terra no mesmo dia do falecimento ou depois de dois meses ou cinco anos, e até mesmo antes de nossa morte, quando ainda estamos nessa travessia. Isso é indiferente, considerando que na sala de espera não há nenhuma noção de tempo. Só este momento, o presente. Uma lágrima sincera derramada ainda em vida pode vir à baila, em momento oportuno, para salvar aquela alma que aguarda o julgamento."

Ele se calou definitivamente, como alguém que deu por encerrada sua missão aqui na Terra.

Fiz os procedimentos de praxe: coloquei em sua mão uma vela acesa para indicar à sua alma o melhor caminho, apliquei em sua testa o óleo santo, fiz a oração das exéquias: "Senhor nosso Deus, Criador e Redentor de todos os fiéis, concedei às almas dos vossos servos e servas o perdão dos seus pecados, de modo que, pelas nossas humildes súplicas, alcancem a indulgência que sempre desejaram. Por Cristo, nosso Senhor."

Esperei que ele respondesse: "Amém", mas ele se manteve em profundo silêncio.

Voltei para casa pensando: "Fiz minha parte, agora é com Deus"!

uma panela de sopa de caldo verde
(narrador)

Logo após o casamento dos jovens nubentes, todos foram para a casa de Titonho saborear uns petiscos e tomar um refrigerante. Tão logo partiram o bolo de casamento, os pombinhos viajaram para um hotel-fazenda, com as diárias pagas pelos padrinhos da noiva, seu irmão e sua cunhada.

Eles viajaram no fusquinha da família, sempre dirigido pelas mãos hábeis de Rosa Caetana. Eugênio bem que tentara pegar as manhas, mas sem controle do veículo e de seus nervos, deixou a tarefa de lado. E, depois, pensara Eugênio, não faria falta, já que sua esposa dirigia muito bem, tendo, inclusive, guiado o caminhão FNM do pai.

Chegaram tarde ao hotel. Ainda meio ressabiados e um pouco envergonhados um do outro, tomaram seus banhos (ela de porta fechada, como convém a uma moça donzela) e foram para o restaurante, onde lhes seria servida uma taça de vinho e uma sopa leve, face ao adiantado da hora.

Era um hotel simples, formado pela casa central, onde funcionava a gerência e o restaurante, e espalhados em derredor do prédio central, vários chalés, todos muito confortáveis e distantes um do outro, como bem convinha aos hóspedes daquele empreendimento: a maioria eram casais em lua de mel.

O casal proprietário era oriundo da capital e que vira ali um nicho bom a ser explorado. Não havia hotéis-fazenda na região, o lugar era deslumbrante e havia mão de obra barata, já que o estabelecimento ficava próximo ao Distrito de Goiabal, local sem muito futuro e com poucas perspectivas de trabalho, muito agravado com a extinção do transporte ferroviário.

Sua força de trabalho consistia de duas pessoas: uma senhora e um rapaz, mãe e filho. A mãe era faxineira, arrumadeira, cozinheira, lavadeira. O filho cuidava de uma horta, onde eram colhidos pés de alface e outras leguminosas, e de um pomar, de onde se colhiam frutas diversas. Na hora das refeições, fazia o papel de ajudante de cozinha e de garçom.

Naquela noite (uma fatídica noite, como veremos), o movimento no hotel estava fraco, e os poucos pares lá hospedados já haviam se recolhido, restando apenas os dois pombinhos para jantar.

O garçom, a quem chamaremos de Teodoro, porque ignoramos seu nome (ao que se pôde apurar, mudou de nome e ganhou o mundo, tomando rumo ignorado depois desse incidente), serviu-lhes a taça de vinho, sem saber muito bem de que lado deveria chegar aos comensais. A um chegou pela direita e, a outro, pela esquerda. Os jovens casados sequer repararam nisso, pois apenas olhavam um para o outro, além do quê, não estavam habituados a serem servidos. Rosa Caetana resolveu tomar sua taça de vinho. "É bom para relaxar", instruíra sua mãe.

O garçom, nosso amigo Teodoro, de calça preta, camisa branca e nos pés um par de botinas sujas de terra, porque eram as mesmas que usava na sua lida diária, segurando uma toalhinha branca, ora no braço esquerdo, ora no direito, estava ali, esperando o momento de servir o prato principal, uma deliciosa sopa "caldo verde com couve, especialidade da casa". O casal saboreava o vinho, e o garçom abria a boca, não sabemos se de cansaço ou de tédio, ou os dois juntos e misturados, afinal, trabalhara o dia todo no quintal e logo mais iria se deitar, sozinho, em sua cama, no rancho em que morava com sua mãe.

O caldeirão estava no fogão a lenha, na cozinha, fogo aceso para não esfriar o caldo verde com couve.

Degustado finalmente o vinho, Teodoro retirou as taças, trouxe o serviço próprio para se tomar uma sopa: pratos fundos e colheres.

Foi à cozinha e voltou trazendo a panela de sopa, envolta em muitos panos porque, realmente, estava pelando de quente.

Chegando próximo à mesa do casal, na dúvida se deveria servir primeiro o cavalheiro ou a dama, acabou tropeçando um bico da botina no calcanhar do outro pé e despejou a especialidade da casa no colo do pobre rapaz.

Como é do conhecimento público, os nossos bons e honestos trabalhadores rurais têm o saudável hábito de comprar suas botinas sempre com a numeração acima daquela que realmente lhes serve. É a sabedoria simples e rústica dessa gente, primeiro para que a botina não lhes aperte o pé nem lhes maltrate o calo e, em segundo, se o pé resolve crescer um "bocadito más", não teremos novos problemas nem novas despesas, há espaço para mais uma espichadinha.

A sorte do jovem noivo Eugênio é que havia, na pousada, naquele final de semana, um jovem casal de médicos, também em lua de mel. Acordados às pressas, os jovens doutores tiraram de suas maletas um unguento que, mesmo sendo de amostra grátis, foi de grande valia para o nosso bravo mancebo.

um amante de primeira grandeza
(Titonho)

A viagem de lua de mel dos meus dois funcionários me pareceu ter sido um sucesso. É certo que retornaram um ou dois dias antes do combinado, mas alegaram que deixaram em haver esses dias e mais outros tantos que ganharam de cortesia do proprietário. Eu até pensei, na ocasião, que esses comerciantes de fora sabem investir em propaganda, esse tipo de coisa (pague um e leve dois) é excelente para os negócios. Pensei se seria possível fazer algo parecido, tipo: "pague três, leve dois".

Eu disse que a viagem parecia ter sido um sucesso porque Eugênio sequer foi trabalhar no dia seguinte ao retorno. Rosa Caetana se fez presente, mas com profundas olheiras e algumas manchas no pescoço e com o olhar de quem estava muito cansada e que dormira pouco. Claro, todos entenderam o motivo e, alguns, até davam um sorrisinho maroto, carregado de malícia. Todos, vendo o aspecto esgotado de Rosa Caetano, pensaram: o rapaz deve se encontrar em pior estado, tanto que sequer veio assinar o ponto.

Com esses maus pensamentos na cabeça, foram todos, na manhã seguinte, à porta da casa de seu João Caetano para ver se o moço iria trabalhar, queriam saber se ele já havia recuperado as forças gastas na lua de mel. Mas qual, nada ainda do rapaz aparecer, e o mistério só fez aumentar.

Mas, ao terceiro dia, Eugênio deu as caras e depressa se espalhou pela cidade que o rapaz era mesmo um fenômeno e um amante de primeira grandeza. A fama do rapaz tornou-se ainda mais considerada quando alguém se lembrou de comentar que, naquele final de semana, fora impossível pregar os olhos no Goiabal; inclusive, outro acrescentou, até em São Domingos da Alegria uns gemidos muito suspeitos foram ouvidos.

Eugênio caminhava com muitas dificuldades, pernas abertas, como se fosse um pistoleiro fora da lei do velho oeste de filmes de espaguete italiano.

um andar arqueado
(Rosa Caetana)

Por Deus, não vou entrar em detalhes sobre a nossa intimidade, já deixei isso bem claro. Tivemos sim nossa volta do hotel antecipada, porque Eugênio passava dia e noite na cama a lamuriar suas dores. O jovem casal de médicos me dissera que realmente a sopa quente fizera um belo estrago, mas nada que o tempo não pudesse curar. Uma semana, no máximo, tudo se ajeitava. Mesmo tendo alguns dias em haver e tendo ganhado outro período, à nossa escolha, para voltarmos àquele hotel, eu não tencionava fazê-lo, afinal, não bastassem os reclamos de meu marido, havia ainda os pernilongos e borrachudos a nos aterrorizar a noite toda.

Voltei de lá muito cansada, sem conseguir conciliar o sono, com o corpo cheio de marcas daqueles malditos mosquitos hematófagos.

Foi um mau começo, eu sei, mas pelo menos me diverti ao ver meu marido andando com as pernas arqueadas, parecendo aquelas pessoas que cavalgam durante muito tempo e, quando apeiam, caminham como se ainda estivessem em suas montarias.

Eu até tentei rir da situação, mas eu estava bastante chateada. Mais que chateada, estava era decepcionada mesmo.

um sorriso malicioso
(narrador)

Sete dias depois, Eugênio estava totalmente curado, o inchaço desaparecera e a pele recuperara o seu lugar e sua cor. E, daquele episódio, tirando as pessoas presentes no hotel, no sábado anterior, ninguém mais tomou conhecimento.

O garçom, o jovem Teodoro, tomou rumo ignorado; o casal de médicos manteve sigilo, obediente ao juramento de Hipócrates; o proprietário não tinha interesse nenhum na divulgação desse nefasto acontecimento que deporia, claro, contra o seu estabelecimento; a senhora cozinheira já havia se recolhido no momento do incidente, apenas teve que limpar a bagunça no dia seguinte, mas acostumada a fazê-lo em silêncio, nada indagou. E, se limpou, limpou mal e porcamente, porque estava com o juízo todo no filho que não fora dormir em casa e, até o momento, não tinha notícias dele.

Ao jovem casal também não interessava a propagação daquela história por variados motivos, tantos que nem vale a pena enumerá-los.

O que se pôde apurar é que, completada uma semana de casados, Eugênio acordou bem-disposto. Pediu folga ao patrão (Rosa Caetana não trabalhava aos sábados e o rapaz fazia meio período), e Titonho, concedendo a folga solicitada, sorriu maliciosamente para o sobrinho e disse-lhe, batendo a mão esquerda no ombro direito do empregado: "Esse é um legítimo Esteves Ribeiro."

uma lágrima que salva
(Rosa Caetana)

Depois da missa de sétimo dia pela alma de meu pai, indaguei a meu marido qual foi o assunto da conversa havida entre eles, no momento em que ficaram a sós no quarto do hospital. Eugênio me contou, em poucas palavras, o que eu queria saber e, de fato, não foi nada diferente do que imaginávamos. Cuidar de mim e de nossa filha era uma preocupação constante de nosso pai, embora não lhe tenha ocorrido fazer o mesmo pedido para que Eugênio cuidasse de seu outro filho, meu irmão, porque, claro, sendo João Maria homem não precisaria desse tipo de preocupação. Homem sabe se virar sozinho, é o que ele pensava e é o que pensa essa gente que se julga superior. O que meu pai não sabia era que eu não sou mulher de depender de homem, seja física, emocional ou financeiramente. E essa independência se referia ao meu marido, a ele, meu pai, e também a meu irmão ou a quem quer seja. Trabalhei desde mocinha, nunca procurei homem para me encostar. Algumas amigas minhas me diziam que eu estava deixando passar o tempo e com isso teria que abrir mão de algum predicativo, que eu deveria exigir, se fosse mais nova. Ora bolas, vivi mais de trinta anos sem homem e poderia viver outros tantos sem me aborrecer. Não precisa ser uma pessoa sábia para deduzir que casamento é um bom negócio para o homem e péssimo para a mulher. Os homens veem na mulher alguém para substituir sua mãe, que está velha e cansada, e para lhes fornecer comida quentinha nos horários certos e roupa lavada e bem passada, ou seja, uma empregada doméstica. E sem salário, claro.

Eugênio me disse que ainda restaram alguns questionamentos que deveriam ser feitos ao sogro, mas como o tempo se exauria rapidamente e ele queria se despedir da família, não foi possível.

Eu me propus a sanar suas dúvidas, considerando que conhecia muito bem aquela teoria simplista de meu pai. Às vezes, até dizia que era uma irresponsabilidade dele ficar propalando essas ideias: "Vai que alguém acredita nisso e começa a viver despreocupadamente, só pensando em fazer o bem a quem quer que seja, relevando os mandamentos da Santa Igreja Católica Apostólica? Se essa pessoa se danar para sempre, a culpa seria de papai que o fez pensar a vida assim de forma tão simplista?" Eu preferia ouvir os ensinamentos de minha mãe, que me dizia: "Minha filha, ouça sempre o padre da sua igreja" (ela sempre usava uma frase, que não sei se é provérbio ou ditado lá da terra dela: "o padre falou, a água parou"). Ela tinha muito respeito pela nossa crença e me dizia sempre: "Siga sempre a religião que você recebeu de seus antepassados, não mude e não troque de religião nunca. Aqueles que abandonam a herança religiosa de seus pais serão severamente advertidos no final dos tempos. E aqueles que vierem bater à sua porta para fazê-la mudar de religião serão severamente castigados."

Eugênio vivia me questionando acerca da teoria de papai. Uma vez ele me perguntou: "O que acontece com aquela alma a quem ninguém chora nem mesmo uma pequena lágrima em sua memória?" Eu sabia todas as respostas: "Essa alma será julgada pelo Criador, em pessoa. E, se ninguém chorou por essa alma, ela que se prepare para o pior." Para papai, motorista profissional, a vida era como uma praça de pedágio onde há aqueles que têm a passagem livre e fazem a travessia sem a parada obrigatória e os que não têm, devendo fazer o pagamento na hora. Assim é a vida, resumia ele: "Aqueles que são redimidos pela lágrima salvífica passam reto, como se tivessem o salvo-conduto. Os outros, não: param, fazem o acerto e só depois estão liberados (ou não). A verdade é que ninguém sai dessa vida sem pagar, e esse pagamento pode ser à vista ou parcelado."

Depois que Eugênio ouviu essas e outras explicações, quis saber por que as lágrimas de parentes ou amigos próximos não servem como meio de salvação, então eu lhe disse que, para papai, essas lágrimas ou são de obrigação ou de costume. Lágrima salvífica somente aquela de quem chora em gratidão por um bem recebido, que foi praticado desinteressadamente, se não com o único intuito de fazer o bem a um desconhecido.

"E se esse desconhecido nunca ficar sabendo da morte de seu benfeitor?", quis saber Eugênio. Papai dizia que os céus providenciariam um acontecimento fortuito,

um acaso sem mais nem porquê, para que o beneficiário tomasse conhecimento, como, por exemplo, uma notícia de jornal no qual veio embrulhada a compra feita no mercadinho da esquina, ou por meio de uma conversa com um desconhecido qualquer num ponto de ônibus ou na fila do banco. Em último caso, seria enviado um anjo do Senhor para dar a notícia em sonho. Por isso que, às vezes, acordamos pensando em alguém e, tristes pela lembrança, deixamos cair uma lágrima.

Eugênio ficou pensativo e quis descer até a beira do rio para, debaixo da castanheira, refletir sobre o que acabara de ouvir, mas eu ainda precisava lhe dizer uma última coisa: "Eugênio, fique descansado quanto à tarefa que meu pai lhe passou, porque eu serei perfeitamente capaz de cuidar de mim e de Linda Mara."

uma taça de vinho para descontrair (narrador)

No primeiro sábado após o casamento, Eugênio e Rosa Caetana foram à missa e depois deram duas ou três voltinhas pela praça. Passaram no "Rei da Massa", fizeram um lanchinho rápido e foram voando para casa.

Urgia consumar aquela união.

Em casa, tomaram uma taça de vinho e ficaram se esfregando no sofá da sala, com a televisão ligada. Os pais de Rosa Caetana cada vez se recolhiam mais cedo, principalmente a mãe, que se cansava muito por ter que empurrar a cadeira de rodas do marido, que só sabia reclamar e engordar.

Rosa Caetana já havia notado que Eugênio estava sempre a bebericar um golinho de vinho. Como ele não deixava transparecer algum tipo de excesso, não dizia nada, mas o mantinha sempre sob suas vistas. Ela tinha alguma lembrança do pai dele, o Galo de Briga. Ela mesma deve ter batido o pé para ele, provocando-o a persegui-la, quando em companhia de outras crianças; ou lhe atirado, de longe, algumas pelotas de barro ou mamonas, quando só.

Quando Galo de Briga morreu, ela tinha por volta de seus sete ou oito anos, então guardava na memória algumas poucas lembranças daquele vulto que andava capengando pela cidade, falando alto e discutindo com os transeuntes. Eugênio lembrava muito a figura do pai. Tinham ambos a mesma estatura e a mesma cor negra de cabelo ondulado. Galo de Briga seria bonito se andasse bem aprumado e bem arranjado, mas naqueles trastes, naquela postura, era impossível fazer boa figura.

Eugênio sempre fora um menino bonito, mesmo que andasse, antes de ir para o seminário, com roupas simples e com alguns remendos, mas sempre limpas e cheirosas. Quando entrou para o seminário, empertigou-se todo e, postado no altar, ao colaborar com o padre celebrante, fazia bela figura, a ponto de donzelas e moçoilas se distraírem e se perderem no meio do sermão do padre.

Mas Rosa Caetana sabia que deveria ficar de olho em Eugênio. Ela fingia que não via, mas já notara que ele escondia uma garrafa de vinho num canto baixo do balcão que dali era retirada algumas vezes ao dia, sempre que o patrão não se fizesse presente e ela estivesse ocupada com algum cliente.

Naquela noite, a que seria a noite de núpcias deles, Rosa Caetana também tomou uma taça de vinho, para fazer companhia ao marido e para se descontrair.

Já no quarto, ou melhor, na alcova nupcial, um com vergonha do outro, começaram as atividades inerentes aos casais que se preparam para fazer amor.

Atendendo a pedidos (súplicas, na verdade), vamos deixar que esse romance prossiga seu curso natural, sem outros percalços e, principalmente, sem a presença de quem quer que seja. É preciso deixar que a natureza faça seu trabalho e ela, a natureza, tem preferência pelo trabalho silencioso e reservado. Bom, nem sempre silencioso, mas reservado, sim. Como já disse, certa vez, um poeta: "Vivemos num mundo onde nos escondemos para fazer amor! Enquanto a violência é praticada em plena luz do dia."[6]

Mesmo que deixemos os pombinhos em paz, é preciso contar que (para o bom fluir dessa história verídica em todos os seus pormenores), na consumação do ato, um Eugênio tomado pela euforia e pelo êxtase disse a uma incrédula Rosa Caetana: "Vem, minha querida Euvirinha, eu quero te possuir todinha!"

um olhar zangado
(dona Concepta)

Meu filho não perdeu tempo. Não eram passados nem dois meses de casamento, os seios de minha nora se avolumaram e ficamos sabendo que ela estava grávida. A família toda se reuniu na nossa casa (na casa do compadre Antônio) para celebrar a grande novidade. Até seu João Caetano veio, com muito custo, em sua cadeira de rodas.

O irmão de Eugênio, Eurico, trouxe muita coisa da padaria, que saboreamos com gosto e imenso prazer, entre goles de cerveja, vinho e refrigerantes. A filha de com-

---

[6] Jonh Lennon.

padre Antônio também veio (sem o marido, pelo jeito já andavam se estranhando), trazendo seu par de gêmeos: Dário e Darío, duas pestes, impossível contê-los entre a multidão. Sentimos a falta de João Maria e sua esposa, que estavam levando uma carga para um porto que não me lembro mais qual era.

A festa transcorreu maravilhosamente bem. Eugênio estava feliz, muito feliz, tomando sua tacinha de vinho. Os avôs maternos estavam radiantes, finalmente teriam um neto, já que o outro casal não queria herdeiros (Deus me livre, isso deve até ser pecado). Até compadre Antônio estava se divertindo, sem se preocupar muito com as despesas daquela grande festa, afinal, o pagamento iria cair no caixa da padaria.

Mas eu percebi (e acho que mais ninguém) que Rosa Caetana, que estava sentadinha, quieta num canto da mesa, recebendo os cumprimentos e os votos de um bom parto, não tirava os olhos da prima de Eugênio, a Euvira.

Aquilo realmente me chamou a atenção. Toda vez que Euvira se mexia, ora correndo atrás do Dário, ora puxando as orelhas de Darío, o olhar de Rosa Caetana a acompanhava. E não era um olhar de benevolência ou de compaixão por vê-la na luta em manter aqueles dois pestinhas mais ou menos comportados.

Era um olhar zangado (muito zangado).

Foi quando eu me lembrei que essa minha nora havia comparecido à festinha de despedida de meu filho quando ele se fora para o seminário. Ela estava num cantinho da sala, segurando um pão recheado e um copo de refrigerante, já jovenzinha, observando os movimentos de Eugênio e, toda vez que ele fixava seu olhar nas pernas da prima (que usava uma minissaia indecente), Rosa Caetana baixava seus olhos em direção a seus pés, envergonhada, como se ela estivesse fazendo algo errado.

Nesse dia do anúncio da gravidez da minha nora, seu olhar era de zanga (muita zanga).

uma menina brejeira
(narrador)

Linda Mara nasceu num dia frio do mês de junho. Parto normal, peso e altura normais. Chorou como devem chorar todos os bebês, mas seus olhos, logo se viu, eram estalados de grandes. A avó materna, num misto de choro e riso, profetizou: "Essa menina vai ser brejeira." E vó, quando dá para adivinhações, não erra nunca. Aos oito meses, a menina já estava andando de um lado para outro, escorada em cadeiras ou no sofá. Com um ano e poucos meses, já falava de tudo, capaz de formular uma frase com sujeito, verbo e predicado. Ria de tudo e para todos, e todos riam com ela e para ela. Linda Mara era a alegria da casa, o estopim, o furacão, o valha-me-Deus-quem-segura-essa-criança.

Não estranhava as pessoas, ia ao colo de quem lhe fizesse um cut cut cut, de quem lhe apertasse as bochechas rosadas ou de quem lhe oferecesse um pirulito. Se era a alegria da casa, era o amor da vida da vovó lusitana, que morria de amores por ela e seria capaz de matar quem lhe fizesse algum mal.

Rosa Caetana deixou de assistir à missa de sábado à noite para participar da celebração de domingo, a missa das nove da manhã, que era a das crianças. Entre aqueles miúdos, todos usando suas melhores peças, como é de costume os pais tirarem do guarda-roupa a veste domingueira, Linda Mara se destacava. Tinha o rosto formoso, olhos brilhantes, nariz e boca bem desenhados. Ela tinha a beleza natural dos Esteves Ribeiro e o cabelo da mãe, mais claro e retorcido em pequenas espirais.

um dedinho mindinho para se agarrar
(Maria Rosa)

Quando peguei minha neta pela primeira vez em meus braços, pensei que fosse ter um piripaque e cair morta, ali, no quarto do hospital. Se existe alegria maior, eu desconheço e tenho certeza que não a conhecerei, pelo menos não nessa existência. É um momento de êxtase e único na vida de um cristão. Aqui na terra não tem nada que se compare a esse momento. Só lastimei, por um segundo, quando me lembrei que meu marido poderia estar, ao meu lado, dando-lhe o dedinho mindinho para que ela pudesse se agarrar nele. Ele ficaria muito feliz e emocionado. Também, chorão que era.

E ela crescia em graça e beleza. Em casa era um furacãozinho, não deixava nada no lugar. João Caetano, se vivo fosse, diria, certamente: "é uma espalha-brasa".

Só não gostei muito do nome, no início pelo menos. Achei estanho e não tinha histórico nenhum nas duas famílias. Eu sugeri Rosa Eugênia ou Eugênia Caetana, mas não me deram ouvidos. Depois me acostumei e acabei gostando. Até seria bom um nome diferente, ela começaria uma nova linhagem, sem falar, claro, que ela era linda e maravilhosa.

Naquela manhã que elas, mãe e filha, voltaram do hospital, eu rezei e chorei muito diante da imagem de São Benedito, aquela que minha mãe havia trazido de Portugal, da Covilhã, nossa terra natal. E eu pensei como pensou o velho Simeão, que, ao ver o menino Jesus no templo, disse que já poderia morrer porque ele tinha visto o Salvador. Claro que eu não queria morrer ali, naquele momento, queria ainda alguns anos de vida para curtir muito minha neta.

Lembrei de minha mãe, tadinha. Ela trouxe, escondida no bolso do avental, aquela imagem de São Benedito, como se fizesse um contrabando. Veio também uma pequena xícara onde o santo toma café todos os dias. Minha mãe me passou a imagem e a xicrinha como herança. Eu fiquei muito feliz ao perceber que havia duas gerações à frente para dar prosseguimento àquela devoção. Temia muito que ela parasse em Rosa Caetana. Linda Mara daria continuidade à memória da minha família, vinda lá do pé da Serra da Estrela, da cidade da Covilhã, pertinho da fronteira com a Espanha.

Linda Mara ficou uma menina linda e esperta. Ao contrário da mãe, era expansiva e alegre. Conversava com tudo mundo e aceitava um abraço de qualquer desconhecido, o que era até motivo de preocupação.

Um dia, um domingo de manhã, voltávamos da missa, Rosa Caetana, a menina e eu, quando ela correu e se jogou nos braços de um moço que acabara de descer de um carro na porta de casa. Ele devia de ter a idade do Eugênio e usava uma vistosa batina preta. Era o seminarista JBJ, que viera convidar meu genro para sua ordenação.

uma misteriosa correspondência
(narrador)

Eugênio e JBJ se abraçaram demoradamente e com emoção. Fazia anos que não se viam e nunca se confirmou se houve ou não troca de correspondência entre eles desde a última vez que se viram, que foi por ocasião daquela visita rápida em que o seminarista JBJ trouxera de volta a bagagem de Eugênio.

E essa segunda visita seria rápida também, informou JBJ. A sua ordenação sacerdotal estava com dia e horário marcados e o convite estava entregue, em mãos.

Mas JBJ queria falar a sós com seu amigo, então as mulheres entraram e os dois ficaram ali fora, na calçada. O seminarista mostrou seu carro, seminovo, doado pelos paroquianos de São Domingos da Alegria, sua terra natal. Aquela comunidade realizou um leilão de alguns bezerros doados pelos fazendeiros daquela alegre cidade e apurou-se uma quantia suficiente para adquirir aquele mimo como presente de ordenação. Afinal, padre precisa de agilidade para levar a palavra de Cristo aos gentios, e já se foi o tempo em que eles, os padres, andavam no lombo de um burro.

É certo que ele não tinha carteira de habilitação, dissera JBJ, mas já tinha pegado o jeito, e ele só viera de São Domingos da Alegria até Abadia dos Coqueiros, cidades vizinhas, e saíra de casa bem cedo para não pegar trânsito.

Estava Eugênio a admirar o veículo quase novo do amigo quando esse pegou uma pasta que estava no banco do carona. Dentro dessa pasta havia dois envelopes brancos e lacrados. JBJ escolheu um e o entregou ao ex-seminarista. Com a voz um pouco embargada e com um leve tremor de mãos, JBJ disse que aquela correspondência era para ele, Eugênio, e que ele deveria abri-la somente, e tão somente, após sua ordenação sacerdotal. Isso era imprescindível, sendo que essa última palavra foi dita sílaba a sílaba.

Eugênio, sem entender o porquê daquilo, anuiu com a cabeça e convidou o amigo para entrar, mas JBJ disse que tinha um bocado de pressa, precisava ainda ir a São Francisco do Ipê Amarelo falar ao padre Telles.

Mas dona Maria Rosa apareceu no alpendre e não deixou o rapaz partir, não antes de almoçar com a família, que a comida era simples, mas já estava sendo providenciada. Um tanto apreensivo e temendo fazer uma desfeita, acabou aceitando.

Já na sala, JBJ sentou-se no sofá e logo apareceu Linda Mara para bulir nos botões da batina do jovem-quase-padre. Eugênio foi para o quarto, e ali, na última gaveta da cômoda, onde sempre se podia achar uma garrafa de vinho, guardou a carta que acabara de receber do amigo.

O almoço transcorreu em sossego e com algumas reminiscências. Eugênio quis saber quais rapazes ainda estavam no seminário e quais já haviam dito adeus. Entre os que haviam abandonado estava o menino Heleno, contou o seminarista JBJ, que vira a casa ruir quando uma comitiva guiada pelo sr. Bispo, e atrás dele o padre reitor, o padre confessor e o padre auxiliar, nessa ordem, apareceu inesperadamente no dormitório. Padre Abigail, José de Abigail, quando viu o olhar espichado do senhor bispo indicando a cama do menino Heleno, retirou o colchão e, então, puderam ver uma quantidade grande de revistas indecentes e imorais. Todos abriram a boca, tomados de admiração e surpresa, inclusive os seminaristas. Eu sabia que sua hora iria chegar, mais cedo ou mais tarde, como de fato, chegou.

Terminado o almoço, JBJ se apressou em partir, afinal, tinha ainda compromisso em São Francisco do Ipê Amarelo. Deu partida em seu carro quase novo e se foi, com uma arrancada aqui, uma acelerada ali.

Uma lágrima para o menino Eugênio

um ipê amarelo na praça central
(padre Telles)

Tão logo eu saí de Abadia dos Coqueiros, vim dar com os costados aqui, nesse lugarzinho feio e mal-ajambrado, como diria minha mãe, se viva fosse. E minha mãe era desse lugar, como fora a mãe dela e a mãe da mãe dela.

São Francisco do Ipê Amarelo era só uma clareira no alto de uma serra. Essa serra era conhecida, nos tempos antigos, como Serra do Ronca e Fuça, porque ela tinha barulhos estranhos e todos diziam que o lugar era habitado por Aquele-que-não-se-deve-nomear.

Quando o senhor bispo (Deus guarde Vossa Excelência) me disse que era chegada a hora de me transferir de Abadia dos Coqueiros, eu pensei cá com os botões da minha batina: "Finalmente chegou o momento que tanto esperava e agora serei promovido para uma paróquia maior, mais movimentada." Libertas quae sera tamen"[7], disse a mim mesmo, recordando meu latim abandonado há tanto tempo. Enfim, o grande salto na minha carreira. Mas qual nada. Que decepção. Fui mandado para essa paróquia recém- fundada, igrejinha recém-construída. E ele, o senhor bispo (Deus guarde Vossa Excelência) ainda elogiou o lugar, dizendo que eu inauguraria a igreja nova, que eu seria o primeiro vigário daquela paróquia, portanto, entraria para a história da cidade; cidade pequena, é certo, mas de enorme potencial para crescer e aparecer no cenário mundial, com muito ar puro e água cristalina. E que eu, entrando para a história do município recém-desmembrado de São Domingos da Alegria, estaria honrando a memória de meus antepassados. Todos conheciam a história de São Francisco do Ipê Amarelo, atribuída a meu bisavô.

De fato, contam os registros históricos que Joaquim Serviçal Telles enfrentou todos os medos e todos os obstáculos e alcançou o topo da Serra do Ronca e Fuça. Extenuado, com fome e sede, desmaiou quando atingiu o centro da clareira. Acordou horas ou dias depois, nunca se soube, com uma bugra de cabelos negros e olhos ainda mais negros, acariciando seu rosto e dando-lhe de beber numa "orelha-de-elefante".

Após comer um cará cozido e pastoso, e tendo tomado um líquido meio amarelo--esverdeado, Joaquim Serviçal Telles achou que seria prudente voltar para casa. Estando novamente em seu lar, perdoaria o pai pela surra que lhe fora prometida, não executada, graças à grande fuga empreendida pelo filho mata adentro que ninguém, nem mesmo o pai furioso, teve coragem de empreender.

Mas a jovem índia (que usava trajes de Adão), pegou-o pela mão e o levou até à taba, até então oculta, porque era escondida no meio da densa mata. Já estavam

---

[7] "Liberdade ainda que tardia" – lema da bandeira do estado de Minas Gerais.

diante do cacique quando a moça, segurando a mão direita do jovem Telles, disse algumas palavras incompreensíveis, o que foi secundado pelo chefe da tribo que, segurando as mãos de ambos, disse outras palavras, igualmente ininteligíveis. Com o dedo indicador da mão esquerda, apontando o coração de um e de outro, deu por encerrada aquela breve cerimônia.

O cacique apontou a ambos a oca que ficava separada das demais, quebrando a harmonia daquele círculo perfeito. Essa cabana (uma espécie de solar para os recém-casados) tinha apenas um pequeno vão como porta de entrada, obrigando a aqueles que por ele entrassem que o fizessem se arrastando. Assim, entendiam aqueles selvagens que a vida a dois só se pode começar em contato íntimo com a mãe terra. Alguns estudiosos interpretaram esse modo de agir como sendo um ato de humildade, porque estariam iniciando sua vida a dois se arrastando ao rés do chão, mostrando assim a igualdade existente entre eles, e que o casal tinha consciência das próprias limitações. Essa interpretação é totalmente equivocada, já que os índios ignoravam a exaltação, o aparato, o luxo e outras frivolidades da vida, não haveria razão alguma para conhecerem a humildade ou a modéstia.

Correram os dois mancebos, ainda de mãos dadas, em direção àquela suíte nupcial, entrando primeiro a moça e depois o moço, como era de lei e de costume na tribo, que determinava que a mulher era quem deveria estar à frente naquela pequena sociedade. A diminuta entrada daquela oca era vedada apenas por pequenos ramos silvestres, variados e coloridos, como se fossem uma cortina, que pendiam de sua parte superior.

Consumado o casamento, o jovem Telles reviu suas decisões, achou que a surra prometida por seu pai era grande demais para tão pequeno delito (dizem que o jovem comeu as duas coxas do frango, deixando seu velho e cansado pai sem nenhuma) e, entre a surra prometida pelo pai e os braços de Jacira, optou pelo aconchego de sua esposa, fixando moradia naquela tribo.

A vida ali era boa. Consistia em tomar banho de cachoeira e bater tambor; pescar e arrancar raízes; caçar e dançar ao derredor da fogueira. (Essa cachoeira e as atividades corriqueiras dos selvagens de bater tambor e de dançar talvez justificassem o temor que os civilizados tinham do local.)

Jacira, a filha da lua, deu-lhe vários filhos e filhas, todos chamados de sobrenome Telles Cayubi, porque, naquela tribo, quem sofre as dores do parto é que tem o direito sobre o nome de família.

Foi no sexto ou sétimo parto que Jacyra Cayubi sofreu várias complicações que resultaram em sua morte, em que pese as orações feitas dia e noite e os unguentos aplicados pelo pajé da tribo. Joaquim Serviçal Telles Cayubi fez questão de sepultar sua amada esposa no centro da clareira (contrariando, pela primeira vez, o parecer do cacique), no mesmo lugar em que ela o pegou no colo e lhe deu de beber e de comer.

Foi ali, naquele lugar onde repousava sua mulher, que ele plantou uma arvorezinha encontrada na floresta, perto da cachoeira, onde eles tomavam banho, brincavam e se amavam. Plantou e cuidou daquele pequeno arbusto que, com o tempo, transformou-se num belo e imponente pé de ipê amarelo.

Dois ou três anos depois da fuga do meu faminto antecessor, apareceram outros homens brancos trazendo na algibeira aviso do pai informando que lhe perdoava a afronta praticada em desfavor de seu progenitor. Mas esses homens, desobedecendo a ordem recebida do emitente de levarem o filho embora, nem que fosse debaixo de pancadas, vendo que o lugar era por demais aprazível, resolveram ficar. Assim, construíram uma capela dedicada ao irmão do sol e irmão da lua, sob a condição, imposta pelo jovem Telles, que os deixou ficar, de que nunca tentassem converter os indígenas. O jovem Telles fora nomeado pelo cacique, uma espécie de embaixador, para tratar, exclusivamente, dos assuntos relacionados aos brancos que ali se estabeleceram.

Mas, com a morte da esposa Jacyra Cayubi, o marido Telles Cayubi caiu numa profunda melancolia e morreu alguns meses depois, sem nunca ter voltado à civilização, sem nunca mais ter se encontrado com seu velho e cansado pai, sem nunca ter recebido o castigo que lhe fora prometido.

Com a morte de seu líder, os brancos trataram de converter os indígenas, ensinando a eles os mandamentos da Lei de Deus, indicando-lhes os pecados que deveriam evitar, mostrando-lhes as rezas que deveriam fazer e os sacrifícios que deveriam praticar sob pena de serem jogados no panelão do diabo. Enfim, coisas que eles desconheciam absolutamente e viviam muito bem nessa santa ignorância.

Um sábio homem do campo (que mal sabia ler e escrever), muitos anos atrás, disse-me: "O mundo seria melhor se não tivesse religião, a gente só precisava era de respeito." Se hoje eu me encontrasse com ele, eu lhe diria: "É, meu sábio amigo, você está certo, religião, enquanto rito, é uma lástima, além de totalmente desnecessária."

Por tê-los convertidos é que estou eu aqui, um legitimo Telles Cayubi, responsável pelas almas desses mestiços, que não sabem se são cristãos ou pagãos, civilizados ou silvícolas.

Melhor seria se não os tivessem convertido. Eles estariam batendo seus tambores, adorando seus deuses e sendo salvos do mesmo jeito. Até com mais comodidade e menos sofrimento, porque eles não conheciam o pecado, essa invenção tão danosa à paz interior e ao sossego das criaturas de Deus (um ateu, uma vez, disse-me que a Igreja Católica é uma máquina de produzir pecados).

Eu estava tomando sol debaixo do ipê amarelo da praça central quando apareceu um rapaz, um tal JBJ. Ele vinha guiando um carro todo empoeirado. A estrada que nos ligava à civilização era ainda pior do que é hoje. Atualmente, ela é só péssima, com muitas curvas e nenhuma conservação.

Ele desceu do carro, conversou com dois senhores que jogavam bocha num canto da praça e eles apontaram para mim, que estava sentado nesse mesmo lugar, nessa mesma cadeira de rodas, nessa mesma sombra desse ipê amarelo. Eu ainda pensei, quando vi que ele caminhava em minha direção: "Deve ser muito difícil achar um padre numa cidadezinha desse tamanho, usando uma vistosa batina preta, debaixo de um sol escaldante." Chegou-se até mim, apresentou-se dizendo que era seminarista, que viraria padre dali alguns dias. Disse-me, ainda, que fora colega do jovem Eugênio e que tinha algo muito importante para me contar.

E que tudo o que ele tinha para dizer estava naquela carta que me passava às mãos, mas que eu somente, e tão somente, deveria abri-la quando sacramentada a sua ordenação, isso era totalmente necessário, absolutamente im-pres-cin-dí-vel, ele pontuou.

Eu, sem entender nada, peguei a carta e a enfiei no bolso da batina e o convidei para que fôssemos até a minha casa (seria necessário que ele me conduzisse na cadeira de rodas), mas ele não aceitou. Disse que precisava ir para sua casa em São Domingos da Alegria. Fiz-lhe ver que já era tarde, que em poucos minutos aquela serra viraria um breu e que a sua descida é muito perigosa e não recomendável. São muitas descidas íngremes e a estrada era de terra batida, muito cascalho e pedras soltas que não dão aderência ao veículo, ainda mais na hora do lusco-fusco, quando não há escuridão total nem claridade razoável, e os faróis são inúteis para esse momento. Ele disse que era muito necessário ir para casa, que no dia seguinte iria para Alecrim Dourado falar ao padre Carlos Borromeu. Eu pensei que, se ele precisava de um padre para se confessar, aqui estava eu, sem nada para fazer, sem ninguém para filosofar ou discutir religião, nem um ateu (pobres coitados, filhos órfãos de Pai) ou um crente (pobres coitados, filhos órfãos de Mãe).

Se eu soubesse que iria acontecer o que aconteceu, eu não o teria deixado ir embora.

uma carta que se consome pelo fogo
(narrador)

Eugênio não foi trabalhar na manhã daquela terça-feira. Pediu à esposa que desse o aviso ao patrão. Motivo mais que justificável, ele falou.

Depois que Rosa Caetana se encaminhou em direção ao "O Barateiro" e saíram também a vovó Maria Rosa e Linda Mara, uma segurando a mão da outra, para que a neta brincasse na praça, Eugênio foi até o quarto do casal e, abrindo a última gaveta da cômoda, deu uma generosa talagada na garrafa de vinho, pegou a carta e, passando pela cozinha, levou consigo o tripé e se foi em direção ao quintal.

Sentado no banquinho de três pernas, recostado na parede da casinha onde seu sogro guardava ferramentas de carpintaria e outros trecos que não mais eram utilizados pela família, mas que poderiam ser úteis um dia, Eugênio lembrou-se de seu João Caetano sentado naquele mesmo banquinho e das muitas histórias que ele contava. De repente, seu pensamento correu para outro quintal, onde havia uma mangueira e um banco de madeira. Por alguns minutos, sua prima Euvirinha e os bons momentos que passaram sentados no banco de madeira, debaixo da mangueira, na casa de seu tio, tramando as maluquices que haveriam de fazer à noite, quando todos se recolhessem para o seu merecido descanso, ocuparam a sua memória.

Mas a carta em suas mãos não deixava que suas recordações voassem para muito longe. Aquele papel tinha o condão de chamá-lo à realidade, àquela realidade nua e crua, como diria o poeta sem nenhuma inspiração. Aquela carta que lhe fora entregue poucos dias atrás, em mãos, pelo próprio subscritor. Aquela carta que o fizera perder noites de sono, na expectativa de seu conteúdo. Pensou várias vezes em abri-la antes do combinado (quem o saberia?), mas fiel ao seu consentimento (mesmo que tácito), manteve a carta inviolada, no mesmo estado em que a recebera.

Agora que tinha autorização para abri-la, hesitava em fazê-lo.

Como estava só em casa, deixou a missiva sobre o banquinho de três pernas e foi até a cozinha em busca de uma caixa de fósforos, porque uma coisa era certa: a queimaria de forma definitiva e irrevogável tão logo tivesse terminado a sua leitura.

Voltou para o quintal e sentou-se no banquinho. Com a carta na mão, ameaçou romper o lacre, mas parou para pensar. Lembrou-se das palavras do amigo: "só depois da minha ordenação, isso é absolutamente necessário".

Um estúpido acidente automobilístico o impedira de receber a sagração de suas mãos pelas mãos do senhor bispo. E agora? JBJ não chegou a ser padre, nem por um minuto sequer, estaria ele, então, violando a confiança que o amigo lhe depositara?

Lembrou-se dos dez anos de convívio na azáfama de preparar os altares para a celebração da Santa Missa, principalmente nos dias santificados. Havia muito o que relembrar. Inclusive uma vez que, no altar, caíram na risada quando um padre espanhol que por lá passara fora celebrar a missa e dissera, no momento solene da celebração: "Eis o cordeiro de Deus que borra o pecado do mundo." JBJ ficou vermelho tentando segurar o riso, e Eugênio, vendo a cara do amigo, correu para a sacristia, porque fora impossível suster a gargalhada. De outra feita, apareceu por lá um padre bem velhinho que lutava contra a diabetes, por isso, na hora do ofertório, ele disse a Eugênio que o servisse de apenas um tiquinho de vinho: "pinga, pinga", informara o bom velhinho. E Eugênio: "Pinga não tem!"

Eugênio não conseguiu reter uma lágrima ao mesmo tempo que abria um sorriso lembrando desses fatos que viraram anedotas no seminário. Entre um riso e uma lágrima, ele pegou a caixa de fósforos e ateou fogo à carta, sem nenhum temor, sem nenhum remorso. Com esse gesto, quase um ato sublime, ele estaria eternizando a memória do amigo.

Tendo a carta sido consumida pelo fogo, deixou a caixa de fósforos na cozinha e saiu de casa. Passando pelo parquinho, viu a vó empurrando a neta no balanço e se foi em direção ao "O Barateiro".

um convite entregue em mãos
(padre Soares)

Eu vi quando Eugênio chegou à praça. Ele olhou para a igreja, parou um momento, pensei que fosse entrar. Mas esteve ali, parado, e não foi nem para frente, nem em direção à loja do senhor Antônio. Eu ainda pensei: "Está indo trabalhar tarde hoje, faz tempo que Rosa Caetana abriu as portas do comércio." Mas ele deveria estar bem triste. Sei que ele e o JBJ eram amigos e que, inclusive, o seminarista esteve na cidade uns dias desses para entregar, em mãos, o convite de sua ordenação sacerdotal. Mas à minha casa não foi e nem deixou convite algum.

Mas parei de pensar nessas coisas, eu estava de saída. Iríamos nos encontrar, eu e outros padres da diocese, em São Domingos da Alegria, para celebrarmos as exéquias do seminarista JBJ, tão logo o retirassem do meio das latas retorcidas de seu veículo quase novo.

Antes de sair, ainda pensei que, mesmo sem convite, eu estava indo para a missa solene que se rezaria na igreja consagrada a São Domingos Sávio, e o centro daquela celebração seria o seminarista JBJ. Só espero que não demorem muito para tirá-lo das ferragens, concluí meu pensamento, vendo que Eugênio se dirigia para a loja de armarinhos sem entrar na igreja.

uma anotação aleatória
(seminarista JBJ)

Vou aproveitar esses últimos momentos de relativa folga para colocar em dia minhas Anotações Aleatórias (será que o título Anotações Avulsas ficaria melhor? Bem, outra hora eu penso nisso).

Estou passando meus últimos dias como um simples leigo na casa de meus pais, em São Domingos da Alegria. O próximo sábado será um dia inesquecível para mim. Um dia que deixará marcas para sempre na minha vida. Serei um dos escolhidos de Nosso Senhor Jesus Cristo, assim como foram escolhidos os doze primeiros, quando Ele andou por essas terras. Pelas mãos do senhor bispo diocesano (Deus guarde Vossa Excelência), serei padre, e os meus quatorze anos de reclusão no seminário terão valido a pena. Serei padre e poderei realizar meu sonho de criança de celebrar uma missa solene, que será inteirinha cantada, do início ao fim, e quem tiver deixado a panela no fogo, é bom que vá embora logo, porque não terei pressa nenhuma em terminar a minha primeira missa. Será uma primorosa celebração, que ficará na memória de todos os alegrenses, meus conterrâneos.

Nesse meu último sábado da minha vida de leigo, quero deixar anotado que finalmente escrevi as cartas que tanto protelei. Faz quatro anos que pretendia, de alguma forma, contar o que realmente acontecera naquela noite em que a imagem de Santo Cura D'Ars se partiu em mil pedacinhos. Claro que a culpa recaiu toda sobre o menino Eugênio, porque ele não voltou à casa no ano seguinte, assinando, assim, um atestado de culpa, mesmo que eu tenha escondido essa informação de todos. Inicialmente, fui apontado como o responsável por aquela desordem, mas eu tratei logo de me colocar a salvo, sem apontar o dedo para quem quer que fosse. Eu, claro, sabia que fora ele, mas nunca tive coragem suficiente para denunciá-lo. E essa resistência em fazê-lo não era apenas pela nossa grande amizade. Havia mais um detalhe muito importante: eu meio que era culpado por aquele incidente.

Logo após os primeiros meses daquele inaudito acontecimento, eu fui à Abadia dos Coqueiros com a desculpa de devolver a bagagem de Eugênio, mas a real intenção era contar tudo a ele e lhe esclarecer a causa que o levou a assustar-se daquele modo. A culpa era minha, toda minha, a minha máxima culpa. Sim, eu sei que eram retas as minhas intenções e bons os meus propósitos, mas não dizem que o inferno está cheio de boas intenções?

Vou repetir meus dizeres para que não persistam quaisquer dúvidas (e que fique claro também que não estou confessando isso porque estou sendo acossado ou impelido por alguma força maior, a não ser a da minha consciência): eu fui o culpado, eu assustei o menino Eugênio, que saiu em disparada da sacristia e tropeçou na perna da mesa, levando a imagem do nosso padroeiro ao chão. Mas eu tive reta intenção, queria emendar o menino Eugênio antes que fosse tarde demais. E, por acréscimo, debochar do padre Bebê, a quem nunca devotei simpatia alguma. Penso ter sido claro o suficiente para dissipar quaisquer dúvidas que ainda possam existir.

Mais não digo, pelo menos não nessas folhas avulsas. Pode ser que um dia esses escritos caiam em mãos desonestas e tornem-se do conhecimento do grande público, o que eu não quero nem pretendo. E, se caírem em mãos de pessoas inescrupulosas, podem até virar um livro. Deus me livre e guarde.

Sei que não poderei ser levado à fogueira pelo que até aqui escrevi: emendar o menino Eugênio era uma ação de caridade, uma atitude cristã, e, em relação à antipatia pelo padre Bebê, era coisa quase que manifesta, era impossível escondê-la. E antipatia não é crime, apenas uma atitude pouco cristã, mas não um pecado mortal.

Os demais esclarecimentos, eu os fiz numa correspondência que será entregue amanhã a seus destinatários: Eugênio e padre Telles. Em mãos. Devidamente lacradas. De um, eu espero a compreensão, de outro, o perdão.

Correspondências escritas e lacradas, minhas Anotações Aleatórias (ou Avulsas, ainda não me decidi) estando mais ou menos em dia, já posso me recolher. Amanhã o dia será longo. Tenho que ir a Abadia dos Coqueiros e São Francisco do Ipê Amarelo. E vou no meu carro. Como não tenho experiência e nem carteira de habilitação, vou madrugar. Não estou preocupado com eventual fiscalização pela polícia. Amanhã é domingo e ninguém gosta de trabalhar em dia de descanso. Nem mesmo Deus. Para qualquer eventual dúvida, deixarei uma nota bem graúda junto ao documento do carro.

Minhas queridas Anotações Avulsas, creio que tornaremos a nos encontrar somente depois que eu já estiver com as mãos ungidas pelo óleo santo do Sacramento da Ordem. Louvado Seja Nosso Senhor Jesus Cristo!

um corpo preso às ferragens
(padre Telles)

Muito triste o que aconteceu. Mas, por Deus, eu o alertei. E eu nem sabia que ele era um condutor inabilitado e inexperiente.

Seus pais demoraram para dar o alerta. De início, acharam que seu filho tinha resolvido pernoitar em Abadia dos Coqueiros, junto ao seu amigo Eugênio ou, melhor ainda, na casa paroquial, fazendo companhia ao meu colega Soares. Não o encontrando nem lá nem acolá, vieram até aqui, com o coração cheio de esperança: "Em face do adiantado da hora, ficou na casa do padre de São Francisco do Ipê Amarelo, como não pensamos nisso antes?" E, com esse último fio de esperança, vieram até mim. Foi difícil encará-los quando lhes disse que ele havia partido no dia anterior, ao entardecer, mesmo contrariando minha forte e insistente oposição àquela atitude transloucada.

Seu carro foi localizado na tarde de segunda-feira e, dentro dele, preso às ferragens, já exalando um mau cheiro, descansava em paz o seu corpo, já em início de decomposição.

Sou um simples padre do interior e, por aquela ocasião, já não andava muito firme na minha fé. Foi aí que perdi de vez a crença na vida e em Deus. Mesmo sem convicção alguma, permaneci aqui em São Francisco do Ipê Amarelo realizando minhas celebrações dominicais, atendendo a meus poucos paroquianos que me procuravam durante a semana. Celebrava a missa e aconselhava os fiéis sem acreditar naquilo que fazia ou dizia. Virei um padre-ator, e o altar virou meu palco. Eu não sei fazer outra coisa e aguardo, ansiosamente, a aposentadoria requerida ao senhor bispo (que se dane Vossa Excelência), que retarda em deferi-la. "Afinal, quem mandarei para aquele lugar?", diz-me ele. Oras bolas, não era "aquele lugar" uma cidade de enorme potencial para crescer e aparecer no cenário mundial?

Eu não fui à missa de corpo presente do seminarista JBJ. Além do impedimento físico, havia o entrave moral. Eu não tinha força física nem ânimo espiritual para participar daquela funesta cerimônia.

Foi depois da missa de sétimo dia pela alma e descanso de JBJ que atinei com um papel no bolso da batina. A verdade é que eu tinha me esquecido dele, primeiro porque minha memória é uma lástima, um brejo de sapos coaxantes, e segundo, por causa daqueles últimos dias, de tristes acontecimentos.

Com a carta na mão, fiquei num impasse. Ela deveria ser aberta somente depois da ordenação de seu subscritor. Ele, o remetente, já estaria ordenado, não fosse o gravíssimo acidente que ocorrera na Serra, antigamente chamada de Ronca e

Fuça, hoje, Serra do Rola-Padre. O povo faz choro e faz graça com uma enorme facilidade, muitas vezes em cima do mesmo acontecimento. É inacreditável chamarem assim a serra, que poderia muito bem ser chamada de a Serra dos Telles Cayubi. Mesmo porque eu sou o último descendente direto de Joaquim Serviçal Telles Cayubi. Claro que existem outros Telles ao pé da serra e outros Cayubi cá em cima. Mas eu sou o último Telles Cayubi porque não me dignei deixar descendentes em obediência ao sagrado voto de castidade que fiz quando me ordenei sacerdote. Meus dois outros irmãos também não deixaram filhos, um porque morreu quando ainda estava na puberdade, e o outro se descobriu estéril depois de casado. Comigo acaba a saga de Joaquim Serviçal Telles Cayubi. Esse é o triste fim dos Telles Cayubi.

Com a correspondência do jovem seminarista morto nas mãos, fiquei matutando. E a solução era muito simples, pensei: eu só deveria abri-la depois de sua ordenação, mas, oras bolas, se ele não virou padre, não foi culpa minha. Eu não o joguei ribanceira abaixo naquela serra dos diabos, com carro e tudo. Ao contrário, eu o adverti e ofereci minha casa para que ele só viajasse no dia seguinte, mas, cabeça dura que era, como todo jovem, foi-se, senhor de si. Os jovens pensam que estão acima de tudo e de todos e que são imunes às intempéries da vida.

Abri a carta sem nenhum temor, sem nenhum remorso.

"Mui reverendíssimo padre José de Almeida Telles Cayubi.

Escrevo-lhe essas linhas com o objetivo único de comunicar e esclarecer a V. Revma. os últimos acontecimentos ocorridos naquele dia em que terminamos o curso de Filosofia, Eugênio e eu. Naquela mesma noite, a imagem de nosso querido padroeiro, Santo Cura D'Ars, partiu-se no corredor da sacristia. Isso é do conhecimento de toda a diocese. Desse fato surgiu até uma anedota, entre nós, padres. Um indagava: 'ficou sabendo que o santo da capela do seminário perdeu a cabeça?' O outro respondia: 'ué, não sabia que havia uma imagem de João Batista na capela do seminário.' Óbvio, não vou explicar a missa à V. Revma. pois todos sabemos que é o primo de Jesus quem perde a cabeça.

Antes de entrar no assunto que me leva a redigir essa epístola, é mister esclarecer que outra carta muito parecida com essa será entregue ao ex-seminarista Eugênio Esteves Ribeiro, residente na cidade de Abadia dos Coqueiros, figura muito conhecida de Vossa Reverendíssima, conquanto o senhor foi pároco dele e o responsável pela sua indicação ao seminário. Claro que a outra carta não é cópia idêntica, sendo diferente em pormenores, como o modo de relatar e o pronome de tratamento, por serem diferentes os destinatários. A identidade de ambas, na verdade, diz respeito ao fato em si: o que aconteceu no corredor da sacristia naquela nefanda noite de despedida do curso de Filosofia, tendo sido essa a última noite de Eugênio como seminarista.

Eugênio e eu entramos no mesmo ano no seminário. Tencionávamos nos ordenar no mesmo dia ('amicus usque ad aras'[8]), já combinando que o senhor bispo viria a São Domingos da Alegria e, tendo me ungido, iríamos à Abadia dos Coqueiros para a unção de Eugênio (a bem da verdade — já que estou aqui para dissipar qualquer dúvida —, o primeiro a ser ordenado seria eu porque ganhei uma acirrada disputa de porrinha).

Eugênio e eu cuidávamos da capela, da guarda e da conservação dos materiais utilizados nas celebrações eucarísticas. Mas o meu colega tinha um hábito muito feio: tomava o resto do vinho que sobrava na galheta. Eu via aquilo e nunca lhe disse que eu sabia daquele mau gesto (primeiro erro meu).

Ainda mais: Eugênio sempre, no último dia de sua estada no seminário, antes de partir para as férias em sua comunidade, furtava uma garrafa de vinho canônico da nossa adega, instalada no final do corredor da sacristia. Ele se aproveitava que todos dormiam e ele conhecia bem todos os caminhos que levavam à sacristia, mesmo na escuridão daquele lugar. A partir do segundo ou terceiro ano que morávamos no seminário, eu já havia percebido isso, vendo-o levantar sorrateiramente de sua cama, quando julgava que todos estivessem adormecidos. Eu sabia, mas nunca o adverti desse meu conhecimento (segundo erro meu).

Quando estávamos no último ano de Filosofia, passei a me desesperar, vendo que ele só fazia aumentar a sua dose diária de vinho, não mais se contentando com a sobra da galheta. Vi-o, muitas vezes, sorvendo o vinho direto do gargalo da garrafa.

E eu exigia de mim mesmo uma atitude, antes que fosse tarde demais.

Levei meses para arquitetar um plano e ele só me veio por inteiro quando soube que padre Bebê estaria na comemoração de nossa formatura e, como toda vez que ele vem à sede da diocese, faria pouso no seminário, porque sua paróquia é longe, não há como voltar no mesmo dia.

Ora, todos nós conhecemos bem o padre Beraldo Benedeto, que ele próprio se alcunha de padre Bebê e disso faz questão. Ele gosta de ser chamado assim, como V. Revma. muito bem o sabe.

São do conhecimento de todos da diocese (e além) as extravagâncias do padre Bebê. Primeiro, a mania dele de andar de batina lilás. Essa cor, assim como o roxo e a violeta, que são todas do mesmo matiz, remete ao erotismo, à luxúria. Além disso, é dono de uma risada extravagante e incômoda, principalmente num servo de

---

[8] Um amigo até o altar (um amigo para a vida toda).

Deus. Suas missas são festivas demais, como se o sacrifício de Jesus na cruz fosse uma grande patuscada. Todas essas "qualidades" do padre Bebê lhe angariaram muita simpatia e alguma malquerença. Eu, como fiel discípulo de Nosso Senhor Jesus Cristo e conhecedor de seu enorme sacrifício na cruz para redimir toda a humanidade, estou no segundo grupo e sei que nele estão outras tantas pessoas, que, por comodismo ou covardia, não se manifestam. A tudo isso soma-se o fato de que no nosso último ano do curso de Filosofia, padre Bebê nos tinha furtado a companhia do seminarista Eugênio, levando-o para sua paróquia quase todo final de semana, com a desculpa de que sua ajuda lhe era valiosa.

Consegui, finalmente, a oportunidade perfeita. Seria na nossa última noite daquele ano no seminário, quando haveria formatura e um pequeno festim para os formandos e amigos e, entre os presentes, o padre Bebê.

Corri ao menino Heleno e encomendei a ele um gravador e um fita cassete com sons bastante suspeitos. Não sei dos contatos desse rapaz, mas, em se pagando bem, ele consegue qualquer coisa. Não foi por acaso que suas traquinagens foram descobertas e o senhor bispo, em pessoa, despediu-o, atropelando a autoridade do padre reitor.

Terminada a missa, sabendo que mais ninguém iria à sacristia, pois estariam todos no come-e-bebe e logo depois se dirigiriam a seus aposentos, preparei a armadilha.

Já estavam todos recolhidos quando ouvi um leve rumor de passos pela capela. 'É ele', eu pensei. Eu estava a postos, no final do corredor da sacristia. Acendi uma vela que já havia colocado em cima da adega. Ouvi nitidamente o barulho do trinco sendo aberto. Ele trespassava a porta da sacristia. Esperei que andasse um pouco e adivinhei o momento em que ele pisou nos panos que eu havia deixado no chão do corredor. Eram os panos roxos que usamos para tapar as imagens dos santos no período da quaresma, mas, na semiescuridão daquele lugar, seriam facilmente confundidos com a batina de padre Bebê. Ato contínuo, liguei o gravador que emitiu seus sons lascivos de um casal em plena atividade sexual. Eu, embora junto à vela, estava oculto pela concavidade do corredor.

'Perfeito', pensei. Dois coelhos com apenas uma cajadada, como dizem. Eugênio nunca mais tornaria a cometer aquela atitude insensata e derrubaria a crista do padre Bebê que, fatalmente, deixaria de ser tão saliente.

Ao ouvir aqueles sons, Eugênio se assustou muito, conforme eu esperava. Pensei comigo: 'agora ele corre para o quarto e nunca mais torna em outra desse quilate. Desligo o som, guardo nos gavetões os panos que são utilizados na quaresma, devolvo ao menino Heleno o gravador e a fita, e fim de papo. Tudo resolvido, como planejado.'

Mas no final daquele estreito corredor havia sido colocada, recentemente, uma mesinha e, sobre ela, a imagem de Santo Cura D'Ars, retirada do altar, precisada que estava de uma boa restauração. Eugênio, na pressa, chutou a perna da mesinha e a imagem se espatifou. Eu também me assustei com o barulho. Escondi o gravador e a fita cassete debaixo da adega, chutei os tecidos para debaixo dos gavetões e fui embora da sacristia. Mas fui pego no meio do caminho, saindo da capela. Uma multidão, acordada pelo barulho, viera acudir o espalhafatoso Santo Cura D'Ars.

Eugênio já havia se recolhido ao dormitório. Eu fiquei ali, sendo execrado pelo padre reitor, que só sossegou quando jurei pelas cinco chagas de Cristo que vira um vulto saindo da sacristia em correria, mas que, de forma alguma, fora possível identificá-lo. Para encerrarmos definitivamente aquele interrogatório, prometi ao padre reitor que faríamos, eu e minha família, a doação de uma nova imagem do santo para a capela.

Eugênio, tomado pelo remorso, pois sabia que fora ele quem quebrara a imagem, nunca mais voltara ao seminário.

Por uma soma de erros, meus e do menino Eugênio, uma vocação sacerdotal se perdeu.

E eu lhe conto tudo isso, meu caríssimo e Revmo. padre Telles, para desembaraço de minha consciência e para que os fatos sejam atribuídos a quem de direito.

Pelo seu perdão e pela sua bênção, eu imploro.

São Domingos da Alegria, no ano da graça de Nosso Senhor Jesus Cristo.

Louvados sejam o Pai, nosso Criador; o Filho, nosso Redentor; e o Espírito Santo, nosso Santificador.

Assim seja.

João Batista Jacinto, assino e confirmo."

SEXTA PARTE

UM RAIO DE LUAR

**uma xicrinha de café
(narrador)**

Linda Mara, do alto de seus quatro aninhos, já sabia responder a todas as invocações da Santa Missa, e o fazia com tanta firmeza e devoção que padre Soares lhe prometera um lugar no altar tão logo tivesse idade para ser coroinha.

Sua mãe caprichava no seu visual, ora de trancinhas amarradas no alto da cabeça, presas por um lindo laço vermelho, ora com duas tranças soltas, caídas ao longo do pescoço, dessa vez presas com dois laços vermelhos. Linda Mara amava os laços vermelhos.

A casa onde morava a família de João Caetano era constituída, naqueles dias, pelo único homem da casa, Eugênio e pelas três mulheres, de três gerações diferentes, a avó Maria Rosa, a mãe Rosa Caetana e a neta Linda Mara.

As três mulheres iam todo domingo à missa das noves, porque nessa celebração se podia levar as crianças sem que se zangasse muito o padre. Mas nunca fora necessário chamar a atenção de Linda Mara ou pedir-lhe silêncio. Atenta, rezava compungida e sabia direitinho a hora de se sentar, de se levantar e de se ajoelhar.

Nos últimos tempos, era necessário que fossem de carro à missa, porque dona Maria Rosa já não tinha disposição suficiente para aquela caminhada, que não era longa, mas um pouco íngreme, e ela chegaria à igreja já sem fôlego se fossem a pé. Eugênio fazia tempos que não ia à igreja e há tempos perdera a graça a sua galhofa: "Já assisti à missa demais, tenho muitas em haver." Rosa Caetana já não lhe dizia nada, nem o admoestava. Sabia que ele queria ficar só para tomar um gole de vinho, mesmo que ainda fosse de manhã. Ela não mais se importava com isso, desde que não saísse cambaleando pelas ruas, aborrecendo as pessoas, como fazia Galo de Briga, seu pai.

Enquanto as três mulheres estavam na igreja, Eugênio permanecia na sala, sentado no sofá, com a televisão ligada, mas sem dar a ela a mínima atenção.

Bebericava seu vinho e olhava para a cozinha, a louça do café ainda estava lá, esperando para ser lavada. Vez ou outra ele se levantava e limpava os apetrechos utilizados no café da manhã, outras vezes não, mas Rosa Caetana nada dizia. Resignada, ela mesma fazia a tarefa designada ao marido.

Aconteceu num domingo.

Após a missa, as três mulheres voltaram da igreja e Eugênio estava sentado no mesmo lugar em que o deixaram quando partiram. Dona Maria Rosa, cansada, foi deitar-se um pouco, enquanto sua filha Rosa Caetana dava um pulo no supermercado para comprar alguma coisa para o almoço. Linda Mara ficaria aos cuidados do pai.

Linda Mara estava com seu elegante vestidinho branco e fora penteada, naquele domingo, com duas formosas tranças, soltas, pendentes ao lado da orelha, amarradas por dois lindos laços vermelhos.

Eugênio, sentado no sofá, viu a pia da cozinha cheia de trastes, coçou a cabeça e pensou em lavá-los e colocá-los no escorredor para secar. Mas Rosa Caetana tinha ido ao mercado e iria demorar um pouco, porque deixara o fusquinha na porta de casa, afinal, o comércio não era longe, e a compra era pequena.

Eugênio escutou um barulho na copa. Olhou e viu Linda Mara arrastando o tripé que pertencera a seu avô João Caetano. Como bem lembramos, esse banquinho tinha uma perna mais curta e ninguém o usava mais, porque ele capengava muito. Rosa Caetana já havia pedido ao marido que igualasse aquela perna menor às outras duas, mas Eugênio, alegando que não sabia onde encontrar um pedaço de pau para substituir o menor, foi deixando passar, sem atinar que era só ir numa carpintaria, que isso se resolveria facilmente.

Na cozinha, no aparador onde se recolhiam os utensílios ali usados na faina diária de se providenciar a alimentação dos habitantes daquela casa, havia uma imagem de São Benedito e uma xicrinha, onde era servido o café do santo. Esse ritual era diário e sagrado, e dona Maria Rosa disso não abria mão: o santo era o primeiro a tomar café naquela casa. Essa pequena xícara, pouco maior que um dedal, trazia a estampa de uma cidade e, ao fundo, traços de uma montanha. Abaixo da figura da cidade havia a frase "Cidade da Covilhã", e a colina, embora não fosse nomeada, todos sabiam que se tratava da Serra da Estrela, coisa que dona Maria Rosa fazia questão de lembrar ao ouvinte distraído, complementando que ali se produzia o melhor queijo de Portugal, o imperador dos queijos portugueses, o queijo da Serra da Estrela.

Linda Mara, arrastando o banquinho de três pernas, estacionou-o junto ao móvel, debaixo de onde estavam a imagem de São Benedito e a xicarazinha com o café do santo.

Subiu no banquinho e disse ao pai, ainda na sala: "Jesus não tomou o café."

um fusquinha parado na esquina
(Eurico)

Quem ouve minha história logo se apressa a dizer que tive sorte, porque passei de entregador a proprietário da padaria. É uma explicação leviana e simplória, além de uma grande injustiça. Ninguém diz nada a respeito das minhas incontáveis horas de sono perdidas, nem dos meus intervalos de descanso dispensados.

Quando me tornei proprietário da padaria, comprando a outra metade que ainda estava nas mãos do meu sócio, a primeira coisa que fiz foi trocar o nome do comércio. Mudei para Padaria, Confeitaria e Lanchonete Toque de Midas. Aqueles que desconheciam o rei do dedo de ouro perguntavam-me se eu queria dizer Toque de Minas. Povo ignaro. Com esse gesto de trocar o nome da padaria, apaguei os últimos traços do antigo proprietário e passei a informação a todos, fossem eles amigos, clientes ou apenas conhecidos, de que aquele comércio estava sob nova direção. E mais: "O dono que vende fiado e não cobra pelo cafezinho já não manda mais aqui." O senhor Petrônio tinha bom coração, afeito a impulsos caridosos, atitudes inadequadas a um comerciante, como muito bem me havia ensinado o meu padrinho Titonho. Eu trabalhava de domingo a domingo, sem descanso e sem intervalos. Não sei o significado da palavra férias, a não ser no meu tempo em que eu amassava banco de escola. Teve sorte na vida! Uma banana!

Claro, eu estava trabalhando naquele domingo, como sempre.

Fui eu quem os levou ao hospital.

Estranhei muito ao ver o fusquinha que fora do senhor João Caetano parado numa esquina. O motorista não conseguia engatar o carro sem que o motor se apagasse. Eu sabia que apenas Rosa Caetana guiava aquele veículo, e o fazia muito bem.

Preocupado, fui até lá, mas quem estava na direção era o Eugênio, meu irmão.

um trono adornado de misericórdia
(Rosa Caetana)

Quando eu disse a Eugênio para consertar o tripé que era utilizado por meu pai, ele respondeu que não tinha onde arrumar outra madeira para substituir

Uma lágrima para o menino Eugênio

a perna menor. Eu simplesmente não acreditei naquilo e pensei: "Ele deve estar de brincadeira." Qualquer infeliz, por mais idiota que fosse, saberia que bastaria pegar o serrote na pequena oficina de meu pai, ali no fundo do quintal, e serrar as outras duas pernas, as maiores, e pronto, ficavam as três iguais e o banquinho pararia de manquitolar. Se pudéssemos imaginar que uma desgraça adviria dessa atitude descuidada de Eugênio, eu mesma teria feito isso ou teria colocado fogo no banquinho, que era o melhor, mesmo porque, todas as vezes que eu o via, recordava de meu saudoso pai.

Eu estava muito preocupada com Eugênio. Andava relapso no serviço. Via-o muitas vezes de conversas longas e demoradas com um ou outro freguês, sendo que havia clientes esperando para serem atendidos. Chamei-lhe a atenção quanto a isso, e ele me respondeu: "A dona Maria queria uma agulha de costura. Eu não posso interromper uma conversa agradável apenas para vender uma agulha, posso?" Sinceramente, não creio que o freguês com quem ele conversava chamaria aquele diálogo de conversa agradável, pois esse falava uma palavra e, com a cara aborrecida, dava um passo para fora do comércio, ansioso por encontrar a porta de saída.

Em casa, aborrecia-se por coisas insignificantes. Criava suas próprias teorias e ai de nós se não as seguíssemos. Só para citar um exemplo, dos mais banais, mas motivo de muito barulho: quando se colocava o papel higiênico na papeleira do banheiro, a ponta inicial deveria vir por cima, porque esse era o jeito correto. Se a ponta estivesse por baixo, ele saía esbravejando, dizendo que os comunistas, os ateus, os inimigos do país é que procediam desse modo. Falava ainda que o modo de se colocar papel na papeleira era uma forma de se comunicar, de se dizer ao outro qual era a sua opção política, sexual e religiosa. E que, se alguém duvidasse, era só fazer uma pesquisa junto ao exército norte-americano e ficaria sabendo que lá só se pode colocar o papel higiênico do modo correto, ou seja, com a ponta saindo pela parte superior. E mais: se algum soldado não observasse essa norma, iria em cana de, no mínimo, três dias.

Na verdade, eu estava bastante preocupada com a danação eterna de sua alma. Eugênio não cumpria as obrigações elementares de um cristão, como participar da Santa Missa aos domingos e, com isso, deixava de receber o Corpo e o Sangue de Nosso Salvador. Sei que não fazia suas orações matinais, nem as noturnas, porque se levantava tão logo acordava e pegava no sono tão logo se deitava. Nem mesmo a teoria de papai lhe seria de alguma valia, afinal, quem haveria de chorar uma lágrima por Eugênio?

Por Deus, não vou entrar em detalhes da nossa vida conjugal. Claro que eu nunca mais quis nada com ele depois daquela primeira noite. A nossa primeira noite de *amor e ele me chama de Euvirinha? Por favor, ninguém merece. Ele ainda me procurou uma ou outra noite, nos primeiros meses de nosso casamento, mas eu o despachava logo. Pediu perdão, tentou se explicar. Não lhe dei ouvidos. Depois, aos poucos, ele meio que se afastou de mim, cabisbaixo, tentando se fazer de vítima, sendo que a vítima fui eu. Deixei bem claro: que fosse procurar a outra, por mim estava tudo bem. A outra, ao que parece, estava mesmo largada na vida; o "boa bisca" havia desaparecido, nunca mais aparecera na cidade. E ela, a Euvirinha querida, já trazia cravo e canela na bagagem: Dário e Darío (coisa ridícula). Dois encapetadinhos, insuportáveis e mal-educados.*

Eu já chorei todas as lágrimas a que tinha direito. Não choro mais, nem clamo aos céus por vingança. Mas Deus, do alto de seu trono adornado de misericórdia e piedade, soube justificar a todas nós, minha mãe, minha filha e eu, pagando-o na mesma moeda.

Não desejei isso, claro que não. Mesmo que não mais coabitássemos como marido e mulher desde aquela nefasta noite nupcial, eu não o queria de todo mal. Morávamos juntos, trabalhávamos juntos, tínhamos uma filha em parceria.

Depois do que aconteceu à minha filha, fui obrigada a sair do trabalho para melhor cuidar dela. Igualmente, ele também perdeu o emprego, e eu o devolvi à sua mãe, porque dois naquela situação na mesma casa era muito para mim. E, ademais, que cada uma cuidasse do rebento saído de suas entranhas.

Felizmente, o anjo do Senhor visitou nossa casa naqueles dias e, com menos de um mês, Linda Mara voltou a andar e eu recuperei meu emprego no armarinho. Titonho, ocupado com a política, deixava o comércio inteiramente nas minhas mãos, e minha filha, depois da escolinha, ficava na loja comigo, fazendo suas tarefinhas ou "me auxiliando" no atendimento aos clientes.

Minha mãe, ao ouvir as explicações dos especialistas de que poderia ser concussão cerebral ou edema cervical ou bloqueio emocional (quem tem três, não tem nenhum), balançava a cabeça negativamente, como quem não concordava com nenhuma daquelas conclusões. Seu jeito de refutar as falas dos médicos e seu modo de sorrir, ao mesmo tempo em que os ouvia, diziam-me que ela sabia o que acontecera naquela segunda-feira de manhã, quando Linda Mara mexeu suas perninhas pela primeira vez, quase um mês depois daquele acidente. Mas a verdade minha mãe nunca me contou.

uma palavra meio mágica, meio surreal
(narrador)

Eugênio estava sentado num banco de praça, ao lado do coreto, de frente para a igreja matriz Nossa Senhora da Abadia. Desde que deixara a sua vigília junto à porta de entrada do hospital, viera caminhando, a passos lentos, para a praça, e ali se abancara, sem forças para qualquer outra atitude.

Se lhe fosse perguntado, não saberia dizer há quanto tempo estava sentado ali, ora chorando, ora suspirando. Ora queria tapar o rosto para não ver a igreja nem as pessoas que por ali passavam; ora queria entrar na igreja e pedir perdão, bater forte no peito e gritar: "mea culpa, mea culpa, mea maxima culpa". Talvez se conversasse com alguém, pudesse explicar, pudesse se justificar. Se falasse, se colocasse para fora tudo que o sufocava, talvez aquela dor se mitigasse um pouquinho, dando um alívio ao seu coração. Afinal, ele diria, todos nós temos direito a um ou dois erros na vida!

Mas ele estava inerte, sem ação e sem reação. O relógio da igreja matriz batia as horas, mas ele não lhe dava atenção. As horas eram longas, e as batidas, demoradas.

Uma palavra meio mágica, meio surreal, veio-lhe à cabeça. Quantas vezes ele mesmo descera a Ladeira da Viúva montado numa bicicleta velha e sem freios e, por milagre, nada lhe acontecera? Quantos tombos caíra correndo atrás de uma bola velha e murcha e, por milagre, nada lhe sucedera? Quantas vezes andando descalço pelo quintal de casa ou dos vizinhos não pisara num prego ou num caco de vidro e, por milagre, nada lhe acontecera? E aquela vez que o Quim do Zote caiu da jabuticabeira e, por milagre, nada de grave lhe adveio? É certo que andou torto vários dias, mas não passou disso. E o Manezinho, filho de dona Zizinha? Teve uma vez que engoliu uma bolinha de gude e foi preciso apenas esperar a natureza fazer o seu serviço e nada de grave lhe acontecera.

Nossa! Quantas traquinagens fez ou soube que fizeram seus amigos ou simples conhecidos e nada de muito grave lhes acontecera? Nada além de joelhos ralados, dedões dos pés arrebentados, algumas luxações pelo corpo.

Eugênio não deixou de sorrir quando lhe veio à memória um grave acidente acontecido ao menino Jaime, filho da dona Olinda. Um dia, seus dois irmãos, João e José, gêmeos e um pouco mais velhos, conduziam o menino Jaime dentro de um carrinho de madeira, de quatro rodas. Desciam a Ladeira da Viúva e ali, na altura da rua Dois, os dois condutores, não suportando o peso, deixaram escapar de suas mãos o varão do carrinho, que foi parar dentro do rio, trazendo em seu bojo o mais novo dos irmãos. Primeiro caiu a criança, e depois o carrinho, emborcado sobre ela. Não fosse a presença de alguns pescadores ali por perto, certamente teria acontecido mais uma tragédia naquele rio

A verdade é que a sua vida e a de todas as crianças com quem convivera na sua infância estavam recheadas de milagres, quase que diários, quase que a todo minuto. Sua mãe mesmo vivia repetindo "só por milagre mesmo é que conseguimos sobreviver por mais um dia". Em tudo dona Concepta via milagre: no dinheirinho que sobrava no fim do mês, na conta de luz que vinha mais baixa um tiquinho, na mandioca graúda que arrancara no quintal e daria para muitas refeições, na roupa extra que a madama trouxera naquela semana. E Eugênio só precisava de um milagre bem pequeno, desse tamaninho. Era só isso que ele queria, que ele desejava, que ele ansiava: que nada de grave tivesse acontecido com sua amada e adorada filha Linda Mara.

Por fim, o sol resolveu se recolher e, por trás da torre da igreja, um lindo pôr do sol se fez. Aqueles raios de luz, tentando furar as nuvens negras, produziam um colorido todo especial, meio mágico, meio surreal, de formas e desenhos diversos.

Levantou-se, finalmente, no exato momento em que o relógio da matriz badalava suas seis pancadas. Eram dezoito horas, a hora da Ave-Maria. Há quanto tempo não mais rezava o "ângelus"? Desde que saiu do seminário, certamente. Saindo da praça em direção ao hospital, foi rezando, em silêncio: "O anjo do Senhor anunciou a Maria. E Ela concebeu do Espírito Santo. Ave Maria, cheia de graça, o Senhor é convosco... Eis a escrava do Senhor. Faça-se mim, segundo a Vossa palavra. Ave Maria, cheia de graça... E o Verbo de Deus se fez carne. E habitou entre nós. Ave Maria..."

Chegou à porta do hospital quando terminou a terceira invocação. Não entraria porque Rosa Caetana, que já o expulsara uma vez de perto de sua filha, não o deixaria sequer se aproximar da porta do quarto.

Passaram por ele um homem e duas moças, todos de branco. Ele pôde ouvir um fiapo da conversa, de que não entendeu nada e nem a quem se referia: "cervical três e quatro". O que isso significava? Quem era o dono dessas cervicais?

Confuso, tentando compreender o que para ele era totalmente sem sentido, desceu a rua que ligava a cidade ao bairro "Trabanda do Rio".

uma nuvem de chuva tangida pelo vento
(a castanheira)

Aquele fim de domingo estava especialmente bonito. O sol ameaçava se pôr e algumas nuvens tencionavam desabar a qualquer momento. O contraste entre o amarelo dos raios solares e o negro das nuvens carregadas resultava em um alaranjado excepcional.

Eu vi Eugênio descendo a rua em direção ao rio. Mesmo ainda estando longe, eu percebi que ele caminhava lentamente, como quem não tem pressa alguma de chegar. Depois que passou por mim, foi em direção à ponte que cruza o Rio dos Coqueiros. No centro da ponte, parou. Olhou para as águas demoradamente. Fazia dias que não chovia, a terra estava ressequida, e a água do rio, escassa. Mas, talvez chovesse aquela noite, se o vento que começou a soprar forte não levasse as nuvens embora.

O menino Eugênio (eu sempre o chamarei de menino, embora já fosse um adulto, pai de família) terminou de atravessar a ponte Wagner José do Santos e subiu a rua Dona Zezé, ou, na boca do povo, Ladeira da Viúva. Quando chegou à altura da rua Dois, virou a esquina e parou junto ao último lote daquela quadra, onde só havia mato. Minhas folhas mais altas viram e podem atestar que ele ficou longo tempo ali, olhando para aquele matagal, decerto adivinhando a forma da sua antiga casa, do local onde estaria seu quarto, onde estariam localizados seu catre e sua cômoda que usava para guardar suas roupinhas velhas e surradas, mas sempre limpas e cheirosas. Provavelmente, lembrou-se da cozinha e do fogão a lenha, onde sua mãe cozinhava algumas batatas que ela mesma plantava no fundo do quintal. Ali se cozia milho-verde, fazia-se broa de fubá, tudo tão cheiroso. Nas noites frias, rebentava-se pipoca, que era devorada com sofreguidão para não se ter que dividir com alguma visita que poderia chegar a qualquer momento, atraída pelo doce aroma espalhado no ar.

Ah, os humanos, esses seres tão indolentes.

Tão presunçosos.

Tão inconsequentes.

Sabem que somos indispensáveis, mas nos tratam, quando não com indiferença, como se fôssemos descartáveis. Dizem apreciar nossa sombra, mas recortam nosso caule com facas e canivetes para deixar registrada uma paixão incapaz de durar o tempo suficiente para sarar nossas cicatrizes. Nós, as árvores e os rios, formamos uma dupla perfeita. Enquanto o rio rega minhas raízes e leva para campos distantes minhas sementes, nós transpiramos a água que se eleva aos céus e volta à terra em forma de benção que nos mantêm vivos, nós, as árvores, os rios e os humanos, esses seres indolentes, presunçosos e inconsequentes.

Como o menino Eugênio saiu daquela letargia e começou seu caminho de volta, eu me desfiz de meus pensamentos para acompanhar os seus passos. Ele desceu a Ladeira da Viúva, atravessou a ponte e chegou até o meu caule.

Nesse momento estava totalmente escuro. Mas, depois que as nuvens de chuva foram embora, tangidas pelo senhor vento, um raio de luar, ainda nascituro, pôde ser visto no céu.

Mas, cá embaixo, estava tudo numa total escuridão. Porém, eu sabia que Eugênio estava ali, aos meus pés. Eu reconheci o seu toque quando, tateando, começou a escalar o meu tronco.

Nós, as árvores, nunca temos medo. Ainda mais uma castanheira forte e enraizada como eu. Mesmo quando o rio está cheio e transborda suas águas, tanto que chegam a tocar meu caule, eu não me preocupo. Sei que ele, o rio, veio cumprir sua missão de recolher minhas sementes e levá-las para longe, para que outras de mim possam florescer rio abaixo.

No entanto, naquele momento, eu tive medo.

Muitas outras vezes Eugênio havia subido no meu tronco, alcançado meus galhos e, arrastando-se, chegado até a ponta daquele ramo que sobrepõe as águas do rio. Mas nunca havia tido coragem suficiente para mergulhar, como faziam outras crianças mais audaciosas. Ele sempre retrocedia, com o coraçãozinho em disparada e os moleques a bulir com ele, cantando "Eugênio é um frangote, é menininha de saiote, Eugênia, Eugênia".

Mas, dessa vez, ele não recuou.

Naquela noite, eu tive muito medo.

uma lágrima por Eugênio
(a lua)

Eu vi.

Estava nascendo meu primeiro raio de luz quando se deu o fato.

Eu vi.

A árvore chorou uma lágrima por Eugênio.

Eu vi.

Ou teria sido uma gota de orvalho que despencara de suas folhas?

Não, não! Que digo? Orvalho só de manhãzinha. Era mesmo uma lágrima.

Eu vi.

Sem dúvida, era uma lágrima.

Eu vi.

Posso testemunhar.

Eu testemunhei muitos encontros e alguns desencontros. Desde tempos imemoráveis, quando os humanos olhavam para mim, admirados e estupefatos, eu vejo acontecimentos simples e grandiosos. Quando meu oponente se vai no poente e eu assumo a responsabilidade de jogar luz sobre a Terra, eu passo as minhas horas de solidão observando os humanos, e não há nisso qualquer indiscrição, afinal, de igual modo, sou observada o tempo todo e todo o tempo, de todos os lugares, com todos os olhares. E é isso para mim uma espécie de distração, afinal, a minha travessia é demorada e solitária, e a vida dos humanos não tem nenhuma monotonia. Os humanos são tão singulares e, ao mesmo tempo, tão previsíveis.

Passo o dia, quero dizer, a noite ouvindo juras de amor eterno, embora ninguém tenha noção alguma de eternidade, mesmo porque isso jamais seria dito se tivessem uma mínima ideia da extensão desse "para sempre".

Não tenho luz própria, mas isso nunca me incomodou. Eu apenas reflito a luz do meu oponente. Não somos amigos e, tampouco, adversários. Ele, o sol, é cheio de luz, firme e convicto de sua missão, e eu, embora inconstante, cumpro fielmente com os meus deveres e já fui idolatrada em tempos antigos. Passei séculos sendo incompreendida e, naquele dia que macularam meu solo pela primeira vez, pisando na minha cara como se eu fosse um pedaço de chão qualquer, eu perdi minha nobreza. Naquele dia eu fui vilipendiada, e os humanos festejaram a sua grande conquista, sendo que essa tão grande façanha caiu no ocaso e ninguém dela mais se lembra.

Houve uma noite que eu vi o menino Eugênio encarapitado num galho de árvore e eu pensei: "mau dia, má hora para se fazer grandes proezas." Mas algumas pessoas nasceram mesmo foi para realizarem suas maiores façanhas na sombra da noite e longe de espectadores. Eu vejo muito isso, porque trabalho à noite e estou numa posição privilegiada.

uma roupa de ir à missa
(Maria Rosa)

Coisas terríveis aconteceram naquele domingo. Primeiro, foi a minha neta que caiu do banquinho que João Caetano usava para dormir recostado na parede. Rosa

Caetana já havia pedido ao seu marido que consertasse aquela perna defeituosa, mas Eugênio não se mexeu.

Foi grande o susto. Não bastasse o tombo, ela foi socorrida de qualquer jeito, levada nos braços, jogada no banco de trás do fusquinha e, ainda por cima, conduzida aos solavancos, porque o incompetente do pai sequer aprendeu a dirigir. Quem terminou de levá-los ao hospital foi o irmão dele, o Eurico.

Os primeiros diagnósticos foram terríveis. A menina teve um grande inchaço na cabeça e uma luxação nas costas, ficando com as pernas paralisadas. Temeu--se o pior.

Aquele domingo foi mesmo para se esquecer. Essa cidade tão pequena e acontecem três acidentes no mesmo dia? Não sei se é coincidência ou muita desgraça junta. De manhã, minha neta caíra do banquinho. No meio do dia, um moço caíra da moto, quebrara duas cervicais e ficara tetraplégico. À noite, foi a vez do meu genro. Só não morreu afogado porque a água do riozinho era pouca. Se tivesse chovido, como havia ameaçado à tarde toda, ele tinha se lascado, como aconteceu ao menino Waguinho.

Passados uns quinze dias daquele trágico domingo, a concussão cerebral da minha neta havia desaparecido, mas ela continuava inerte, de cama. A luxação na coluna também desaparecera. Rosa Caetana ficou esses dias todos ao lado da filha.

O pai da criança? Ela o despachou para a mãe dele. Agiu corretamente. Não tinha como cuidar de dois, não é mesmo? E depois, dona Concepta tinha que pagar o mal feito à sua cunhada, dona Amália. Aquilo que ela e o marido, o senhor Antônio, fizeram tinha que ser vingado, de uma forma ou de outra. Se ninguém teve coragem de dizer, eu digo. Seria até para duvidar da justiça de Deus se não caísse alguma desgraça sobre aquela casa. Eles até deveriam agradecer a Deus por ter ocorrido aquilo ao menino Eugênio: era a oportunidade de pagarem seus pecados aqui na terra. Se não acertassem suas contas aqui, seria cobrado na outra vida, e o preço seria muito mais caro, ah, se seria. Deus me livre e guarde.

Eu já tinha tudo planejado.

Iria forjar uma visita. Afinal, ele era o meu genro e pai da minha neta.

Dona Concepta me levaria até o quarto dele e lá me deixaria sozinha, depois de lastimar muito a má sorte do rapaz. Ela iria para a cozinha preparar um cafezinho e alguns quitutes, que isso é de lei quando se recebe uma visita.

Eu reuniria todas as minhas forças.

Bastaria um travesseiro e o serviço estaria feito.

E ele não teria como reagir. Imóvel que ele estava, inútil que ele era.

Foi de manhãzinha.

Fiz o café, sem açúcar, recomendação médica.

Servi o café de São Benedito, bem adoçado, que é assim que ele gosta.

Fui para o quarto e troquei de roupa. Roupa de ir à missa e de fazer visitas.

Passei pelo quarto e avisei a minha filha que iria sair, sem dizer aonde. Ela não precisava saber.

Já estava com a mão no trinco da porta quando me lembrei de pedir forças a São Benedito. Sei que isso não era muito católico, mas eu precisava de uma ajuda extra. Temia que minha coragem me abandonasse quando eu estivesse sozinha no quarto com meu genro.

Voltei para a cozinha e ajoelhei-me diante da pequena imagem do santo, tão antiga, vinda no bolso do avental da minha mãe. Olhei para a imagem e para a pequena xícara, que estava cheia até a borda, porque não se economiza café para o santo. Olhei para a figura estampada na xícara e pensei: "adeus, minha Covilhã querida, adeus, minha Serra da Estrela, onde se faz o melhor queijo de Portugal. Agora sim, é definitivo: nunca mais voltarei a colocar os pés na minha abençoada terrinha."

De joelhos, pedi a São Benedito uma intervenção junto a Deus Pai, a quem nada é impossível.

Do quarto, Rosa Caetana gritou: "Ela mexeu as perninhas."

Levantei tão rápido quanto possível nessa minha idade.

Olhei para São Benedito e meus olhos marejaram.

Antes de correr para o quarto, de relance, vi a xicrinha do santo: nem uma gotinha de café para contar a história.

SÉTIMA PARTE

UMA VISITA EM HORA IMPRÓPRIA

**uma visita em hora imprópria
(Tira-Prosa)**

Abrem-se as aspas.

Faz-se necessário, porque o que tenho para contar será uma espécie de confissão que estarei fazendo a mim mesmo. Ou, se quiserem algo menos solene, o que se segue será apenas um desabafo. Quando se tem o conhecimento de algo, não importa se grandioso ou corriqueiro, é preciso tirá-lo de dentro da gente e passá-lo adiante. Conhecimento que se retém é ignorância que se espalha, já dizia um amigo meu, metido a filósofo. E, como ninguém me procurou para ouvir minha história, vou contá-la a mim mesmo, numa espécie de confissão ou desabafo, tanto faz. Por isso as aspas se fazem necessárias.

Quando digo que ninguém me procurou, estou me referindo àquele senhor que anda pela nossa cidade interrogando muitos de seus habitantes, entre os ilustres e os menos esclarecidos.

Sei que sou só mais um bêbado que vagueia pela cidade, mas nós, os etílicos, somos como as crianças, ninguém nos dá muita importância quando estamos por perto e dizem coisas que seriam silenciadas diante dos sóbrios e dos adultos. Seja lá qual for seu interesse em interrogar tantos abadienses (uns dizem que é um relatório, ou uma pesquisa ou uma coleta de dados), mas, enfim, qualquer que seja sua finalidade, ela estará fadada ao fracasso, porque eu sei de muita coisa e vi muitos acontecimentos que meus conterrâneos não ouviram e não viram. Azar o dele se acredita que conversa de bêbado não tem valor.

Eu me chamo Tira-Prosa e estou sóbrio há mais de três meses.

Meu nome de batismo pouquíssimos abadienses sabem e, a essa altura do campeonato, pouco importa. Se perguntassem pelo senhor José de Carvalho e Silva, ninguém o relacionaria à minha pessoa, mas se indagassem pelo Tira-Prosa, até os cachorros vadios apontariam para mim.

Esse senhor que anda revirando nossas feridas e bulindo com os nossos mortos não sabe da minha sobriedade, nem ele nem a maioria dos moradores de Abadia dos Coqueiros.

Esse senhor, que a uns se apresenta como Paulo, a outros, Pedro e, a terceiros, como Patrício (ele certamente desconhece nosso mais famoso provérbio: quem tem três, não tem nenhum), de pouco cabelo na cabeça, mas espesso bigode debaixo do nariz, tem angariado muita antipatia pela cidade, mas é tido por todos como pessoa importante, talvez pelas grossas lentes dos óculos que usa. Para alguns de seus entrevistados, apresenta-se como arauto do senhor bispo; para outros, diz-se investigador policial nomeado diretamente pelo senhor corregedor; a terceiros, alega ser enviado por um senador da República. Independentemente daquele que o envia, a missão tem sempre o mesmo caráter: "é secretíssima", diz ele, como se o secreto tivesse graduações. "E por se tratar de missão secretíssima, não posso expor meus motivos nem minhas razões", dizia ao inquirido renitente, "apenas cumpro a missão que me foi atribuída, aliás, contra a minha vontade".

Eu mesmo já o vi portando na lapela de seu surrado paletó azul marinho três distintivos diferentes: ora um bastão e uma mitra episcopais, ora uma balança da justiça, ora um brasão da República.

Desde que ele apareceu na cidade interrogando várias pessoas, eu meio que desconfiei dele. Foi então que parei de beber e passei a segui-lo por todos os cantos. Para que ele não desconfiasse da minha presença tão próxima, eu fingia estar alcoolizado, andando com passos trôpegos e andar cambaleante. Isso para mim é fácil, andei assim a vida inteira.

Os abadienses, quando o veem dobrando uma esquina, encolhem-se e arrepiam-se, dizendo baixinho, com temor de que ele os ouça: "lá vem o moço do reverendíssimo senhor bispo", ou "o moço do ilustre senhor delegado federal" ou "o moço do excelentíssimo senador da República". Também meus conterrâneos se esqueceram do nosso adágio maior.

Eu deixei de ser o bêbado da cidade para ser o investigador, o detetive particular. Estou sempre em seu encalço e, como sou andarilho por natureza, ninguém se preocupa nem estranha. Eu sigo os passos dele como acompanho o santo no andor: com devoção e em silêncio.

Nas praças, nos bares, nos alpendres, nas alcovas, em todos os lugares, enfim, o assunto é aquele senhor que anda rondando nossas casas e nossos lares, nossos comércios e nossas igrejas, atrás de informações e notícias acerca do que aconteceu ao nosso menino Eugênio, coitado, jogado em uma cama.

Dizem que ele tira leite de pedra e, mesmo não querendo (até jurando por Deus), os interrogados terminam por dizer o que sabem e o que imaginam saber; o que viram e o que acham que viram.

Eu sei e vi muita coisa.

Deve ser pela falta de crédito que exala de minha pessoa que esse inquisidor não me procurou. "Que informação de valia pode me dar um bêbado qualquer, um zé-ninguém?", deve ter pensado. Pois esse foi o seu grande erro. Eu vivo livre, leve e solto. Sei de muito mais que todos os inquiridos juntos. Dizem que ele faz falar o mudo, faz ouvir o surdo e todos, sem exceção, dão a ele respostas às suas questões. A mim, se viesse, nada diria. Eu lhe diria: "Minha boca é um túmulo, sinta só o bafo."

Eu sei de muita coisa, porque vi e ouvi muita coisa.

Eu vi, numa noite chuvosa, um carro estacionar perto da casa do irmão do meu amigo, a casa do tal Titonho, sujeito enfadonho e sovina. Quando pedíamos a ele uma moeda, ele nos dava um sermão. "Se eu quisesse ouvir sermão, eu ia pra igreja" ou "quem gosta de dar sermão é padre", eu sempre dizia isso pra ele. Eu vi um carro de cor escura estacionar na frente da casa do Titonho. Era madrugada e chovia muito. As luzes da cidade estavam naquele apaga-acende, toda vez que chove forte é isso. Eu me escondia debaixo da marquise do hotel e estava mais ou menos sóbrio e com um pouco de frio. A cidade estava inteirinha dormindo, não havia um botequinho sequer para me vender uma dose.

Eu sabia que algo de importante aconteceria naquela noite. À tarde, um sujeito espadaúdo, desses que a gente diz que parece um guarda-roupa, pagou-me três rodadas de cachaça. Um sujeito que você nunca viu na vida oferecendo bebida seria estranho para muita gente, mas não para um etílico profissional como eu, sobrevivente graças à benevolência alheia. Depois que saboreei as três doses, ele me deu uma nota de cem e me disse: "Essa é para você tomar uma especial mais tarde. Pega esse bilhete e leva na loja 'O Barateiro' e entrega ao senhor Antônio, em mãos. Agora."

Peguei o bilhete e fui. Nós, os bêbados, sabemos ser agradecidos e somos confiáveis, ainda mais com uma nota de cem novinha no bolso. E isso posso falar em nome de todos os cachaceiros, sejam eles amadores ou profissionais, nacionais ou estrangeiros.

Levei o bilhete e o entreguei nas mãos de Titonho. Se você precisa de alguém de confiança, esse alguém é um bebum. Não parece, mas nos resta ainda um pouco de dignidade, mesmo que ela esteja no fundo da garrafa ou caída na sarjeta de uma rua qualquer. Titonho pegou o bilhete, colocou os óculos na ponta do nariz e, terminada a leitura, passou a chave no comércio, dando por encerrado o expediente. A menina Rosa Caetana já havia ido embora. Ele pegou sua camionetona e se escafedeu em direção ao sítio, no pé da Serra da Soledade.

Os atores, os andarilhos e os etílicos são uma casta superior, isenta de malefícios ou preocupações. A gente meio que foi dispensado de carregar a Cruz de Cristo. Deixei lá o senhor Antônio com seus problemas e fui gastar a nota que estalava no meu bolso. A bichinha, de tão nova, fazia cosquinha na minha algibeira.

Alguns dias depois, topei com o senhor Antônio, e ele me atirou, de longe, uma moeda. Estranhei muito. Ele chegou e disse: "Quem te mandou entregar aquele bilhete?" Eu disse: "Sei não, estava muito bêbado." Ele se foi, danado da vida. Acho que pensou em requerer a moeda de volta, mas, que fique sabendo o senhor Antônio: tirar dinheiro de bêbado é tão difícil quanto tirar doce da boca de criança.

Tomei conhecimento, por boca de terceiros, que o bilhete o convocava com urgência ao sítio e, na volta, havia uma árvore caída, bloqueando a estrada. Teve que dormir por lá mesmo, esperando as providências para a retirada da árvore, que a chuva forte tinha derrubado bem no meio do caminho. Agora, a urgência eu nunca soube qual era.

Naquela noite em que levei o bilhete para o senhor Antônio, depois que consumi a nota novinha que tinha ganhado com aquele trabalho, fui fazer ronda em volta da casa dele. Aquela situação era armação pura, parecia arroz queimado na panela, cheirava de longe.

Já era depois da meia-noite quando aquele carro escuro parou na porta da casa de Titonho. Uma senhora desceu do banco de trás do veículo e correu para o alpendre. Livre da chuva, recolheu um pouco a toalha que cobria seu rosto, e eu vi o véu de uma freira e, debaixo desse véu, a irmã de meu amigo Galo de Briga, a senhora Maria Lúcia Esteves Ribeiro.

A porta da casa demorou a ser aberta e, quem o fez, foi a dona Amália. Ela estava sozinha em casa. E eu, mesmo que ninguém pudesse me ver, estava com ar de triunfo. Eu disse que ali tinha coisa, e tinha mesmo. O motorista do carro não desceu, ficou ali, sentado no banco, e eu pude ver somente seu rosto grande e gordo. A sua fisionomia me pareceu familiar, mas eu não consegui atinar de onde o tinha visto. Os bêbados não são bons fisionomistas, têm a visão um pouco turva e, além disso, estava muito prejudicada, naquele momento, pela chuva torrencial.

Tirando dona Amália, que depois daquele dia nunca mais falou; tirando o motorista, que nunca mais foi visto na cidade; ninguém mais sabe daquela visita em hora tão imprópria. Dona Amália, coitada, já morreu, e o motorista se escafedeu. Então resta apenas a minha pessoa para testemunhar quem era aquela mulher que desceu do carro em uma noite chuvosa, entrou na casa onde estava dona Amália sozinha, e lá ficou pelo menos umas duas horas.

Se esse sujeito que anda pela cidade especulando todo mundo soubesse do que eu sei, ele ficaria doido, mas ele nunca me procurou. Conversa de bêbado não tem valor, ninguém dá crédito. Bem feito. Também, se procurasse, eu nada diria. As pessoas que, como eu, andam pelo mundo sem eira nem beira têm orgulho danado de serem isentas de amofinações, isso é coisa que ninguém entende.

Nos nossos bons tempos de juventude — quando a dupla Galo de Briga e Tira-Prosa infernizava a cidade, pedindo dinheiro e agradecendo com longas e cômicas curvaturas e maldizendo aqueles que se negavam a contribuir para a manutenção do nosso vício —, eu fazia a corte à irmã de meu amigo Galo de Briga. Foi por isso que a reconheci, tão logo desceu do carro, debaixo de chuva e com o rosto tapado por uma toalha.

Mesmo com todo apoio, incentivo e cumplicidade do meu ex-futuro cunhado, tudo correu de modo desastroso e, para encurtar a conversa, a moça Maria Lúcia Esteves Ribeiro preferiu o convento a se engraçar com a minha pessoa. Isso que passou a ser dito na cidade: "A moça dos Esteves Ribeiro foi para o convento por causa do assédio do Tira-Prosa." Virei motivo de chacota e de apedrejamento, mais do que já era.

Quando surgiu a conversa de que Galo de Briga seria pai e que se casaria em breve, com dona Concepta, para reparar o mal feito, e logo depois Titonho e dona Amália também resolveram se casar, eu consegui falar com a moça Maria Lúcia e sugeri um casamento a três. Seria histórico os casamentos dos três irmãos no mesmo dia. Era coisa de parar a cidade e de sair no jornal nacional. Titonho e dona Amália, Galo de Briga mais dona Concepta, e eu, Tira-Prosa, e a formosa moça Maria Lúcia. Mas, como gostamos de dizer: quem tem três, não tem nenhum. E o meu casamento naufragou antes mesmo de se fazer ao mar.

Maria Lúcia viajou logo depois do primeiro casamento, sem esperar pelo segundo. Titonho e dona Amália se casaram sem a presença da irmã, e o motivo eu não sei, ninguém nunca soube. Ela se foi e, para o conhecimento dos abadienses, nunca mais voltou, só que isso não é verdade. Só eu sei porque só eu vi: ela voltou naquela noite em que choveu tanto que até cachorro bebia água em pé. Foi na noite em que Titonho ficou preso na estrada e dormiu no sítio. E foi no dia seguinte que dona Amália caiu de cama e, dessa cama, só saiu para o cemitério.

Ah, se o especulador-mor, o agente secreto, o emissário de altas patentes soubesse de tudo o que sei, ele viria correndo se ajoelhar aos meus pés, lamber a sola do meu sapato. Mas eu nada diria. Jurado em cruz.

Fiquei sabendo que esse senhor tentou, de todas as formas, conversar com a freira reclusa. Mas não conseguiu foi de jeito nenhum. Primeiro, foi a madre superiora que o impediu, jogando na cara dele os regulamentos. Mas dizem que ele tirou um distintivo do bolso, colocou na lapela e o primeiro portão se abriu. Mas foi só esse. Maria Lúcia mandou recado, por meio da mensageira: "Prefiro a morte do que conversar com quem quer que seja."

Depois que o carro se foi, derrapando na rua ainda molhada, eu nunca mais vi a Maria Lúcia. E ninguém soube dessa inesperada visita. Essa visita não deixou marcas nem registros. A noite, ao contrário do dia, não deixa vestígios.

Como eu tenho tempo de sobra e fui dispensado de carregar a Cruz de Cristo, passei a perseguir aquele senhor que andava pelas ruas da cidade, perquirindo os abadienses, falando aos cachorros vadios, questionando os pássaros do céu.

Toda manhã, logo cedo, eu me colocava junto à porta do hotel, debaixo da marquise, fingindo que esmolava. Assim que o moço saía, eu seguia no seu encalço. Fingindo-me de bêbado, dando uns tropeções aqui, uns esbarrões acolá, ele não desconfiava de nada, lerdo como uma toupeira. Uma vez que ele entrou no bar do Zé Alvinho, eu fui atrás, pedi uma dose, só para dar vida à minha encenação. Claro que eu tomei aquela dose, o desperdício é pecado.

Esse senhor é um grande farsante, um mentiroso de primeira, já descobri tudo. Não representa o senhor bispo, nem o delegado, nem político coisa nenhuma. Ele representa a si mesmo. Representar é a sua arte, e Abadia dos Coqueiros é o seu palco.

Aos padres e às pessoas da igreja, passa-se por enviado do alto bispado; aos leigos e descrentes, faz-se representante da lei; ao prefeito e edis, diz-se assessor de um eminente senador da República. Um farsante, isso é que ele é. Para cada situação tinha uma autoridade à sua retaguarda que exigia o esclarecimento daquela pendência, daquele mal esclarecido. Algumas vezes era um tal Cardeal Seabra que lhe impunha aquela árdua tarefa; outra hora era o Delegado Fagundes e, por vezes, o Senador Benevides. Esses nomes e essas patentes eram modificados, tudo a depender do interrogado. Como a ignorância impera em todas as esferas, sejam elas municipais, estaduais ou federais; civis ou eclesiásticas; pessoa física ou pessoa jurídica; no concreto ou no abstrato, no real ou no imaginário, enfim, em toda circunferência global, todos se davam por satisfeitos com suas justificativas e se submetiam a seu jugo, sem ao menos indagar que interesse teriam naquela singela história tão ilustres e desconhecidas autoridades?

Penso que a cachaça que tomei por anos a fio é que me fez ver com clareza. Esse senhor é um embuste, ninguém mais notou isso? E não foram só os abadienses que caíram na lábia dele, o mesmo também fizeram os alegrenses, porque sei que andou por lá e aprontou das suas, aborrecendo a família do seminarista falecido.

Dizem os de São Domingos da Alegria que esse senhor fora à casa dos pais de JBJ e pedira para ver o quarto que fora o último habitado pelo filho. Os pais bateram os pés: "não, não e não". O intruso pigarreou e disse que o Cardeal Seabra não aprovaria aquela atitude que, certamente, prejudicaria a conclusão de seu trabalho. Temerosos, deixaram-no entrar, por fim. O pai saiu de casa, não queria sequer ver a porta do quarto aberta. A mãe lhe franqueou a entrada, avisando, com amargura na voz: "Nós não mexemos em nada, está tudo do jeito que ele deixou." O forasteiro anuiu com a cabeça, dedos das mãos entrelaçados à altura do peito, rosto compungido. O homem ficou ali, olhando para a cama, para a escrivaninha e para o guarda-roupa. Tornou a olhar para a escrivaninha e viu que a última gaveta tinha uma fechadura. Com o olhar triste, disse à mulher: "Tenho sede." E ela: "Desculpe a minha falta de jeito. O senhor aceita um copo de água bem geladinha?" "Agradecido", ele disse, mas emendou, em seguida: "Se puder ser uma limonada, o Cardeal Seabra poderá tomar conhecimento desse belo gesto." Ela saiu e voltou pouco tempo depois, entregou-lhe o copo de limonada, que ele sorveu pela metade e logo se foi, cheio de mesuras, bênçãos e agradecimentos. A mãe do seminarista morto, quando foi trancar a porta do quarto, deu uma última olhada e viu que a derradeira gaveta da escrivaninha não estava fechada de todo. Mesmo contrariando seu voto, foi em direção daquele móvel, abriu um pouco mais a gaveta e viu lá dentro uma caneta e nada além disso. A fechadura estava estragada, mas como fazia anos que lá não entrava, não saberia dizer se o defeito estava ali há muito tempo ou se era recente. Limitou-se a fechar novamente a gaveta e se foi, passando a ferrolho a porta do quarto, pensando consigo mesma: "Por que colocar uma caneta numa gaveta com tranca?"

Que ele esteve em São Francisco do Ipê Amarelo, esteve, com certeza. Eu mesmo o vi tomando o ônibus na rodoviária de manhãzinha. À noite fiquei de plantão, mas a jardineira voltou sem ele. Então eu pensei: "tem muito o que indagar ao padre Telles." E, de fato, só regressou na noite seguinte. Eu vi quando ele desceu do ônibus todo amarrotado, cara tomada pela poeira da estrada. Certamente fora escarafunchar segredos de confissão do nosso menino Eugênio junto ao padre Telles, que já andava, coitado, com um pé e meio na cova.

Meu vício já não era mais a bebida alcoólica, e sim a investigação que estava em curso. Eu caminhava o dia todo atrás do rapaz e, quando ele entrava numa casa, eu ficava ali, ao redor, espiando, tentando ouvir a conversa, mas nisso não tive muito sucesso. Algumas vezes, depois que ele ia embora e se trancava no quarto do hotel, eu dava um jeito de encontrar com a pessoa que ele acabara de visitar e tentava tirar alguma informação, mas também, sem sucesso.

Comecei então a rondar o hotel. E, para que eu tivesse o acesso franqueado àquele estabelecimento, passei a fazer a corte à senhora que trabalhava no balcão de atendimento aos hóspedes. Ela não é bonita nem feia, nem preta nem alva, mas se chama Marinalva. À corte sucedeu o noivado, somos de idade, não podemos esperar muito. Depois que parei de beber, tenho andado mais altivo e melhor ajambrado, e Marinalva, coitada, cansada de esperar, não se fez de difícil. E eu aprendi, depois do fracasso da minha primeira e, até então, única tentativa de conquistar um amor, que ao coração de uma mulher se chega pelo caminho mais longo, mas não tão longo que se possa dispersar no trajeto, ainda mais quando se tem certas idades.

Marinalva já me conhecia, claro, todos me conheciam na cidade. Mas, de banho tomado, cabelo penteado e roupa alinhada, apresentei-me a ela, e ela, não sendo mais jovem e, portanto, não muito exigente, aceitou meus gracejos, e estamos apenas pela data para subir aos altares e nos enroscar definitivamente.

Mas, efetivamente, estou de olhos e ouvidos postos no hóspede que passa tardes e noites a datilografar numa velha e barulhenta máquina de escrever. No início, pensamos que eram pilhas e pilhas de relatórios a serem remetidos para aquelas citadas autoridades superiores que aguardavam, ansiosas, notícias vindas do interior. Depois de andar à faina pela cidade, atrás de gente e de respostas, ele voltava para o hotel e se trancava no quarto, na companhia de um maço de cigarros e de um licoroso suco de uva (Marinalva, várias vezes, foi instada a ir para a rua comprar cigarro e licor). E datilografava incansavelmente naquela máquina de escrever tarde da noite ou até que viessem socar a porta de seu quarto.

Eu sabia que ele estava mentindo para todos na cidade e em outras da vizinhança. As pessoas diziam que ele estava em trabalho de pesquisa, a serviço de graduadas autoridades. E mais: que ele se disfarçava desse modo a fim de permanecer acobertado e também para que a autoridade que estivesse por detrás dele pudesse ser mantida em absoluto sigilo. Que o rapaz tinha competência, ninguém negava. Fazia todos falarem, mesmo aqueles que juraram nada dizer. Muitos prometeram nada falar quando fossem procurados, mas não se contiveram e abriram o bico. E quem está por trás dele é muito poderoso e influente. Quanto a isso, nem mesmo eu tenho dúvida alguma, pois eu o vi sentado na beira do Rio dos Coqueiros ou junto à velha castanheira e parecia — juro por Deus — que ele conversava com os dois, ora com o rio, ora com a árvore. Dona Concepta também teve essa mesma impressão, ela me disse. O enviado esteve em sua casa, ela o viu sentado no banquinho de madeira com um caderno na mão e anotava as respostas que, em silêncio, ouvia da sua mangueira. Verdade ou não, o povo passou a acreditar ainda mais nele e a respeitá-lo, com curiosidade e temor. "Periga querer interrogar os pecadores no inferno ou os santos nos altares", disse alguém, muito assustado.

Uma noite, eu estava no saguão do hotel esperando o encerramento do expediente de Marinalva para que eu pudesse levá-la à sua casa. O rapaz, descendo as escadas, colocou a chave do quarto no quadro atrás do balcão e saiu. Eu não fui atrás dele. À noite, ele costumava sair somente para comer alguma coisa e raras vezes entrevistava alguém. Eu já o tinha seguido outras vezes e sabia que, nesse horário, ele só queria tomar um lanche e desanuviar a cabeça, num banquinho de praça.

Marinalva estava distraída com outros afazeres. Eu retirei a chave do quadro e subi a escada, tão silenciosamente quanto possível. Marinalva continuava entretida e não se apercebeu de nada.

Eu sabia que o moço misterioso costumava demorar cerca de uma hora para voltar ao hotel quando saía à noite. Naquele horário, geralmente, ele comia alguma coisa no "Rei da Massa" e depois passava na sorveteria "Abaixo de Zero" e ia para a praça e, sentado num banco, deliciava-se com um picolé.

Eu tinha uma hora, portanto, para vasculhar o quarto dele. E Marinalva não daria falta de mim; sabia que, às vezes, eu saía pela rua me fingindo de bêbado, tropeçando aqui e acolá, talvez com saudade dos velhos tempos. Além do que, Marinalva já era bem grandinha e conhecia o caminho de casa.

Os quartos de hotéis são todos iguais: uma cama, uma mesinha, um guar-da-roupa e, num canto, o banheiro.

Sobre a cama, na parte superior, um travesseiro e um cobertor dobrado, aos pés. Havia uma toalha jogada sobre a cama, ainda úmida, denunciando seu uso recente. Na mesinha, apenas uma máquina de escrever e um livro grosso que, mesmo de longe, vi que era um dicionário. Desconfiando que o que eu procurava estava no guarda-roupa, fui primeiro ao banheiro, apenas para descartá-lo e deixá-lo fora de futura inspeção. É preciso ir eliminando as possibilidades, eu pensei, e, de fato, nada havia ali, a não ser a toalha de rosto, um chinelo de dedo e objetos de uso pessoal.

"Bom", pensei, "só me resta o guarda-roupa". Abrindo-o vi que havia roupas dependuradas nos cabides, inclusive seu velho e surrado terno azul mari-nho. Vasculhei seus bolsos e encontrei dois distintivos, sendo que o terceiro estava preso na lapela. Havia ainda uma mala de viagem e dois cobertores. Abri a mala: roupas e peças íntimas, tão somente. Na sequência, três gavetas. Abri-as, confiante. Nada que me interessava: camisetas, cuecas, meias, um par de tênis, enfim, coisas de seu uso diário.

Nada, absolutamente nada.

Voltei a percorrer o quarto e, dessa vez, vi um cesto ao lado da escrivaninha. Fui até ele, com um resto de esperança, mas estava vazio. Só agora reparei que a mesinha tinha uma gaveta. Abri-a e deparei-me com uma resma de papel em branco. Voltei os olhos para a cama, apalpando o travesseiro e o cobertor que estavam sobre ela e nada. Debaixo da toalha, idem. Levantei o colchão da cama, nadica de nada.

Subi na cabeceira da cama para olhar sobre o guarda-roupa. Apenas poeira.

Voltei minha atenção ao guarda-roupa e resolvi bulir nos cobertores e percebi que um deles estava mais gordo que o outro. Joguei-o sobre a cama e o desdobrei. O que causava aquela protuberância era uma pasta. Pasta simples, dessas escolares, sem cadeado, apenas um elástico a mantinha fechada.

Sentado na cama, abri a pasta e dentro dela havia uma centena de folhas datilografadas. Na primeira folha havia um título, em caixa-alta: UMA LÁGRIMA PARA O MENINO EUGÊNIO. Depois, uma dedicatória e, logo em seguida, também em caixa-alta, estava escrito PRIMEIRA PARTE. Corri os olhos rapidamente pelas demais folhas, não tinha muito tempo. Tendo compreendido tudo, devolvi as folhas à pasta, e a pasta ao cobertor, e esse, ao guarda-roupa. Penso ter deixado tudo como estava.

Apaguei a luz, tranquei a porta do quarto e comecei a descer a escada. Tive que esperar por um tempo, no meio da escada, até que seu João Perpétuo, o substituto de Marinalva, resolvesse sair à rua para pitar um cigarrinho.

Salvo pelo vício.

Tão logo coloquei a chave no seu devido lugar, ele chegou.

O seu José Martinho (esse era o nome de registro dele no hotel) pegou a chave correspondente ao número de seu quarto, desejou-me boa noite e subiu.

Eu, sem retribuir a saudação, respirei fundo, acalmei o coração e disse, esmurrando o balcão: "Filho da puta! Ele está escrevendo um livro!"

Seu João Perpétuo apareceu na porta do hotel e disse: "Como é?"

Eu, sem lhe responder, saí e fui buscar ar novo para refazer meus pulmões.

Fecham-se as aspas.